发人深思的故事·感悟生命的故事
启迪幸福的故事·改变人生的故事

# 小故事悟人生

曹忠友　张旭阳　编著

一部洗净心灵的智慧哲理书
一部解读人生的心灵启示录

图书在版编目（CIP）数据

小故事悟人生 / 曹忠友，张旭阳编著. —太原：山西经济出版社，2022.7
ISBN 978-7-5577-1021-7

Ⅰ.①小… Ⅱ.①曹…②张… Ⅲ.①故事—作品集—世界 Ⅳ.①I14

中国版本图书馆CIP数据核字（2022）第140045号

## 小故事悟人生
XIAO GUSHI WU RENSHENG

| 编　　著： | 曹忠友　张旭阳 |
| --- | --- |
| 责任编辑： | 司　元 |
| 助理编辑： | 赵宝亮 |
| 装帧设计： | 曹建鹏 |

| 出 版 者： | 山西出版传媒集团·山西经济出版社 |
| --- | --- |
| 地　　址： | 太原市建设南路21号 |
| 邮　　编： | 030012 |
| 电　　话： | 0351-4922133（市场部） |
|  | 0351-4922085（总编室） |
| E-mail： | scb@sxjjcb.com（市场部） |
|  | zbs@sxjjcb.com（总编室） |

| 经 销 者： | 山西出版传媒集团·山西经济出版社 |
| --- | --- |
| 承 印 者： | 三河市金兆印刷装订有限公司 |
| 开　　本： | 787mm×1092mm　1/16 |
| 印　　张： | 16.625 |
| 字　　数： | 248千字 |
| 版　　次： | 2023年9月　第1版 |
| 印　　次： | 2023年9月　第1次印刷 |
| 书　　号： | ISBN 978-7-5577-1021-7 |
| 定　　价： | 68.00元 |

# 前　言

当今，由于形势的发展、时代的变迁，社会主义核心价值观和善良、宽容、乐观、自信、幸福、宁静等健康心理品质相互传递，一天天深入人心。但也有少部分人心中滋生着嫉妒、自私、悲观、自大等心灵杂草，使他们身心疲惫，前行的动力不足。

本书精选了259个来自古今中外、短小精悍的故事，其中25个是作者出于对工作、生活实践的领悟而编写的。每一个故事都是一面镜子，它不仅可以为人们的工作和生活勾勒蓝图，亦可为其抚慰伤痛。

相信大家在读完这本书后，可以从中汲取营养、滋养心灵。结合自己的工作、学习、生活，定能多一分舒畅，少一分焦虑；多一分真实，少一分虚假；多一分快乐，少一分悲苦，找到人生正确的方向，重新感悟生命的意义，寻到幸福和成功的答案，获得成功、幸福和宁静。

愿这些动人心扉、饱含哲理和智慧、充满爱与力量的故事成为你的良师益友，持续不断地为你的工作和生活提供智慧、快乐和宁静。

编著者

2021年12月

# 目 录

## 一 善良感恩

1. 帮助盲人谋生 ················ 2
2. 屈原发米 ···················· 3
3. 尊重别人 ···················· 4
4. 善良人不会吃亏 ·············· 4
5. 银行行长的司机 ·············· 5
6. 送矿泉水的人 ················ 6
7. 充错的话费 ·················· 7
8. "瘦羊博士"甄宇 ············· 8
9. 爱心成就未来 ················ 9
10. 回 报 ···················· 10
11. 有付出就有回报 ············· 11
12. 掉进水沟里的仇人 ··········· 11
13. 一杯开水与一个馒头 ········· 12
14. 第一百位客人 ··············· 13
15. 简子放生 ··················· 14
16. 你通过了考核 ··············· 15
17. 惊艳温网的郑洁 ············· 16

## 二 谅解助人

18. 将相和 ···················· 18
19. 舜与瞽叟和象 ··············· 19

20. 随风而去的字 ······20
21. 曼德拉的嘉宾 ······21
22. 六尺巷 ······22
23. 楚王断带 ······22
24. 眉毛与肚皮 ······23
25. 子发认错 ······24
26. 戒　烟 ······25
27. 焚信聚人心 ······25
28. 荷兰人的习惯 ······26
29. 魏文侯改过 ······27
30. 原谅别人 ······28
31. 你不知道别人的生活 ······30
32. 我养兰花不是为了生气 ······30
33. 宽　恕 ······31
34. 人　品 ······32
35. 诱　惑 ······33
36. 原谅别人的小过错 ······33
37. 诚信记录 ······35
38. 多一分信任 ······36
39. 面　试 ······37
40. 给自己留一条路 ······38
41. 尊　严 ······39
42. 扔垃圾 ······41
43. 陶母教子 ······42
44. 楚地梁浇 ······43
45. 孔子绝粮 ······44
46. 摔碎的一篮鸡蛋 ······45
47. 富翁的大房檐 ······46
48. 爱人与害人 ······46

49. "坏学生"也有最棒的时候 ················································· 47
50. 小孩的心 ········································································· 48
51. 助人的戒指 ····································································· 49
52. 绅士过桥 ········································································· 49

## 三　珍惜时间

53. 时间纽扣 ········································································· 52
54. 珍惜当下时　珍惜眼前人 ··············································· 53
55. 临死前的想法 ·································································· 54
56. 一分钟 ············································································ 55
57. 鲁迅书桌上的"早" ······················································· 56
58. 聚萤读书 ········································································· 57
59. 时间银行 ········································································· 57
60. 时间就是财富 ·································································· 58
61. 假如死亡来临 ·································································· 59
62. 时间是挤出来的 ······························································ 60
63. 省下的时间 ····································································· 62
64. 爱因斯坦的时间 ······························································ 62
65. 购买时间 ········································································· 63
66. 再也装不下了吗 ······························································ 64
67. 成功要趁早 ····································································· 66

## 四　珍惜友谊

68. 一诺千金 ········································································· 68
69. 荀巨伯探友 ····································································· 69
70. 高山流水 ········································································· 70
71. 一言九鼎 ········································································· 71
72. 真正的朋友 ····································································· 72

73. 至少 10 个人吃馄饨 ......................................................... 74
74. 晏子赎越石父 ................................................................. 75
75. 管鲍之交 ......................................................................... 77
76. 丞相与车夫 ..................................................................... 78
77. 留一半友情给自己 ......................................................... 79
78. 痛苦不痛苦 ..................................................................... 80
79. 只想陪你坐一坐 ............................................................. 81

## 五　珍爱家庭

80. 百里负米 ......................................................................... 84
81. 黄香温席 ......................................................................... 84
82. 拾葚异器 ......................................................................... 86
83. 弃官寻母 ......................................................................... 86
84. 行佣供母 ......................................................................... 87
85. 芦衣顺母 ......................................................................... 89
86. 乳姑不怠 ......................................................................... 89
87. 母亲就是你的活佛 ......................................................... 90
88. 奶奶的桌子 ..................................................................... 91
89. 妈妈的恩情 ..................................................................... 92
90. 子欲养而亲不待 ............................................................. 93
91. 借　钱 ............................................................................. 94
92. 财富、成功和爱 ............................................................. 95
93. 凭什么你该去天堂 ......................................................... 95
94. 晏子辞婚 ......................................................................... 96
95. 贤内助 ............................................................................. 98
96. 都是我的错 ..................................................................... 98
97. 绝不另行择亲 ................................................................. 99
98. 苹果的吃法 ..................................................................... 100
99. 达尔文的童年 ................................................................. 101

| | |
|---|---|
| 100. 用尽拥有的全部力量 | 102 |
| 101. 孩子的长处 | 102 |
| 102. 承担责任 | 103 |
| 103. 地图的背面 | 104 |
| 104. 儿子的日记 | 105 |
| 105. 分苹果的故事 | 106 |
| 106. 熊猫娃娃 | 107 |
| 107. 和儿子一起打游戏 | 108 |
| 108. 因儿子而改变 | 109 |
| 109. 家庭战争的平息 | 110 |
| 110. 真正的男子汉气概 | 111 |
| 111. 尊重儿子的选择 | 112 |
| 112. 梨的轮回 | 113 |
| 113. 一碗"毒"面条 | 114 |
| 114. 喝上纯净的井水 | 114 |

## 六　自信自立

| | |
|---|---|
| 115. 我能行 | 118 |
| 116. 第十二块纱布 | 118 |
| 117. 哪一笔是你自己的呢 | 119 |
| 118. 相信自己 | 120 |
| 119. 姆佩巴效应 | 121 |
| 120. 有自信的年轻人 | 122 |
| 121. 八十二岁的时尚模特撒切尔夫人 | 123 |
| 122. 坚守你的高贵 | 124 |
| 123. 握住自信 | 124 |
| 124. 能帮助你的人只有你自己 | 125 |
| 125. 德不配位 | 126 |
| 126. 孩子当自强 | 127 |

| | |
|---|---|
| 127. 能主宰自己的人 | 127 |
| 128. 晋平公 70 岁自信学习 | 128 |
| 129. 世界上没有一个人是废物 | 129 |
| 130. 自信的李远哲 | 130 |
| 131. 让生命之树常青 | 131 |
| 132. 带着希望出发 | 132 |
| 133. 无字秘方 | 133 |
| 134. "希望"给人的力量 | 134 |
| 135. 三个建筑工的故事 | 135 |
| 136. 当一块石头有了愿望 | 136 |
| 137. 两个病人 | 137 |
| 138. 小男孩的梦想 | 138 |
| 139. 纯白的金盏花 | 139 |
| 140. 从绝望中敲开希望之门 | 139 |

## 七 勤奋改变命运

| | |
|---|---|
| 141. 勤奋改变命运 | 144 |
| 142. 大本夫源的曾国藩 | 145 |
| 143. 成功在于坚持 | 145 |
| 144. 学习改变命运 | 146 |
| 145. 梅花香自苦寒来 | 147 |
| 146. 坚持就会成功 | 148 |
| 147. 一生磨一镜 | 149 |
| 148. 努力拉住成功的手 | 150 |
| 149. 重要的尾数 | 151 |
| 150. 逆来顺受 | 152 |
| 151. 没有开足马力的快艇 | 153 |
| 152. 博士应聘成功的秘诀 | 154 |
| 153. 正视困境　改变命运 | 155 |

| | |
|---|---|
| 154. 多垫些砖头　提升自己 | 156 |
| 155. 不服输的精神 | 157 |
| 156. 心动不如行动 | 158 |
| 157. 虚心拜师 | 159 |

## 八　适者生存

| | |
|---|---|
| 158. 齿亡舌存 | 162 |
| 159. 且慢下手 | 163 |
| 160. 总经理的好话 | 163 |
| 161. 看不见的敌人 | 164 |
| 162. 斯坦福大学的诞生 | 165 |
| 163. 郭子仪谨慎得善终 | 166 |
| 164. 不要把眼睛只盯在钱上 | 167 |
| 165. 正确评估自己 | 168 |
| 166. 让别人舒服 | 169 |
| 167. 委　屈 | 171 |
| 168. 为了一杯酒 | 171 |
| 169. 三命而俯 | 172 |
| 170. 这道题怎么这么难解 | 172 |
| 171. 生命如水 | 174 |
| 172. 长线如何变短 | 174 |
| 173. 总能找到座位的人 | 175 |
| 174. 先改变自己 | 176 |
| 175. 盖茨的责任课 | 177 |
| 176. 优质的服务 | 178 |
| 177. 让　棋 | 178 |
| 178. 较真儿 | 179 |
| 179. 周枕的记事本 | 180 |
| 180. 熟能生巧 | 181 |

| | |
|---|---|
| 181. 确　认 | 182 |
| 182. 做事要有分寸 | 183 |
| 183. 管理经验 | 184 |
| 184. 学会做人 | 185 |
| 185. 秘　诀 | 186 |
| 186. 千里马失足 | 187 |
| 187. 沈从文第一次登上讲台 | 188 |
| 188. 鲁庙里的怪酒壶 | 189 |
| 189. 不可替代的女孩 | 190 |
| 190. 多想几步 | 191 |
| 191. 工作就是修行 | 191 |
| 192. 两人一心 | 192 |
| 193. 只借1美元 | 193 |
| 194. 博士找工作 | 194 |
| 195. 刘邦的过人之处 | 195 |
| 196. 一万美元酬金 | 196 |
| 197. 就这么简单 | 197 |
| 198. 年久失修的女神像 | 198 |
| 199. 绝妙的创新思维 | 200 |
| 200. 一颗爱人之心 | 200 |
| 201. 高明的求职策略 | 201 |
| 202. 成功源于细节 | 202 |
| 203. 一个马掌钉 | 203 |
| 204. 扁鹊治病 | 204 |
| 205. 电梯里的凳子 | 205 |
| 206. 一幅牡丹图 | 205 |
| 207 集控室搬家 | 206 |
| 208. 曲突徙薪 | 207 |
| 209.《读者文摘》的来历 | 207 |

## 九　幸福快乐

210. 寻找幸福·················································· 210
211. 打　赌····················································· 210
212. 双重损失·················································· 211
213. 快乐的秘密··············································· 212
214. 快乐的距离··············································· 213
215. 父子骑驴·················································· 214
216. 罗斯福家被盗············································ 214
217. 脱去烦恼　带来欢乐··································· 215
218. 不抱怨的人··············································· 216
219. 一位快乐的老人········································· 217
220. 乐观者····················································· 217
221. 别人的工资奖金········································· 218
222. 欣赏自己·················································· 219
223. 简单的财富论············································ 220
224. 活在当下·················································· 221
225. 为什么总能遇到贵人··································· 222
226. 佛在心境·················································· 223
227. 我是小镇最富有的人··································· 224
228. 你患了月经不调症······································ 225
229. 让对手笑出声来········································· 225
230. 一只手的油漆匠········································· 227
231. 青年的财富··············································· 227
232. 单纯的喜悦··············································· 228
233. 乐观的爱迪生············································ 229
234. 乐观不屈的霍金········································· 229
235. 健康的人生··············································· 231
236. 快乐是一种能力········································· 231

237. 小事儿 ................................................ 232

238. 什么是气 ............................................ 233

239. 钉　子 ................................................ 234

240. 费斯汀格法则 ........................................ 234

241. 爱地巴跑圈 .......................................... 235

242. 每天只要赚到600元 ................................. 236

243. 做　梦 ................................................ 237

## 十　宁静致远

244. 心灵的宁静 .......................................... 240

245. 净化心灵方可宁静 ................................... 241

246. 成功的商人 .......................................... 242

247. 晚上睡个踏实觉 ..................................... 243

248. 四知拒金 ............................................ 243

249. 心躁与心静 .......................................... 244

250. 画　静 ................................................ 245

251. 担　心 ................................................ 245

252. 心平气和才能化解矛盾 .............................. 246

253. 一块金表 ............................................ 247

254. 工作与思考 .......................................... 248

255. 点　灯 ................................................ 249

256. 等等你的灵魂 ....................................... 250

257. 英　雄 ................................................ 251

258. 可是我知道 .......................................... 251

259. 良心与生命 .......................................... 252

# 一　善良感恩

人之初，性本善。善良是一种高贵的品质，它可以使人的品德变得高尚，可以驱赶寒冷、横扫阴霾。一个人释放出去的善良，最终都会回归到自己身上。

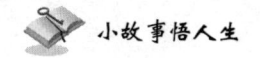

# 1. 帮助盲人谋生

老舍，原名舒庆春，是中国杰出的人民艺术家。他的房子不远处有一座破旧的庙宇，里面住着几十名盲人。他们以乞讨、卖艺为生，生活很艰苦。那时新中国成立不久，人们的生活普遍都不宽裕，很少有人接济他们，因此他们的生活非常困苦，时常挨冻受饿，艰难地度着日子。

老舍一经过"盲人庙"，他的心里就难受。他想，如何才能帮助他们过上好一点的生活呢？哪怕能解决温饱也可以啊！但他也深知授人以鱼不如授人以渔的道理，靠自己的收入直接接济他们根本解决不了问题，必须帮助他们寻找一份谋生的职业，让他们走上自食其力之路才是解决问题的根本。

于是，他放下手头的工作，白天把这些盲人都组织起来，将那些会吹拉弹唱的，组成了一个乐队进行集中培训，并自费买了多件乐器。晚上回到家里，他还要熬夜为乐队写歌，编排适合的曲目。同时联系演出单位和场所，为盲人们获得一份报酬……

对于那些没有任何才艺和特长的盲人，他通过各种关系，不惜降低身份四处联系，靠自己的"老脸"和"面子"，把他们一个个安排进周边的橡胶厂、皮革厂、印刷厂和服装厂。

经过一段时间艰辛的努力，"盲人庙"里每个盲人都有了一份足以养活自己的工作，都能依靠自己的劳动获得一份报酬，很多人先后搬出了"盲人庙"。老舍的善良同样也获得了回报，当他下班从街上路过时，住在街上的盲人们都会放下手中的活，点亮屋内的灯，站到门前，只为跟他打个招呼，向他问声好，为他照亮门前的路，如同迎接自己的亲人一般。而这便成了那条街上独有的风景线。盲人们都说："我们虽然看不见，但从他的脚步声中，就能听到他走来了。"

盲人们听出的那一声声脚步声名叫"善"。

**感悟**

善良是一种无形的资产，在适当的时候，它会发出夺目的光辉。

## 2. 屈原发米

屈原（约公元前 340 年—前 278 年）是我国最早的浪漫主义爱国诗人，是楚武王熊通之子屈瑕的后代。

屈原出身贵族，他所处的年代恰是中国的战国时期，群雄争霸，连年饥荒。屈原家乡的百姓们经常过着吃不饱、穿不暖的日子，经常看见百姓们沿街乞讨、啃树皮、食野菜，十分可怜。

幼年时的屈原就有一颗善良的心，他目睹老百姓的疾苦不禁伤心落泪。

一天，屈原家门前的大石头缝里突然流出了金黄的小米，百姓们见状，无不惊讶、高兴，纷纷拿来碗盆、布袋接米，将米带回家。

不久，屈原的父亲便发现家中粮仓的米越来越少，他很是奇怪。

一天夜里，他发现屈原正从粮仓里往外背米，便将他叫住，一问才知道原来是屈原把家里的米灌进了石缝里。

父亲没有责备屈原，只是对他说："咱家的米救不了多少穷苦百姓，如果你长大后做官，把楚国管理好，让天下太平，老百姓自食其力，过上丰衣足食的日子，天下的穷人不就有饭吃了吗？"

自此，屈原勤奋治学，成人后，楚王得知他很有才能，便召他为官，担任楚怀王左徒、三闾大夫等高官，管理国家大事，主张变法，奖励农耕，为国为民尽心尽力，被后人称颂，真正做到了由小善转为大善。

**感悟**

屈原自幼怜悯他人，此乃小爱，而他后来的爱国情怀，乃是大爱。

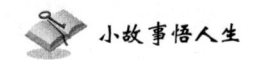

## 3. 尊重别人

有一个乞丐安静地站在蛋糕店门前的队伍里，周围的人投去异样甚至是嫌弃的眼神。周围的人投来异样甚至是嫌弃的眼神。

轮到他的时候，他小心翼翼地拿出几张零钱，小声地说："我要最便宜的那个蛋糕。"

店主的孙子刚要赶他走，却发现店主热情地给他递过去一块大蛋糕，并微笑着说："欢迎您下次光临。"

孩子不解，问店主："他只是个乞丐，为什么对他那么好？"

店主说："因为他是我们的顾客呀！他为了买我们的蛋糕排队许久，而且，他为了筹钱需要乞讨很长时间，我们不应该觉得高兴吗？"

孩子点点头，继续问："那您为什么收钱呀，送给他不行吗？"

店主说："他刚才的身份是顾客，所以我们应该尊重他。"

这位店主的举动，深深地影响了这个孩子，他在以后的生活中始终铭记爷爷的教诲：尊重每一个顾客。后来他建立了世界著名的跨国连锁超市。

**感 悟**

一个真正懂得尊重别人的人，一定是一个宽容、谦虚、豁达的人。总会让人感到温暖，清新自然！

## 4. 善良人不会吃亏

这是一个偏远的山村学校。食堂的伙食糟透了，不是白菜土豆就是土豆白菜。女老师的身体很弱。于是，她经常到学校旁边的一个小山村去买笨鸡蛋，她觉得山村的笨鸡蛋无添加剂，营养更丰富一些。

卖主是个年过花甲的老太太，她让老师自己定个价，女老师便定了 8 角钱一个，其实，女老师私下提高了1角钱，女老师家乡的笨鸡蛋7角要多少有多少。

女老师看老人可怜，没儿没女，只靠几只鸡养活自己，于是每个鸡蛋多给1角钱，这老太太可怜，女老师就做一个小施主吧！

奇怪的是老太太既不讨价，也不还价，这桩买卖就这么定了。

过了一段时间，女老师觉得老太太实在可怜，便单方面把每个鸡蛋提高了1角钱，一个鸡蛋9角钱。

这回老太太作声了，坚持不肯提价，但女老师坚持要提价，僵持了很久，老太太终于接受了。

那天，女老师照旧去老太太那儿买鸡蛋。正碰上一个鸡蛋贩子跟老太太讲价。鸡蛋贩子出1元钱一个的价要把鸡蛋全收走，老太太不肯。

鸡蛋贩子说，这个价够高了。山里都是这个价。

老太太说，不是因为这个价，而是这些鸡蛋要卖给一位瘦老师，人家那么远到我们这里来教书，又那么瘦弱，我希望她胖起来，在这个小学里长期待下去，孩子们需要她。

女老师顿时惊呆了，原以为自己是个施主，想不到真正的施主倒是老太太……

**感悟**

生命是一种回声，你把善良给了别人，最终会从别人那里收获善意。

## 5. 银行行长的司机

冬夜，灯光闪烁，车水马龙。有个出租车司机在南浦大桥附近接了一位客人，客人要去浦西的国际饭店。没走多久，这位客人突然要求掉头回去。"已经进了隧道，没办法掉头了。"出租车司机说。"出门的时候我换了条裤子，忘了拿钱包出来，手机也放在包里忘拿了。"客人着急起来。

透过后视镜，出租车司机看到客人紧张的样子，他摆摆手，说可免费送

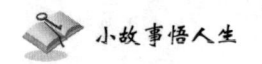

他到目的地。一路上，他还不停地宽慰客人："不用担心，人总会有忘带东西的时候，我也有过，人之常情嘛。"

就这样，两人聊了起来。出租车司机从客人口中得知，原来他刚来上海不久，人生地不熟。不一会儿，车到达目的地，计价器显示车费为23元，出租车司机悄悄把计价器的牌子翻起来，23元随即变成0元。随后，他又拿出3共计30元的乘车票递给客人，并嘱咐："回去的时候，找一辆我们公司的车子，可以用这个票付车费。"那位客人收下乘车票，连声道谢，但他默默记下了出租车的牌号，然后匆匆离去。

过后，出租车司机并没有把这件事放在心上，毕竟这种事已经不是第一次了。可是，两天后他接到那个客人打来的电话，问他是否愿意做他的专人司机。这个客人叫龚天益，是纽约银行上海分行行长。这位出租车司机叫孙宝清，上海一个普通的打工仔。

很多人问龚天益，为什么要选孙宝清？龚天益说："理由很简单，是他那颗体恤他人的心深深地打动了我。当初他知道我没带钱包，没带手机，就一直宽慰我；明明20多元乘车票就够了，他考虑也许我会有其他事情，给了我30元……银行业也是服务业，要以顾客为本，我认为他是服务业的楷模，所以我选择他。"

**感悟**

善意做事的同时，也会赢来机会。

# 6.送矿泉水的人

王海现在是一位大名鼎鼎的商业大腕。但是当年，他只不过是一名矿泉水推销员。为了推销桶装矿泉水，他每天骑着自行车奔波在城市的大街小巷、公司厂矿。因为当时桶装矿泉水刚刚推出，人们还都不是很认可，他的收获不大。最初一个月，只推销出去16桶。他的月薪很低，只有象征性的300元，收入的主要部分是赚取效益提成，每推销出一桶矿泉水提成5角钱。第二个月，他新联系到 32 家用水客户。第三个月，他依然满怀信心地奔波着。

有一天，他骑着自行车驮着一桶矿泉水给 5 公里外的一家居民送水。用水居民是一位坐着轮椅的老妇人，在他帮助老妇人将水桶装上饮水机的时候，老妇人家的电话铃响了。装好水桶在等待老妇人签收的时候，他从电话中了解到老妇人家要来一位外地客人，客人因为不知道老妇人家的具体位置，请老妇人到汽车站接，而老妇人的儿子出差去了外地，保姆又刚刚出去买菜了，老妇人很是为难。他试探着询问老妇人，自告奋勇地表示他可以去车站帮老妇人接客人。他下了楼，到汽车站将老妇人的客人接了回来。

一周后，他不断接到老妇人居住的那幢楼住户的订水电话。两周后，老妇人的儿子打来电话，表示他所在的公司决定为每间办公室定水。此后，不断有新的客户来订水。第三个月，他的推销成绩猛增到 600 多桶，他想到自己的成功应该感谢老妇人，便来到老妇人家表示感谢。老妇人笑着对他说道："你应该感谢的是你自己。因为你帮助了我，我就将你介绍给我的邻居和我做经理的儿子，建议他们都用你的水，因为像你这样拥有美德的人，也是值得信任的，而我的邻居和儿子又相继将你介绍给了别的人……"

王海找到了成功的钥匙。8 个月之后，他已经拥有 5000 多家用水客户，每个月都能够销售出去近万桶水。后来王海开了一家属于自己的矿泉水公司……

**感悟**

商场就是人与人的交际场，在做事之前首先要学会做人。

# 7. 充错的话费

信息时代给人们带来了极大的方便，足不出户就可以给手机充值。

昨天回家后，妈妈告诉我她的手机欠费停机了。我说："我给你充。"

拿起我的手机开始输入妈妈的手机号码充值。先充了 100 元，手机打不通，还是显示欠费停机。我想可能是手机话费欠得太多了，又充了 50 元，还

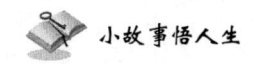

是打不通。

  我开始怀疑是妈妈的手机坏了或输入的号码有问题。我对充值的流程进行详细检查，发现我输入的手机号码有误，手机号码的后两位是06，我输入的是60。

  我给妈妈的电话重新充入100元后，手机马上打通了。

  由于我自身的疏忽，手机话费充到了别人那里，而且第一次犯了错误后，还犯了第二次错误。自身的错误，对方不把充错的话费返还，我一点办法也没有。

  我抱着试试的态度，联系了充错的手机主人。手机号码显示的地区是北京，接电话的是一位老人，我将自己的情况详细向老人讲解后，老人说："你充电话费今后一定要看好了，做什么事都要细心，不能毛手毛脚的。如果遇到其他人，可能就不会把充错的电话费返给你了。"

  后来，我加了对方的微信，他给我发了一个红包，我收到的不仅仅是红包，而是对方的真善美。

**感 悟**
世上善良人虽多，但做什么事都要细心。

## 8. "瘦羊博士"甄宇

  东汉时期的甄宇是安丘市人，曾在地方担任官职，后由朝廷召至中央任博士，负责教授学生、制定风俗礼仪。根据汉朝的礼仪制度，每年十二月祭祀的时候，皇帝都要给博士们赏赐羊。

  有一年年底，皇帝派人来到大学，宣读了诏书，内容是说赐给博士们每人一只羊，好让大家欢欢乐乐地过个节日。可是羊赶来了，才发现大小不等，肥瘦也不一样。大家犯了难，拿不定主意该如何分发。有人主张统统宰掉，平均搭配每人一份；有人主张抓阄儿，大小肥瘦凭个人的运气。七嘴八舌地说了半天，依然没有商量出一个好办法。

这时，甄宇站起来说："还是一人牵一只吧，我先牵了。"

他的话引起了大家的注意，一起望过去。有人还小声地嘀咕："要是他把大的挑走了，剩下小的给谁啊？"

但是，出乎大家的意料，甄宇牵走的居然是羊群里最瘦、最小的一只。看到这些，人们觉得很惭愧。大家不再争执了，你谦我让，各自牵上一只羊回家去了。

这件事情传出去后，洛阳城里的人纷纷赞扬甄宇，还给他起了个带有敬意的别名，叫作"瘦羊博士"，称颂朝野。不久，在群臣的推荐下，甄宇被朝廷提拔为太学博士院院长。

**感悟**
无谓的争执是很羞耻的事，吃亏是福！

## 9. 爱心成就未来

弗莱明是一个穷苦的苏格兰农夫。有一天，他在田里干活，听到附近泥沼里有求救的声音。于是，他急忙放下农具，跑到泥沼边，发现一个小孩掉到了里面，弗莱明急忙把这个孩子救了出来。

隔天，有一辆崭新的马车停在农夫家，走出来一位优雅的绅士，他自我介绍说是小孩的父亲。绅士说："我要报答你，你救了我儿子的生命。"农夫说："我不能因救了你的孩子而接受报答。"

就在这时，农夫的儿子从屋外走进来，绅士问："这是你的儿子吗？"农夫很骄傲地回答："是。"绅士说："我们签个协议，让我带他走，并让他接受良好的教育。假如这个小孩像他父亲一样有爱心，他将来一定会成为一位令人骄傲的人。"

农夫答应了。后来，农夫的儿子从圣玛利亚医学院毕业，成为举世闻名的亚历山大·弗莱明爵士，也就是青霉素的发明者。他在1944年被封为骑士爵位，且获得诺贝尔奖。

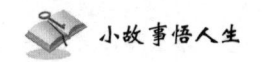

数年后，绅士的儿子染上肺炎，是青霉素救了他。那位绅士是上议院议员丘吉尔，他的儿子是英国政治家，第二次世界大战时期的首相丘吉尔。

**感悟**

一点点善良，竟然给世界带来如此重大的变化，善莫大焉。

## 10. 回　报

从前有一个秀才准备进京赶考，半途不幸被毒蛇咬伤，晕倒在路边。

等他醒过来的时候，他发现自己躺在一个破旧的草屋内。"醒过来就好了！"他看见一个大娘端着一碗粥向他走过来。"吃点东西，好快点复原。"大娘对他说。"给您添麻烦了。"秀才接过粥说道。"我怎么会在这里？"大娘告诉他，是她丈夫在回家的路上看到晕倒的他，把他背了回来，并在伤口上敷上自制的草药。"我们家里穷，没什么好吃的，现在就只能煮点粥给你喝。"大娘对秀才说道。

秀才在大娘家休息了一日，次日清晨便又匆匆赴京赶考。

一年后，秀才已是朝廷的六品官员。他一直没有忘记救过他命的大伯和大娘，于是专门抽出时间来报答他的救命恩人。见到当年的恩人，他不胜感激，拿出500两银子要老两口收下，说是回报恩人。大娘说道："我们要是为了钱财就不会救你了！你还记得我们，我们已经十分高兴了，你的银子我们是不会收的。"秀才还是坚持让老两口收下银子。"我们救了你，不是图你的回报。"大娘又说，"如果你真的想报答我们，那你就把银子收回去，送给那些更需要的人吧！"

这时，大伯接着说："我们希望你做一个好官，做一个老百姓爱戴的官，那就是对我们最好的回报了。"

秀才后来果然成了一个人人爱戴的好官。

**感悟**

爱心的付出不企求回报，希望每个人都能关爱身边的人，让世界更美好。

一　善良感恩

## 11. 有付出就有回报

在一个又冷又黑的夜晚，一位老妇人的汽车在郊区的道路上抛锚了。她等了半个多小时，好不容易有一辆车经过，开车的男子二话不说便下车帮忙。

几分钟后，车修好了，老妇人问他要多少钱，那位男子谢绝了她的好意，并说："我感谢您的好意，但我想还有更多的人比我更需要钱，您不妨把钱给那些比我更需要的人。"说完后，他们各自上路了。

随后，老妇人来到了一家咖啡馆，一位身怀六甲的女招待员即刻为她送上了一杯咖啡，并问："夫人，欢迎光临本店，您为什么这么晚了还在赶路呢？"于是，老妇人就讲了刚才遇到的事，女招待员听后感慨道："您真幸运！碰到这样的好人。"老妇人问她为什么工作到这么晚，女招待员说，为了迎接孩子的出生，自己需要第二份工作的薪水。老妇人听后执意要女招待员收下200美元小费。女招待员惊呼，说不能收下这样一大笔小费，老人回答说："你比我更需要它。"

女招待员回到家，把这件事告诉了她的丈夫，她丈夫大感诧异，世界上竟有这么巧的事。原来，她丈夫就是那个好心的修车人。

**感悟**

种瓜得瓜，种豆得豆。我们播种爱心，就能收获爱心。

## 12. 掉进水沟里的仇人

清朝末年，在一个小镇上，王氏家族和胡氏家族两家世代为敌，两户人家只要一碰面就会动起手来。

一天晚上，王虎与胡一从集市里走出来，两人一前一后走在小路上，保

11

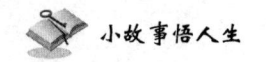

持着距离，互不理睬。

天色渐渐暗了，走着走着，突然王虎听见前面的胡一"哎呀"一声惊叫，原来他掉进黑暗的溪沟里了。

王虎看见后，连忙赶上前去，心想："无论如何总是条人命，怎能见死不救呢？"

王虎隐隐约约看见胡一在溪沟里挣扎，急中生智的王虎连忙折下一段枯枝，迅速将枝梢递到胡一手中。

胡一被救上岸后，感激地说了一声"谢谢"。

然而，胡一猛一抬头发现，救自己的人居然是仇家王虎。胡一怀疑地问："你为什么救我？"王虎说："为了报恩。"胡一听了更为疑惑："报恩？恩从何来？"

王虎笑着说："因为今夜在这条路上，只有我们两人一前一后行走。刚才你遇险的时候，要不是你的一声'哎呀'，第二个坠入溪沟里的人一定是我。所以，我哪有知恩不报的道理。因此，要说感谢的话，理当先由我说。"

此时，王虎与胡一的双手紧紧地握在一起了。

俗话说"冤家宜解不宜结"。一个人要想取得事业上的成功，光靠自己的力量是不行的，还要靠朋友的力量。

**感悟**

人生最大的修养是包容，最高的境界则是包容一切。

# 13. 一杯开水与一个馒头

一位穷苦的学生为了凑足学费，在外面挨家挨户地推销商品。他一心一意想凑足学费，不想多花钱。于是，他决定硬着头皮向人讨些吃的。

他敲了一户人家的门，开门的是一个小女孩，他一看便失去了勇气，心想：天下哪有大男生跟一个小女孩讨东西吃的？于是，他只要了一杯开水解渴。

一　善良感恩

小女孩看得出他非常饥饿，便拿了一杯开水和一个馒头给他。他很快把馒头接过来，狼吞虎咽地吃着，一旁的小女孩看到他这种吃法，不禁偷偷地笑了。

吃完后，他很感激地说："谢谢你，我应该给你多少钱？"

小女孩笑着说："不必了，这些食物我们家很多。"

他觉得自己很幸运，在陌生的地方还能受到他人如此温暖的照顾。

多年以后，这个女孩得了罕见的疾病，许多医生都束手无策。女孩的家人听说有一个医术高明的医生，找他看看或许有治愈的机会，于是便找到这个医生为她治疗。在医生的全力救治下，这个女孩终于恢复了健康。

出院那天，护士交给她医疗费用账单，她几乎没有勇气去打开看，心里想，可能要一辈子辛苦工作才能还得起这笔医疗费。最后她还是打开了，看到签名栏写着这样一段话："一杯开水和一个馒头，足够偿还所有的医疗费。"

她眼里含着泪水，终于明白，原来主治医生就是当年那个穷学生。

**感 悟**

生活的赐予是多么丰厚啊！人应该常怀一颗感恩的心。

## 14. 第一百位客人

中午，客人用餐的高峰时间过去了，原本拥挤的小吃店客人都已散去。老板正要喘口气看看手机，有人走了进来，那是一位老奶奶和一个小男孩。

"汤面一碗多少钱？"奶奶坐下来拿出钱袋数了数，要了一碗汤面。热气腾腾的汤面端上来了，奶奶将汤面推到孙子面前，小男孩吞了吞口水望着奶奶说："奶奶，您真的吃过饭了吗？"

"当然了。"奶奶含着一块萝卜干慢慢咀嚼。一眨眼工夫，小男孩就把汤面吃了个精光，把碗也舔了舔。

老板看到这情景，说："老奶奶，恭喜您，您今天运气真好，您是我们店

13

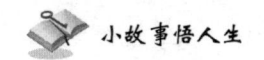

的第一百位客人，所以免费。"

一个多月后的某一天，无意间望向窗外的老板看见小男孩蹲在小吃店对面好像在数着什么东西。

原来小男孩每看到一个客人走进店里，就把小石子放进他画的圈子里，但是午餐的时间都快过去了，小石子连50个都不到。

心急如焚的老板打电话给所有的老顾客："很忙吗？没什么事，我邀你来吃碗汤面，今天我请客。"客人开始一个接一个到来。

"八十一，八十二，八十三……"小男孩数得越来越快了。终于当第九十九个小石子被放进圈圈的那一刻，小男孩匆忙拉着奶奶的手进了小吃店。

"奶奶，这一次算我请客。"小男孩有些得意地说。

真正成为第一百位客人的奶奶，让孙子招待了一碗热腾腾的汤面。而小男孩就像之前的奶奶一样，含着块萝卜干在口中咀嚼着。

**感悟**

老板的一念善意助长了一棵幼苗，人人有爱，社会有情。

## 15. 简子放生

赵简子，是战国时期赵国基业的开创者，杰出的政治家、军事家、外交家、改革家。

每逢春节前，邯郸一带的老百姓都要成群结队去山里，捕捉许多斑鸠，送到赵简子的府邸。赵简子看着一笼笼活蹦乱跳的斑鸠，非常高兴，命人取出金银，厚厚赏赐每一个献斑鸠的人。

有个人在简子家做客，见了很奇怪，问简子要这些斑鸠干什么。简子回答说："你难道不知道吗？每一个小生命都是宝贵的啊！正月初一，我要放生，表示我对生灵的爱护。"

客人听罢，"扑哧"笑了，说："这就是爱护生灵的办法吗？老百姓知道您要放生，献斑鸠能得到厚赏，大家都争先恐后去捕捉斑鸠，下铁夹的下铁夹，用箭射的用箭射，活捉的固然不少，可被打死的更多。您如果真的可怜这些小生命，还不如下个通令，禁止捕捉斑鸠。不然的话，抓了又放，您的恩德还抵不上您的罪过哩。"

简子听了，红着脸点头称是。

**感 悟**

行善的人如被假象遮住双眼，就如同作恶差不多。

## 16. 你通过了考核

某公司想要招聘一批工人，许多人闻讯赶来。考核还没有开始，外面就淅淅沥沥地下起了小雨。这时，急着装车的班长向正在招聘的人力资源部求援。招聘负责人请前来应聘的众人去仓库帮忙装车，大家便呼啦啦地跟着过去，很卖力气地帮着装起车来。

不大一会儿，总经理来到仓库，问哪来的这么多帮忙的人，招聘负责人如实相告。总经理转身大声训斥道："怎么搞的，不是说过一段时间再招工吗？今天招聘无效！"说着气呼呼地走了。

正在热火朝天装车的人们一听，不少人立刻就火了："这不是逗人玩吗？不干了。"说着便愤愤地扔下手中的货箱，一窝蜂地往外走去。这时，天空还在下着雨，招聘负责人看着大堆等待装车的货物，焦急地向众人许以报酬，请大伙留下来帮着装车，结果只有一个人在大家的讥笑中留了下来。

货装完了，那个人没领报酬就往外走。这时，招聘负责人过来握住了他的手："祝贺你通过了考核，你被聘用了。"

那人一愣，看到了总经理赞许的目光和肯定的点头。

**感 悟**

善意做事的同时，也就抓住了身边的机会。很多时候，我们看似在帮助别人，其实最终常常是帮助了自己。

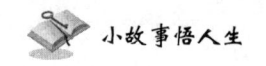

## 17. 惊艳温网的郑洁

2008年的5·12汶川大地震，给四川人民造成了深重的灾难，也牵动着每一位国人的心。

7月3日，中国选手郑洁在英国伦敦举行的温布尔登网球公开赛女单半决赛中，以0∶2不敌美国选手小威廉姆斯，无缘决赛。但郑洁已经创造了中国女网选手在WTA一级赛事中的最佳战绩，而且成为温网自创立113年以来第一位持外卡参赛打入四强的选手。

和绝大部分世界级球员比起来，身高仅1.63米的郑洁实在太普通。但是，坚定的意志和品质是郑洁取胜的法宝。在和小威廉姆斯对决的第一盘以1∶5落后，而且在发球局还以0∶4落后，换句话说小威手握3个盘点之时，郑洁却将破发点一个个打回来，平分之后她又挽救了一个盘点，不可思议地保住了这一局。

赛场上，掌声一次次为郑洁响起，直到她结束比赛离开的那一刻，万余名观众起立为她送行。这个小个子的中国姑娘，在这两个星期已经感动温网的所有观众。进入温网四强后，郑洁表示，她打算捐出自己的全部奖金。她说："我来自四川，所以希望尽可能地帮助灾区。在结束温网返回国内后，我还要参与更多的慈善活动，鼓励更多的人给灾区人民以支持和帮助，希望他们可以尽快拥有自己的新家。"

国外的一家媒体这样称赞郑洁："不仅球打得好，还有一颗金子般的心。"

**感悟**

无论是感恩还是爱国，榜样的力量都是无穷的。

# 二 谅解助人

法国雨果说:"世界上最宽阔的是海洋,比海洋更宽阔的是天空,比天空更宽阔的是人的胸怀。"以一颗宽容的心接纳对方,将为自己的心灵打开一扇明媚的天窗。

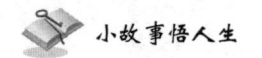

## 18. 将相和

春秋时期，赵国和秦国发生完璧归赵和渑池之会两次重大事件，蔺相如表现出强大的应变能力，赵王因为他的功劳大，就任命他为上卿，职位在廉颇之上。

廉颇很不服气地说："我当赵国的大将，有攻城野战的功劳，可是蔺相如只凭着言辞立下的功劳，如今职位却比我高。况且蔺相如出身卑贱，我不能忍受自己的职位在他之下的屈辱！"扬言说："我碰见蔺相如，一定要羞辱他。"蔺相如听到这话，为了避免和廉颇发生正面冲突，尽量不出门，索性称自己生病了，连朝也不上，不愿和廉颇争高低。廉颇碰不到蔺相如，气自然也出不了。过了一些日子，蔺相如出门，廉颇远远看见蔺相如的车马，急忙命令随从驱车上前去羞辱他。蔺相如此时也发觉了，便连忙让自己的车子绕道走开。这样的事发生了几次，蔺相如的随从和佣人们都觉得很丢面子。

于是，蔺相如的门下客人都对他说："我们所以离开家人前来投奔您，就是因为仰慕您的崇高品德啊。现在您的职位比廉颇将军高，廉将军在外面讲您的坏话，您却害怕而躲避他，恐惧得那么厉害。连一个平常人都觉得羞愧，何况您还贵为上卿呢！我们实在不中用，请让我们告辞回家吧！"

蔺相如坚决挽留他们，说："你们看廉将军和秦王哪个厉害？"门客回答说："自然廉将军不如秦王。"蔺相如说："像秦王那样的威风，我都敢在秦国的朝廷上斥责他，羞辱他的群臣。我虽然无能，难道单怕一个廉将军吗？我之所以避开廉将军，是因为我考虑到这样的问题：强大的秦国之所以不敢发兵攻打我们赵国，是因为我们两个人在。倘若我们不和，强秦就会乘虚而入。我怎么能置国家大局不顾，去计较一己之愤呢？"

当这些话传到廉颇耳中之后，廉颇深感惭愧，便解衣赤背，背上荆条，由宾客引着到蔺相如府上谢罪，说："我这卑贱的小人，不晓得上卿宽厚到如此地步。"

两人终于和好,成为誓同生死的朋友。

**感悟**

以宽容之心对待有敌意的人,"和为贵"。

## 19. 舜与瞽叟和象

舜是华夏上古时代即中国父系氏族社会后期的部落联盟首领,是传说中的五帝(黄帝、颛顼、帝喾、尧、舜)之一,也是世世代代中国人民心目中的贤明君主和圣人。瞽叟是舜的父亲,是个盲人。象是舜的异母弟弟。传说,舜很小的时候,生母就去世了,瞽叟娶了后妻,后妻又生了一个儿子叫象。瞽叟心术不正,继母刁蛮专横,弟弟象桀骜不驯,三人沆瀣一气,一心想置舜死地而后快。舜生活在"父顽、母嚚、弟傲"的环境中,受尽了屈辱,但舜始终孝敬父亲和继母,关爱弟弟。

舜长到20岁的时候,因忠厚和孝顺感天动地,名传乡里。舜在历山耕种,大象替他耕地,鸟代他锄草。在舜的带动下,历山这地方形成了礼让风气,许多人都到此定居,人口很快发展起来。当时部落联盟的首领尧得知舜的忠厚和孝顺,很是欣赏,把自己的两个女儿娥皇和女英嫁给了舜,并赏给舜牛羊和财产。瞽叟和象非常嫉妒,一心想害死舜。

一天,瞽叟让舜去修理粮仓,等舜爬上仓顶后,瞽叟和象撤掉梯子,将粮仓点燃,想烧死舜。当时,狂风大作,火势凶猛,舜身边正好有两个斗笠,他抓住两个斗笠的带子,风将两个斗笠高高吹起,将舜带出火场,幸免于难。

后来,瞽叟又让舜去疏通水井,等舜下到井底时,瞽叟和象就奋力从井口往井里填土,企图把舜活活埋死在井底。舜在妻子的帮助下逃脱。瞽叟和象把井填平后,认为阴谋已经得逞,便想瓜分舜的财产。象还想霸占舜的两个妻子和舜的琴,把牛羊和仓廪分给父母。象高高兴兴地来到舜的家,走进房门,

19

见舜正坐在屋子里弹琴,他大吃一惊,然后便忸怩地说:"我很想念哥哥,特前来探望。"舜毫无怨色,笑笑说:"你真是我的好弟弟。"舜没有当着瞽叟和象的面把事情说破,比以前更加谨慎地孝敬父母和友善弟弟。

在舜的感召下,瞽叟、继母和象终于悔过,改过自新。

尧后来把帝位禅让给舜,称为舜帝。舜在位39年。舜不仅人格高尚和孝顺,而且才干卓越。他在位期间,兴利除弊,天下安定,民风淳朴礼让,人民安居乐业。舜一生勤勉,南巡时死于苍梧之野。舜在做帝王期间,也不计前嫌,年年都去看望父母,象改过后,舜还封象为侯。

**感悟**

王阳明先生说:"功夫只在自己,不必责人,所以致得克谐。"古今中外的成功人士,无不是从"正己"走出来的。

# 20. 随风而去的字

阿拉伯著名作家阿里有一次跟他的两位朋友吉帕和玛沙一起旅行。他们来到一条河边,吉帕和玛沙为了一件小事吵了起来,后来吉帕一气之下打了玛沙一耳光。

玛沙感到非常委屈,就跑到沙滩上写下:"×年×月×日,吉帕打了玛沙一耳光。"

事过之后,他们继续沿着山路走,在经过一处山谷时,由于山路很窄,玛沙不小心失足滑落。幸而吉帕拼命拉他,才将他救起。玛沙于是在附近的大石头上刻下:"×年×月×日,吉帕救了玛沙一命。"

当他们旅游回来之后,阿里好奇地问玛沙为什么要把吉帕救他的事刻在石头上,而将吉帕打他的事写在沙子上。玛沙回答:"他打我的事,在我心里,就会随着沙滩上字的消失而忘得一干二净;而他救我的事,我要永远地记住它。"

## 二 谅解助人

**感悟**

朋友伤害你也许是无心的，但他帮你肯定是真心的。对你真心地帮助，一定要铭记于心。

## 21. 曼德拉的嘉宾

曼德拉，是南非的一位黑人领袖。他因为领导反对白人种族隔离的政策入狱，白人统治者把他关在荒凉的大西洋罗本岛27年。尽管曼德拉年事已高，但白人统治者依然像对待年轻犯人一样对他进行残酷的虐待。

罗本岛上布满岩石，到处是海豹、蛇和其他动物。曼德拉被关在集中营一个"铁皮房"里。白天打石头，将采石场的大石块碎成石料。有时要下到冰冷的海水里捞海带，有时干采石灰的活儿——每天早晨排队到采石场，然后被解开脚镣，在石灰石场里用尖镐和铁锹挖石灰石。

因为曼德拉是要犯，看管他的狱警就有3人。他们总是寻找各种理由虐待他。

1991年曼德拉出狱，当选总统以后，他在就职典礼上的一个举动震惊了整个世界。

总统就职仪式开始后，曼德拉起身致辞，欢迎来宾。他依次介绍了来自世界各国的政要，他说："能接待这么多尊贵的客人，我深感荣幸，但最让我高兴的是，当初在罗本岛监狱看守我的3名狱警也能到场。"随即他邀请他们起身，并把他们介绍给大家。

曼德拉的博大胸襟和宽容精神，令那些虐待了他27年的白人汗颜，也让所有到场的人肃然起敬。看着年迈的曼德拉缓缓站起，恭敬地向3位曾看押他的狱警致敬，在场的所有来宾都静下来了。

后来，曼德拉向朋友们解释说，自己年轻时性子很急，脾气暴躁，正是狱中生活使他学会了控制情绪，因此才活了下来。他说："获释当天，我的心情非常平静，当我迈过通往自由的监狱大门时，我已经清楚，自己若不能把悲

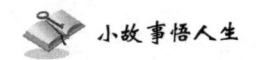

痛与怨恨留在身后,那么我其实仍在狱中。牢狱岁月给我时间和激励,也使我学会了如何处理自己所遭遇的痛苦。感恩和宽容常常源自痛苦和磨难,必须通过极强的毅力来训练。"

**感悟**

一个伟大的人有两颗心:一颗心流血,一颗心宽容。

## 22. 六尺巷

清朝时,在安徽桐城有一个著名的家族,父子两代为相,权势显赫,这就是张家张英、张廷玉父子。

康熙年间,张英在朝廷当文华殿大学士、礼部尚书。老家桐城的老宅与吴家为邻,两家府邸之间有个空地,供双方来往交通使用。后来邻居吴家建房,要占用这个通道,张家不同意,双方将官司打到县衙。县官考虑纠纷双方都是官位显赫的名门望族,不敢轻易断案。

在这期间,张家人写了一封信,给在北京当大官的张英,要求张英出面,干涉此事。张英收到信件后,认为应该谦让邻里,给家里回信中写了四句话:千里来书只为墙,让他三尺又何妨?万里长城今犹在,不见当年秦始皇。

家人阅罢,明白其中意思,也主动让出三尺房地基,吴家见状,深受感动,也主动让出三尺房基地,这样就形成了一个六尺的巷子。两家礼让之举和张家不仗势压人的做法传为美谈。

**感悟**

做人一定要有包容之心、爱人之心。

## 23. 楚王断带

春秋时期,楚王请了许多臣子来喝酒吃饭,席间歌舞妙曼,美酒佳肴,

二 谅解助人

烛光摇曳。同时，楚王还命令两位他最宠爱的美人许姬和麦姬轮流向各位大臣敬酒。

忽然一阵狂风刮来，吹灭了所有的蜡烛，现场漆黑一片。席上一位官员乘机摸了许姬的手，许姬一甩手，扯下了他的帽带，匆匆回到座位上并在楚王耳边悄声说："刚才有人乘机调戏我，我扯断了他的帽带，你赶快叫人点起蜡烛来，看谁没有帽带，就知道是谁了。"

楚王听了，连忙命令手下先不要点燃蜡烛，大声向各位臣子说："我今天晚上，一定要与各位一醉方休，来，大家都把帽子脱了痛饮一场。"

众人都没有戴帽子，也就看不出谁的帽带断了。后来楚王攻打郑国，有一大将独自率领几百人，为三军开路，斩将过关，直通郑国的首都，而此人就是当年摸许姬的那一位。他因楚王施恩于他，而发誓毕生效忠于楚王。

**感悟**

"人非圣贤，孰能无过。"宽容不仅给别人机会，也为自己创造机会。

## 24. 眉毛与肚皮

古时候，有位宰相请理发师给他修面，那位理发师修面修到一半时，忽然停下刮刀，两眼直愣愣地看着宰相的肚皮。

宰相见理发师傻乎乎发愣的样子，心里很是纳闷：这肚皮有什么好看的呢？就问道：

"你为什么不好好修面，却看我的肚皮？"

"听人们说'宰相肚里能撑船'，我看大人您的肚皮并不大，怎么可以撑船呢？"

宰相一听，哈哈大笑起来。

"那是讲宰相的心胸宽广，能容天容地容古今，不会对鸡毛蒜皮的小事斤斤计较。"

理发师一听这话，"扑通"一声跪倒在地："小人该死，方才为您修面时一

23

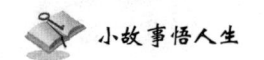

不小心，将您的眉毛刮掉了，万望您大德大量，饶小的一次吧！"

宰相听说自己的眉毛被刮掉了，不禁怒由心起，正准备发作，转念一想：刚才自己还讲宰相的肚量很大，我又怎好为这件小事治他的罪呢？于是，只好说："无妨，用眉笔把眉毛画上就行了。"

**感悟**

聪明人在犯错误之后，会想方设法给自己找个台阶下。与人方便未尝不是与己方便。

## 25. 子发认错

子发是楚国的一位大将军，他对老母非常孝顺。有一次，他带兵与秦国作战，前线断了粮草，他派人向楚王告急，并嘱咐使者顺便去看望一下自己的母亲。使者到达后，老太太问使者："兵士都好吗？"使者回答："还有点豆子，只能一粒一粒分着吃。""你们将军呢？"使者回答道："将军每餐都能吃到肉和米饭，身体很好。"老太太听了，什么也没说就打发使者走了。

经过楚王的粮草补充后，子发率军大破秦军。不久，子发得胜归来，而母亲却紧闭大门不让他进，并派人告诉子发："你让士兵饿着肚子打仗，自己却有吃有喝，这样做将军，打了胜仗也不是你的功劳。"母亲又说："越王勾践伐吴的时候，有人献给他一罐酒，越王让人把酒倒进江的上游，教士兵们一起饮下游的水。虽然大家没尝到酒味，但却鼓舞了全军的士气，提高了战斗力。而你现在却只顾自己不顾士兵，你不是我的儿子，不要进我的家门。"

子发听了母亲的批评，向母亲认了错，决心改正。此后，子发十分体恤将士，而他带领下的楚军也越来越强大。

**感悟**

一个深明大义的母亲，一个对孩子严格要求的母亲。"子不教，父之过。"子女成长得好坏，长辈负有极大的责任。

二 谅解助人

## 26. 戒 烟

有一次，几个哥们儿一起去一个朋友家看球赛。

男人看球，总离不开香烟。直到球赛结束，才发现不知不觉中，他们已经抽了三盒烟。朋友的妻子也一直在旁边陪着他们。但是，她竟然什么也没说，只是在他们不注意的时候，打开窗子，让新鲜的空气进来。他们觉得很奇怪，"你怎么就不管管他和我们这么抽烟？"一个哥们儿问道。

朋友妻微微一笑，说："我也知道抽烟有害身体健康，但是，如果抽烟能让他快乐，那么我为什么要阻止？我情愿让我的丈夫能快快乐乐地活到60岁，也不愿意他勉勉强强地活到80岁。毕竟，一个人的快乐不是任何时间或者金钱可以换来的。"

他们再看到这个朋友的时候，他已经戒烟了。问他为什么，他憨笑着说："她能为我的快乐着想，我也不能让自己提前20年离开她呀！"

**感悟**

设身处地将心比心，你为人人，人人为你。

## 27. 焚信聚人心

官渡之战以前，袁绍拥有中国北方最强大的势力。公元199年，袁绍统率10万大军，进逼许都，当时是曹操驻守许都。因为敌强我弱、众寡悬殊，曹操的部属惶恐不安，关中诸将皆中立观望。许多人唯恐自己的生命有危险，暗中与袁绍勾结，以谋退路。

后来曹操用计策、出奇兵，战胜了袁绍。袁绍兵败，仓促引领八百骑兵渡过黄河。曹操追赶不上，将袁绍丢下的辎重、地图、书信和珍宝全部缴获了。

曹操从收缴袁绍的往来书信中,翻到了许多官员和曹军的将领暗中写给袁绍的信。他并没有把这些信件曝光,更没有揪出与袁绍勾结的手下,而是把这些信件全部烧毁,说:"袁绍强大的时候,我尚且担心性命难保,何况我手下的那些人呢?"

那些曾经想投奔袁绍的人都暗自羞愧不已,又赞叹曹操有如此宽容的胸襟。

**感悟**

能容人之错,对部属表示充分的理解和体谅,才能得人心。不计前嫌,注重于未来,才能成就霸业。

# 28. 荷兰人的习惯

刚到荷兰时,朋友告诉我,到荷兰一定要看郁金香,郁金香烘托了荷兰人与人之间的和谐氛围,而自责最能体现这种和谐。

一天,我在家中接到了一个电话。

"您好,请问是梁先生吗?"

"是啊,您是……"

"我是电力公司的。"

"请问有什么事?"

"您家这个月的电费比以前多了26欧元,我可以知道原因吗?"

这是什么意思?我有点儿生气,这个工作人员可能怀疑我没有按照有关规定用电。在荷兰,能源有限,电力紧张,按照规定,居民要使用节能灯具。

"您是在怀疑我没有按照有关规定用电吗?"我的声音有点儿高。

"不,不,您误会了。我发现您的电费增加了不少,担心哪里漏了电,所以想请您注意一下。如果您认为有必要的话,我们可以上门检查一下。"

原来是这样,我为自己刚才的态度脸红,不知道该怎么回答。我不说话,对方就不停地道歉,说马上派人来检修,并对由此产生的影响表示歉意。半小时后，两个身着工作服的人来到我家，对房间里的线路进行了全面检查。检查的结果是，线路没有问题。

这件事让我想起最近收到的一封信，信是警察局寄来的。信中说，我对荷兰的一些交通规则不太熟悉，曾两次违规。信末尾的一段文字让我很是意外："尊敬的先生，您的车两次违规，我们想知道原因，是不是红灯等交通设施所处的位置不合理，或者是发生了故障？对此，我们表示歉意，希望您能将您的意见告诉我们。谢谢！"

我送两位检查线路的工作人员出门时，看到了邻居爱德华。他老远就朝我挥手，他是来忏悔的。

"我听说您的车因为违规被警察处罚了。"

"是的。不过，这与您有什么关系呢？"

"您忘记了吗？前段时间我借过您的车。"

几天前，爱德华借我的车去接孩子，前后也就半个小时，他的话让我大跌眼镜。"我借过您的车子，因此违规的也可能是我。"此时，妻子和我都很惊讶，不知道该说什么。

**感悟**

遇到事情时，要多从自己身上找原因，而不是一味责怪别人。

# 29. 魏文侯改过

师经是我国战国时期魏文侯的乐师。一天师经正在弹琴，魏文侯随着乐曲跳起了舞，并且高声说道："我的话别人不能违背。"

师经拿起琴去打魏文侯，没有打中，却把帽子上甲穗子撞断了。魏文侯大惊，气愤地问道："寡人有何过失，你打寡人？"

师经没有回答问题，在一旁沉默不语。

魏文侯接着问手下的人："身为臣下却去打他的国君，应该处以什么样的刑罚呢？"

"应该处以死刑。"左右答道。

师经说："我想在死之前说一句话，可以吗？"

魏文侯说："可以。"

师经说："以前尧舜做国君时，只怕他讲的话没有人反对；桀纣做国君时，只怕他讲的话遭到别人的反对。我打的是桀纣，不是打我的国君。"

魏文侯听罢说："放了他吧！是我的过错，把琴挂在城门上，用它做我的符信；不要修补帽子上的穗子，用它来时常告诫我自己。"

**感悟**

必须善于倾听逆耳之言，不要害怕别人反对你，这才是对你的另一种关心与爱护。

## 30. 原谅别人

在杭州的一家餐厅里，负责为我们上菜的那位女服务员是个年轻的新手。

她端上蒸鱼时，盘子倾斜，鱼汁直淋而下，淋在我搁于椅子上的手提包上。我本能地向旁一闪，柳眉一下竖了起来，怒气涌上心头。

可是，我还没有发作，女儿迅速站了起来，快步走到女服务员身旁，露出了极为温柔的笑脸，拍拍她的肩膀，说："没事的，没关系。"

女服务员如受惊的羔羊，手足无措地看着我的手提包，声音很低地说："我，我给您擦……"

想不到女儿居然说道："没事，回家洗洗就干净了。你去做事吧，没关系的。"

女儿的口气好像做错事的人是她。

我望着女儿，很是郁闷。

女儿平静地看着我，大大的眼睛里，好像含着泪花。

当晚回家之后，母女俩面对面地闲聊，她这才告诉我发生在异国他乡的故事：

## 二 谅解助人

女儿在英国求学三年，为了锻炼她的独立性，我们夫妻俩在她大学的假期里不让她回家，让她四处旅行体验生活，也希望她尝试打工的滋味儿。

可爱的女儿，在家粗活细活都轮不到她，然而来到陌生的国度，却选择当服务员来体验生活。

第一天上工，她被分配到厨房去清洗酒杯，那些晶莹剔透的酒杯，一只只薄如蝉翼，只要力度稍稍重一点，就可能化作碎片。

女儿战战兢兢，好不容易将一盆酒杯洗干净，她长长地松了一口气，心中正为完成这项工作、获得10英镑的收入暗自庆幸时，没想到一个趔趄，撞倒了杯子，杯子应声倒地，掉在地上全化成了玻璃碎片。

"妈妈，那一刻，我感觉自己堕入了地狱。我打一个月的工可能也还不起那些酒杯。"女儿的声音还有些惊悸。

"可是，您知道领班有什么反应吗？她不慌不忙地走了过来，搂住我说：'亲爱的，你没事吧？'"

对我，她连一句责备的话都没有！接着，又转过头去吩咐其他员工："快把碎片打扫干净吧！"

还有一次，女儿在倒酒时，不小心把红葡萄酒倒在顾客的衣裙上，好似刻意为她在衣裙上绣上了一朵梅花。

原以为顾客会大发雷霆，没想到她反而倒过来安慰我说："没关系，酒渍嘛，洗一洗就掉了。"

说着，她站起来，轻轻拍拍我的肩膀，悄悄地走进了洗手间，不张扬，更不叫嚣，用行动安抚着眼前的惊弓之鸟。

女儿最后说："妈妈，既然别人能原谅我的过失，您就把犯错的人当成是您的女儿，原谅她们吧！"

在这静谧的夜里，我眼眶全湿，陷入了深深的沉思中。

**感悟**

原谅别人的错，收获好心情……生活，原来如此美好！

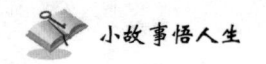

## 31. 你不知道别人的生活

一个男孩摔骨折了，被急匆匆地送到医院，需要马上做手术。但医生有事请假了，男孩的父亲急成了热锅上的蚂蚁。医生接到紧急手术的电话后，以最快的速度赶到医院并换上手术服，男孩的父亲失控地对他喊道："你怎么这么晚才来？你难道不知道我儿子正处在危险中吗？你怎么一点责任心都没有？"医生淡然地笑着说："很抱歉，刚刚我不在医院，接到电话就马上赶来了，您冷静一下。""冷静？如果手术室里躺着的是你的儿子，你能冷静吗？如果现在你的儿子死了，你会怎么样？"男孩的父亲愤怒地咆哮着。

医生又淡然地笑着说："我马上就手术，相信你的儿子会平安无事的。"男孩的父亲愤愤地说："当一个人对别人的生命漠不关心时，才会这样说。"几个小时后，手术顺利完成，医生从手术室走出来，对男孩的父亲说："谢天谢地，你的儿子得救了！"还没有等到男孩的父亲答话，他便匆匆离去，并说："如果有问题，你可以问护士。"

"他怎么能这样对待我的儿子？连我问问儿子的情况这几分钟的时间都等不了吗？"男孩的父亲对护士愤愤不平地说道。

护士的眼泪一下子就流出来了："他的儿子昨天在交通事故中身亡了，我们叫他来做手术的时候，他正在去殡仪馆的路上，现在，他救活了你的儿子，要赶去完成他儿子的葬礼。"

**感悟**

你不知道别人的生活，请不要随意去指责。

## 32. 我养兰花不是为了生气

一个老和尚养了一盆兰花，他对这盆淡雅的兰花呵护有加，经常为它浇水除草杀虫。

兰花在老和尚的悉心照料下，长得十分健壮，出落得清秀可人。

有一次，老和尚要外出会友，便把这盆花托付给小和尚，请他帮忙照看。小和尚很是负责，像老和尚一样用心呵护兰花，兰花茁壮地成长着。

一天，小和尚给兰花浇过水后放在窗台上，就出门办事了。

不想天降暴雨，狂风把兰花打翻砸坏了。

小和尚赶回来时，看到一地的残枝败叶，十分痛心，也很害怕老和尚责怪他。

过了几天老和尚回来了，小和尚向他讲述了兰花的事情，并准备接受他的责怪。

可老和尚什么也没说。小和尚感到很意外，因为那毕竟是老和尚最心爱的兰花呀。

老和尚淡淡一笑，说道："我养兰花，不是为了生气的。"

**感悟**

简单的一句话，体现出一种心胸豁达、处事淡然的人生态度。

## 33. 宽　恕

有一位要远行的小和尚，刚一出门就被一位身材高大的壮汉撞了个趔趄，不仅被摔得鼻青脸肿，还被旁边的树枝划破了手掌。

大汉怕小和尚赖上他，就先开口埋怨说："谁让你走路这么匆忙？我这么大块头的人，你没长眼睛吗？"

小和尚没说话，也没有怪罪这位大汉，只是笑了笑。

大汉仿佛有了惭愧之心，不好意思地问道："我撞了你，你怎么一点不生气？"

小和尚很平静地说："既然已经这样了，生气有什么用呢？生气又不能让手上的疼痛减轻半分，也不能让伤痕愈合，相反，生气只能激化心中的怨气。如果我对你恶言相向，或动用武力，即便打赢了你，也会种下恶缘，到头来输

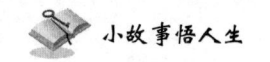

掉的还是我自己呀。"

小和尚还为大汉开脱说:"若是我选择走别的路,或是早出来或晚出来一分钟,都会避免相撞。或许这一撞就化解了一段恶缘,还要感谢你帮我消除业障呢!"

大汉听了小和尚的这段话,觉得很是惭愧,连忙向他道歉,并记下了小沙弥的联系方式才离去。

半年过去了,小和尚推开庙门,看到大汉长跪在庙门前,不知何故。

原来,大汉一心忙于事业,婚后冷淡了妻子,造成家人不和、后院失火。在得知妻子竟然做出出轨的事后,大汉顿时怒火中烧、报复心起,冲进厨房拿起菜刀想将妻子杀掉。

大汉在举起菜刀的一刹那突然想起了与小和尚相撞时的一幕,想起小和尚说的"生气有什么用呢?"事情已经发生了,杀了对方反而会让事态更糟,于是,他放下手里的菜刀,学着像小和尚那样反思自己的不足之处。好长时间没有陪伴妻子了,是自己冷淡了她,这一切明明是自己造成的,怎么可以怨恨妻子呢?

从此以后,大汉不管自己事业上多忙,都要抽出一点时间陪陪妻子,两个人感情越来越好,生活越来越幸福,事业上更见起色。大汉很感谢小和尚让他学会了用宽恕的心态处理人际关系,从而赢得了美满的家庭,来到庙门前,长跪以表谢意。

**感悟**

生活中的矛盾需要我们用宽恕去化解,一个懂得包容、懂得宽恕别人的人,到处都可以契机应缘、和谐圆满。

# 34. 人  品

有一年秋天,北京大学新学期开始了。一个外地来的学子背着大包小包走进了校园,实在太累了,就把包放在路边。

这时正好一位老人走来,年轻学子就拜托老人替自己看一下包,而自己则轻装去办理入学手续。老人爽快地答应了。

近一个小时过去，学子归来，老人还在尽职尽责地看守。谢过老人后，两人分别。

几天后，在北大的开学典礼仪式上，这位年轻的学子惊讶地发现，主席台上就座的北大副校长季羡林，正是那天替自己看行李的老人。

**感悟**
季老的人品令人佩服、令人学习，做人就应该俯下身去，谦虚谨慎。

## 35. 诱　惑

一个顾客走进一家汽车维修店，自称是某运输公司的汽车司机。"在我的账单上多写点零件，我回公司报销后，有你一份好处。"他对店主说。但是店主拒绝了这样的要求。

顾客纠缠说："我的生意不算小，会常来的，你肯定能赚很多钱！"店主告诉他，这事无论如何也不能做。顾客气急败坏地嚷道："谁都会这么干的，我看你是太傻了。"店主火了，他要那个顾客马上离开，去别处谈这种生意。这时顾客露出微笑并满怀敬佩地握住店主的手说："我就是那家运输公司的老板，我一直在寻找一个固定的、信得过的维修店，你还让我到哪里去谈这笔生意呢？"

**感悟**
面对诱惑，不怦然心动，不为其所惑，虽平淡如行云，质朴如流水，却让人领略到一种闪光的品质——诚信。

## 36. 原谅别人的小过错

那天中午下班，我们因赶做一件紧急的工作都没有离开单位，同事阿牛叫了外卖。外卖小哥送来时比约定的时间迟了5分钟，外卖有些凉了。

阿牛大吼道:"退回去吧,没法吃,不守诚信是要付出代价的,我要投诉。"外卖小哥连忙致歉说:"实在对不起,下班高峰,路上堵车,外卖您可以退,这钱我出了,请您千万别投诉,我送得不及时,是要被罚款的,我这个月就白干了。"

看到外卖小哥委屈告饶,我对阿牛说:"我最喜欢吃凉点的,外卖给我吧,我正好就不出去了,钱算我的。"

看到我接过外卖吃了起来,外卖小哥感激地说:"哥哥,好人呀!感谢您。"外卖小哥走后,阿牛问:"你今天怎么变绅士了?"于是,我给阿牛讲了我的一个经历。

那是三年前,单位对面新开张了一家拉面馆,开张前三天半价优惠,同事们都去尝新鲜,回来后说味道挺好的。

第二天,我也去尝尝鲜。拉面分毛细、细、薄宽等几种,我要了一碗毛细面,付了钱坐在桌前等待。很快,年轻的女服务员端来一碗拉面放在我桌前。我正在思考别的事走了神,接过拉面就吃了一口,这才感觉不对。"这哪里是毛细,分明是细面。"于是连声喊道:"服务员,我要的是毛细,你上错了。"

服务员笑着跑过来说:"先生,实在对不起,是我端错了,这碗细面是对面桌上那位女生的,可是您已经吃了一口,没法换了。"

服务员说这话时,对面桌上的那位女生听到后冲着服务员笑了笑说:"没关系啦,上错就上错了,等毛细出来给我,都是一个味,价钱也一样,不碍事的。"

我却不依不饶地说:"我吃不惯细面,这碗细面是你端错的,与我无关,你还是给我换一碗毛细。"

我的声音特别大,引起了全体顾客的注意。引来了店主,店主连忙向我致歉说:"先生,对不起,我们是新开张的店,服务员也是刚刚招聘来的,服务不周,请多多谅解,我马上给您换成毛细。"说完,店主吩咐服务员将那碗细面倒掉,重新换一碗毛细上来。

下午下班后,我去汽车站接朋友,看到那名瘦小的服务员,她背着学生的铺盖下了公交车。我们离得很近,服务员看到了我,一下子哭了。

二　谅解助人

我问："你这是要去哪里呀？"

服务员更委屈了，哭了一会儿说："店主说我给客人上错了面，引得客人不满，刚刚开张的新店，就在服务上出了问题，影响了店里的声誉，店主说要杀鸡给猴看，就辞退了我，只好回农村老家了。"

那碗打半价的拉面仅5元，我却害得一个从农村进城务工的女孩丢了工作。看着她沉重的脚步和那瘦小远去的背影，我无比自责，内心无数次地谴责自己为什么不能绅士一点。

**感悟**

我们需要绅士一下，能够原谅别人的小过错。不要为了自己丝毫的利益，却让对方付出成倍的代价。

# 37. 诚信记录

欧洲某些国家的公共交通系统的售票处是自助的，也就是你想到哪个地方，根据目的地自行买票，没有检票员，甚至连随机性的抽查都非常少。

一位中国留学生发现了这个管理上的漏洞，或者说以他的思维方式看来是漏洞。他很乐意不用买票而坐车到处溜达，在留学的几年里，他一共因逃票被抓了三次。

他毕业后，试图在当地寻找工作。他向许多跨国大公司投了自己的简历，因为他知道这些公司都在积极地开发亚太市场，可都被拒绝了。一次次的失败，使他愤怒。他认为一定是这些公司有种族歧视的倾向，排斥中国人。最后一次，他冲进了人力资源部经理的办公室，要求经理对于不予录用他给出一个合理的理由。

下面的一段对话很令人品味。

"先生，我们并不是歧视你，相反，我们很重视你。因为我们公司一直在开发中国市场，我们需要一些优秀的本土人才来协助我们完成这项工作，所以你一来求职的时候，我们对你的教育背景和学术水平都很感兴趣。老实说，从

35

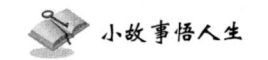

工作能力上，你就是我们所要找的人。"

"那为什么不收我为贵公司所用？"

"因为我们查了你的信用记录，发现你有三次乘公交车逃票被处罚的记录。"

"我不否认这个。但为了这点小事，你们就放弃了一个优秀的人才吗？"

"小事？我们并不认为这是小事。我们注意到，第一次逃票是在你来我们国家后的第一个星期，检查人员相信了你的解释，因为你说自己还不熟悉自助售票系统，只是给你补了票。但在这之后，你又两次逃票。"

"那时刚好我口袋中没有零钱。"

"不、不，我不同意你这种解释，你在怀疑我的智商。我相信在被查获前，你可能有数百次逃票的经历。"

"那也罪不至死吧？干吗那么较真？以后改正还不行吗？"

"不、不，先生。此事证明了两点：第一，你不尊重规则，不仅如此，你擅于发现规则中的漏洞并恶意利用；第二，你不值得信任，而我们公司的许多工作是必须依靠信任进行的，因为如果你负责了某个地区的市场开发，公司将赋予你许多职权。为了节约成本，我们没有办法设置复杂的监督机构，正如我们的公共交通系统一样。所以我们没有办法雇用你，可以确切地说，在这个国家甚至整个欧盟，你可能都找不到雇用你的公司，因为没人会雇用一个不诚信的人。"

**感悟**

一个人是否遵纪守法，不是一时得过且过，它会对一个人的未来，甚至一生产生深远的影响。

# 38. 多一分信任

老张是一个老实巴交的农民，一直在工地上干的都是瓦工的工作。这段时间，在工地经常通宵加班，早上来不及自己做饭，只好到外面吃早餐。

一天，老张来到早餐店，一坐下就点了3碗面、3个鸡蛋、1杯牛奶，还没等早餐上齐，他就开始三下五除二地吃了起来。

二　谅解助人

他这吃相把周边的顾客都吓住了。农民工干活累，身体需要补充，吃这些也不算什么。

吃完饭，老张打了一个嗝，伸了个懒腰，算了算总共吃了14元，正准备叫店主来结账，结果一摸口袋，糟了，没有带钱出来，手机也没有带，这可怎么办？他很无助地看着老板娘。

旁边的顾客用异样的眼神看着老张，好像在说他吃饭不给钱，这让他更尴尬了。

他解释道："我今天早上换了条裤子，要不……"还没有等他说完，老板娘打断了他的解释，笑着说了句："没有关系，算了。"

老张很感动，这家店刚开张不久，自己第一次来吃，老板娘就这么相信他，很是疑惑。老板娘还笑嘻嘻地说："你快点去上工，要不迟到了，要扣钱哦！"

第二天一大早，老板娘傻眼了，只见老张带着一群工友到店里吃饭，老板娘忙不过来，工友还帮忙，还说以后天天来这儿吃早餐，回头给包工头说，看能不能让老板娘进工地卖早餐，那可是几百人的生意啊！

老板娘激动地说："我真的没有想到，一个小小的举动会带来这般惊喜，我真是遇到好人了。"说着流下了感激的眼泪。

**感悟**

人与人之间，应该多一分信任，多一分理解，说不定下一个幸运就会落到你的身上。

# 39. 面　试

在人才市场上，一家公司招聘职员，面试时主考官出了这样一道算术题：10减1等于多少？

一位面试者神神秘秘趴在主考官的耳边说："你想让他等于几，他就等于几。"还有的人自作聪明地说："10减1等于9，就是消费；10减1等于12，那

37

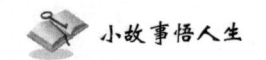

就是经营；10减1等于15，那就是贸易；10减1等于20，那就是金融；10减1等于100，那就是赌博。"

只有一个应试者回答等于9，还有点犹犹豫豫。主考官问他为什么，这位应试者说："我怕照实说，会显得自己很愚蠢，智商低。"然后，他又小声地补充了一句，"妈妈从小就教育我，做人要诚实。在参加贵公司的招聘前，妈妈还对我说，对获得一份好工作来说，诚实可能是这个世界上最重要的武器。"

这个诚实的人最后被录用了，事后有人问主考官为什么会出这道题？主考官说："我们公司的宗旨就是不要把复杂的问题看得过于简单，也不要把简单的问题看得过于复杂。"

**感悟**

诚实不但是一种美德，更是一种资本，它会让人更加自信、更有魅力。

## 40.给自己留一条路

刘毅是东晋末年北府兵将领，公元405年，刘毅大败对手桓蔚。

桓蔚失败后，落荒而逃，为躲避追兵逃进了牛牧寺，请求在寺中躲避一下。

寺僧释昌出于出家人的慈悲心理，便将桓蔚藏了起来，使他躲过了追兵的搜查，捡了一条命。

后来，刘毅得知了事情经过，怒不可遏，下令将寺僧释昌斩首。

过了七年，刘毅与刘裕交战，结果被杀得大败，他在深夜骑马奔逃，眼见着后面的追兵就要追上自己。他慌不择路，竟然也逃进了牛牧寺。

寺里的僧人见有人闯了进来，便连忙往外赶他，他哀求僧人允许他躲避一下追兵，僧人们坚决不同意，说："几年前，我们寺里的释昌法师就是因为私藏了一个被官兵追捕的人，所以被一个叫刘毅的将军杀掉了。这次，我们是再也不敢收留任何人了！"说完，便将刘毅轰了出去，把寺门关上了。

刘毅走投无路，眼看着追兵就要冲到眼前，长叹一声："是天亡我也！"说罢，他便拔剑自杀了。

**感悟**

真正堵死刘毅活路的，不是天而是他自己。善待别人就是善待自己，宽容别人其实也是给自己留一条路。

## 41. 尊 严

一个乞丐来到我家门前，他想向母亲要点儿吃的。

这个乞丐很可怜，他的左手连同整个手臂断掉了，空空的衣袖晃荡着。

我以为母亲一定会慷慨施舍的，可是母亲指着门前的一堆砖头对乞丐说："请你先帮我把这堆砖头搬到屋后去，可以吗？"

乞丐生气地说："我只有一只手，你还忍心要我搬砖头？你不想帮助我，何必刁难我呢？"

母亲并不生气，她对乞丐笑一笑，然后俯身用一只手抓起了两块砖头。

当搬过一趟回来时，她温和地对乞丐说："你看，一只手也能干活。我能干，你为什么不能干呢？"

乞丐怔住了，他用异样的目光看着母亲，终于俯下身子，用仅有的一只手搬起砖头来。

一次只能搬两块，他整整搬了3个小时，才把砖头搬完。

他累得气喘吁吁，脸上蒙上许多灰尘，脏乱的头发被汗水湿透了，斜贴在额头上。

母亲递给他一条洗过的白毛巾，乞丐很仔细地把脸和脖子擦了一遍，白毛巾变成了黑毛巾。

母亲又递给他一杯水，两个馒头，临走的时候，母亲递给他20元钱作为酬劳。

乞丐接过钱，感动地说："谢谢您，夫人。"

母亲说："你不用谢我，这是你凭力气挣的工钱。"

乞丐感激地说："我不会忘记您的。"

他向母亲深深地鞠了一躬，就昂首上路了。

过了几天，又有一个乞丐来到我家门前，向母亲祈求施舍。

母亲让他把屋后的砖头搬到屋前，照样给他水和馒头，还有20元。

我不解地问母亲："上次叫人把砖头从屋前搬到屋后，这次又让人把砖头从屋后搬到屋前。你到底是想把砖头放在屋后还是屋前呢？"

母亲说："这堆砖头放在屋前屋后其实都一样。"

我噘着嘴说："那就不要搬了。"

母亲摸摸我的头说："可是，对乞丐来说，搬砖头和不搬砖头可就大不一样了……"

此后，经常有一些乞丐来到我们家，每一次母亲都会把过去的戏重演一遍，我家的砖头就屋前屋后地被搬来搬去。

几年后，有个很体面的人来到我家。

他装束整齐，气宇轩昂，和电视上那些成功人士一模一样。美中不足的是，他仅有一只右手，左边是一条空空的衣袖，在风中摇摇荡荡。

他握住母亲的手，俯下身说："如果没有您，我现在还是一个乞丐。因为当年您让我搬砖头，今天我才能成为一个公司的经理。"

母亲说："这是你自己干出来的，与我无关。"

那人挺直身子，看着母亲说："是您帮我找回了尊严，找回了自信。就在那一天，我才知道，我还有能力做工作，后来我找了一份工作，现在是一家公司的经理，年薪百万……"

独臂经理为了感谢母亲，他决定赠送我们一套房子，给我们50万元。

母亲说："我不能接受你的馈赠。"

"为什么？"

"因为我们一家人个个都有两只手！"

经理坚持说："我已经替你们买好了。"

母亲笑一笑说："那你就把房子送给连一只手都没有的人吧！"

我们家有三个孩子，虽然我们的家境并不富裕，可是，我们长大之后都自立成才了。

我的哥哥获得了博士学位，在一家跨国公司工作，姐姐在一家国企上班，我现在是一名注册会计师。

我的母亲年纪很大了，我们家的那一堆砖头，有时候还会在母亲的指挥下被搬来搬去。

**感悟**

靠双手用劳动换来的，才是最弥足珍贵的。母亲施舍的不仅是物质，更是精神和尊严。

# 42. 扔垃圾

一年前，我们单元楼里新搬来一对老年夫妇，听母亲说，他们是来帮离婚的女儿带孩子的。这对夫妇每天早晨都会在楼下的垃圾桶里捡拾一些塑料瓶、纸盒等废品拿去卖。

在他们住进来的几个月后，我发现母亲下楼扔垃圾的时间变得固定起来，书房里堆着的旧书也越来越少。

原来母亲摸清了那对老夫妇捡废品的时间，只要是可回收的废品她都赶在他们来之前拿下去。我说："您直接给他们送下去多好，为什么还要费劲儿扔到垃圾桶里让人家捡？"

母亲却一脸认真地说："人家又不是乞丐，人家也要面子啊！"

以前总觉得母亲只是一个普通的小老太太，在帮我们带孩子的时候还总觉得她冥顽不灵。那一刻，她真是可爱极了。

母亲用她一个小小的举动，悄无声息地帮助着别人，也小心翼翼地维护着别人的自尊心。

**感悟**

尊重、平视他人和身份地位、贫贱富贵、身体完整残缺都没有关系，它是发自内心的、由内而外的一种美丽。

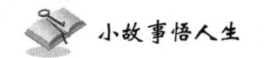

## 43. 陶母教子

　　东晋人陶侃的母亲湛氏是一位贤淑仁慈、德行高尚的人。她经常告诫自己的儿子，一定要争取与品德高尚的人交朋友，以便学习他们的长处。陶侃谨记母亲的教诲，虚心向品德高尚的人学习。同郡的孝廉范逵是一位贤达之士，陶侃对他很仰慕，与他结成了好朋友。

　　有一年冬天，范逵因为有事要去洛阳，途中经过陶家时天色已晚，便想在陶家住下，但陶家房屋太小，又无粮米，范逵有仆从多人，还有马匹牲畜。一时间，陶侃感到十分为难，不知道如何是好，就去问母亲。陶母听后，稍稍考虑了一会儿，就对他说："你只管到外面招呼客人，我自有办法。"等儿子出去后，陶母就开始准备。她的头发本来又长又柔，很多人都很羡慕，但为了能够招待好客人，她毫不犹豫地将它剪了下来，托邻居拿到市场上卖掉，换了一些米和蔬菜佳肴。她又把房内的柱子从中间锯开，劈下半边当作柴烧，把床上铺的草苫子拿下来，切碎给马吃……就这样，饭菜马料以最快的速度准备好了，范逵及其仆人受到了款待，马匹也吃得很饱。范逵知道内情后十分感动，他赞叹说："这样的母亲实在让我敬佩！"范逵到洛阳后，向一些亲友谈起此事，他们对陶母也都称赞不已。

　　不久，陶侃被征任为浔阳县县吏，做了个管理渔业的小官。有一次，鱼汛到来，陶侃指挥渔民连夜捕捞，捕获了很多鱼，不由得想起了自己贫困的母亲，于是派人送了一罐腌鱼回家。管鱼的官员送点鱼回家，这在当时是一件再平常不过的小事，但没有想到，一天之后，腌鱼又被原封不动地退了回来。来人还带来了一封陶母的信，信中说："你身为一个官员，竟然拿公家的东西送给我，你这样做，并不是孝顺我，不但不能使我得到好处，反而增加了我的忧虑！希望你从这件事情中吸取教训，以后一定要廉洁奉公，再也不要做这样的事了！"

　　后来，陶侃由一个小官吏，逐步升迁为武昌太守、荆州刺史及都督八州军事等高官。他时刻牢记母亲的教诲,克己奉公。他的军队,纪律严明、士气旺盛。在行军打仗时,他能够和兵士们同甘共苦,凡有所获,都分给士卒,自己绝不会私藏一点儿。

**感悟**

孩子犯错不要紧,重要的是及时纠正。父母绝不可包庇孩子,当发现孩子的过错时,应该立即予以指正。

# 44. 楚地梁浇

战国时期,梁、楚两国相邻。梁国边境县的县令一职由梁国大夫宋就担任。

梁、楚两国都设有边亭。两国边亭的人各自种了一块瓜田。梁亭百姓十分勤劳,肯于吃苦,多次给瓜田浇水灌溉,他们种的瓜长势很好。而楚亭人比较懒惰,给瓜田浇水灌溉的次数少,他们种的瓜长势不好。

楚亭人看到梁亭的瓜田长得绿油油的,比自己的瓜田长势好,十分妒忌,就在夜间偷偷去扒乱梁亭的瓜秧,使梁亭的一些瓜秧枯干而死。

不久,梁亭的人们发觉了这件事,就向县尉请求:允许他们也偷偷到楚亭的瓜田,扒乱楚亭的瓜秧,进行报复。

因为这件事可能造成两国边境事端,事态严重,县尉没敢擅自做主,便去请示县令宋就。

宋就知道以后,说:"唉!这是什么话!这是结怨招祸的办法,如果真的这样做了,对双方都没有好处。让我教给你处理这件事情的办法,你必须每天夜晚派人前去,偷偷地给楚亭浇灌瓜田,还不要让他们知道。"

县尉听了,感到很为难,但这是县令的意思,他不敢违抗,只好把县令的话转告给老百姓。百姓们更不明白这其中的意思,但既然这是县令的命令,他们不敢不照着去做。

于是,梁亭人就在每天夜里,偷偷地浇灌楚亭的瓜田。楚亭百姓早晨到

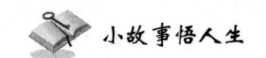

瓜田一看，发现瓜田已经浇灌过了。就这样，在梁亭百姓的帮助下，楚亭的瓜田长势一天比一天好起来。楚亭人感到奇怪，便暗中查访，发现原来是梁亭人干的。

楚国的边亭人员大受感动，便把这件事向楚国的边境县令报告了，县令听到后很高兴，就把这件事报告给了楚国朝廷。

楚王听到这件事，感到很惭愧，知道自己的百姓糊涂，做了错事，就对官吏说："我们的边亭人员除了扒乱人家的瓜秧，能没有其他罪过吗？"楚王的言外之意是要求官吏严格约束部下，检查有没有其他向对方挑衅的事件。

同时，楚王对梁国人能暗中忍让感到非常钦佩，便派人带着丰厚的礼品向梁国边亭人员道歉，并请求与梁王交往。楚王时常称赞梁王是最讲究信义的。楚国和梁国关系融洽，是从宋就妥善处理边亭瓜田事件开始的。

**感悟**

有时候仅凭忍让并不能使矛盾化解，当自己处于别人的敌意中时，不妨以友善的态度去对待。

## 45. 孔子绝粮

春秋时期，孔子周游列国，途中穷困潦倒，在去陈国和蔡国的路上，甚至连野菜汤也喝不上，接连7天未吃到一粒米饭，饿得没有办法，只好白天睡大觉。

他的弟子颜回出去讨了一点米回来煮给他吃。等到快要煮熟的时候，孔子闻到饭香，正想起来，却无意中看见颜回从锅里抓了一把吃了。孔子假装没有看见。

过了一会儿，饭煮熟了，颜回端着饭给孔子吃。孔子站起来说："今天我梦见我死去的父亲，饭要是干净的话，我来祭奠他。"

颜回说："不行，刚才有灰掉进锅里，我觉得扔掉可惜，就把它抓起来吃了，这饭不干净。"

孔子听了感叹地说："我所信任的是眼睛呀，可是眼睛也不是完全可以信赖的；我所依靠的是心呀，可是心也还不足以完全依靠。弟子们要记住：认识和了解一个人真是不容易啊！"

**感悟**

眼、耳、口、鼻等获得的感觉信息，固然是认识事物的起点，但却是不能全信的。只有把感觉的信息经过去粗取精、去伪存真，认识才会正确。

## 46. 摔碎的一篮鸡蛋

小镇上有一个菜市场，虽然不大，但是每天早晨来买菜的人很多。

清晨的时候，菜市场便开始慢慢热闹起来。一个男孩提着一篮鸡蛋匆匆地赶来，他希望有一个好位置，卖个好价钱。也许是着急，没注意脚下，男孩被一个塑料袋绊倒了，一篮鸡蛋全部摔得稀烂。男孩蹲在地上，满脸沮丧却又不知所措。

过往的人驻足观看，有的冷眼旁观，有的连说可惜，有的幸灾乐祸。

这时候，一个扎着辫子的小女孩走到男孩身旁，说道："别伤心，大哥哥，我只有一块钱，算我买了两个鸡蛋。"小男孩眼睛有些湿润，但他并没有接小女孩递过来的钱。小女孩很坚决地把钱塞进了男孩的手中，然后走了。

小女孩的举动感动了周围的其他人，大家纷纷拿出一些钱来递给男孩，男孩很感动，忙不迭地道谢……

**感悟**

不要把帮助只停留在口头，付诸具体的行动才能体现出它的意义。在别人需要的时候伸出你的援助之手，让生活更加美好和温馨。

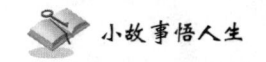

## 47. 富翁的大房檐

有一位善良的富翁盖了一栋大房子，他特别要求盖房子的师傅，把四周的屋檐加长，以便穷苦人家的人能在下面暂时躲避风雨。

房子建成了，果然有许多穷人聚集在屋檐下，他们甚至摆起摊子做买卖，并且生火煮饭。嘈杂的人声与油烟使富翁不堪其扰，不悦的家人也常与檐下者争吵。冬天，有个老人在房檐下冻死了，大家都骂富翁为富不仁。夏天，一场大风过后，别人的房子都没事，富翁的房子因为房檐特别长，居然被掀了顶，村里人都说是恶有恶报。

重修屋顶时，富翁只要工人建小小的房檐。富翁把省下来的钱捐给慈善机构，另外盖了一间小房子。这房子所庇护的范围远比以前的房檐小，但四面有墙，是正式的房子。

许多无家可归的人都在其中获得暂时的庇护。他们都对捐盖这座房子的富翁感激不已。结果没过几年，富翁就成了这里最受欢迎的人，即便在他死后，还有人津津乐道地讲起他的故事。

**感悟**

人的一生如白驹过隙，岁月转瞬即逝，为什么不在有生之年多做些善事让大家记住你呢？

## 48. 爱人与害人

春秋时期，楚恭王率军在鄢陵同晋兵血战。

鏖战正酣，恭王的眼睛被晋军的箭射中，疼痛不已，无法再战，只得鸣金收兵。

大将军司马子反回到营帐，直嚷口渴要水喝。他的仆人阳谷随军多年，十分爱戴自己的主人，知道主人酷爱喝酒，马上取出一坛酒来让他解渴。

子反的酒瘾很大，只要让他一沾上，就很难停下来，这一次自然又喝得烂醉。

楚恭王包扎完毕，准备复战，派人去叫子反。子反醉卧在床，动弹不得，便推说心痛，不能出战。

楚恭王听了，心想：子反是我国大将，倘若有所差池，这仗不就败了吗？于是楚恭王就亲自去探望。楚恭王一揭开帐帷，就闻到浓烈的酒味，顿时大怒："今日激战，寡人身负重伤，指挥全军就依靠你了。谁知道你会这样胡来，你是准备亡国吗？你还能率领士兵吗？算了，这个仗也打不成了。"

于是，楚恭王撤回军队，并将司马子反按军法斩首了。

**感悟**

利和害的客观效果并不是个人主观愿望可以决定的，不懂得掌握具体的时间、环境和条件，虽有利人之心，却可能结出害人之果。

## 49. "坏学生"也有最棒的时候

著名演员、主持人王刚从小就是个顽皮的孩子。在读小学的时候，他是老师和同学们心中的坏学生，因为他总是在课堂上搞一些恶作剧，使老师"出丑"，课下又常常欺负同学。所有的家长都叮嘱自己的孩子不要和他玩，生怕自己的孩子学坏。王刚的父母也害怕到学校参加家长会，不敢面对学校老师和其他家长的指责，学校甚至准备通知他的父母让他们把孩子转学。后来，王刚就开始逃学，常常在古玩市场、火车站游荡。长时间的逃学也是很无聊的，在学校里，他受不了同学们那孤立自己的目光，对家人说，又害怕会遭到一顿暴打。王刚有些受不了了，他一直想找一个人诉说。有一天晚上，他突发奇想，给敬爱的毛主席写了一封信。在信中他说了自己的情况，还画了两幅画，同时放进了一张他和妹妹的合影。第二天一早，他就把写着"北京毛主席收"的信投进了信箱。

没过多久，王刚的一个同学找到他，说老师要他到学校一趟。见到班主任，班主任就对他笑，王刚反而有些不习惯。班主任领王刚到教导主任那儿，教导主任也对他笑，王刚有些害怕了。在去校长办公室的路上，王刚的腿开始发抖了。见到校长，校长也对他笑，王刚心里七上八下。

校长拿出了一个牛皮纸信封，上面写着"吉林省长春市北安路小学四年级二班，王刚小朋友收"，下面落款是中国共产党中央委员会办公厅。信中写道："王刚小朋友：你在6月24日写给毛主席的信还有图画、照片都收到了，谢谢你。今寄去毛主席照片一张，请留作纪念。希望你努力学习，注意锻炼身体，准备将来为祖国服务。"日期是1959年7月3日。

"这不仅是你的光荣，也是我们全校的光荣啊！快，快去广播室，向全校师生广播。"校长激动得有些结巴。接下来，王刚在老师和同学们的心目中由一个令人讨厌的坏学生变成了一个聪明、有出息的好学生了。而老师又将自己的这一认知转变通过自己的情感、语言和行动传递给王刚，使他变得更加自尊、自爱、自信、自强。学校还编了一出《他转变了》的两幕话剧进行演出和宣传。后来，王刚也真的变好了，变成了人见人夸的好学生。

**感悟**

每个孩子都具有成为名人的天赋，不要轻易扼杀他们的这种天赋，要永远相信他们是最棒的、最优秀的。

# 50. 小孩的心

有一位单身女子刚搬了家，她发现隔壁住了一户穷人，一个寡妇与两个小孩子。有天晚上，那一带忽然停了电。

没一会儿，忽然听到有人敲门。原来是隔壁邻居的小孩子，只见他紧张地问："阿姨，请问您家有蜡烛吗？"女子心想：他们家竟穷到连蜡烛都没有吗？千万别借给他们，免得被他们依赖了！于是，对孩子吼了一声说："没有！"

二　谅解助人

正当她准备关上门时，那小孩露出笑容说："我就知道你家一定没有。"说完，竟从怀里拿出两根蜡烛，说："妈妈和我怕您一个人住又没有蜡烛，所以让我带两根来送给您。"此刻女子非常自责，感动得热泪盈眶，将那小孩子紧紧地抱在了怀里。

**感悟**

生命的丰盈源于心的无私，生活的美好源于拥有一颗平常心。

## 51. 助人的戒指

有一个生意失败的人，在他最穷困落魄的时候，有一个朋友送给他一枚昂贵的戒指。凭着这枚戒指，他渡过了难关。

经过一段时间的努力和奋斗，他又恢复了原来的富有。

为了感激那位朋友当年的资助，他特意去买了一枚更大的戒指，想要回报他。

但是朋友却婉言拒绝了，并且对他说："过去我曾落魄过，接受过别人一枚戒指的资助。当我生活改善时，也买了枚戒指要还给他，对方却说：'把它送给最需要的人吧！'如今，你也把这枚戒指赠给最需要的人吧！"

如今那枚金戒指仍不停地传递下去，继续帮助那些有需要的人。

**感悟**

我们都曾接受过别人的帮助，回报的最好方法，就是继续将这份关怀传递下去，让更多的人得到关怀。

## 52. 绅士过桥

有一位绅士有件急事要去处理，在去的路上要经过一座独木桥。他上了独木桥，刚走几步便遇到一位孕妇。绅士很礼貌地转过身回到桥头让孕妇过了桥。孕妇一过桥，绅士就又走上了桥。这次都走到桥中央了，又遇到一位挑柴的樵夫，绅士二话没说，又回到桥头让樵夫过了桥。第三次绅士再也不贸然上桥了，而是等独木桥上的人过完后，才匆匆上了桥。眼看就到桥头了，迎面走来一位推独轮车的农夫。绅士这次不甘心回头，摘下帽子，向农夫致敬："亲爱的农夫先生，你看我还有两步就要到桥头了，能不能让我先过去？"农夫不干，把眼一瞪，说："你没看我推车去赶集吗？"话不投机，两人争执起来。这时河面上划来一叶小舟，舟上坐着一个胖和尚。和尚刚到桥下，两人便不约而同地请和尚为他们评理。

和尚双手合十，看了看农夫，问他："你真的很急吗？"

农夫笑答："我真的很急，晚了便赶不上集了。"和尚说："你既然急着去赶集，为什么不尽快给绅士让路呢？你只要退那么几步，绅士便过去了，绅士一过，你不就可以早点过桥了吗？"

农夫一言不发，和尚便笑着问绅士："你为什么要农夫给你让路呢，就是因为你快到桥头了吗？"

绅士争辩道："在此之前我已给许多人让了路，如果继续让农夫的话，就过不了桥了。"

"那现在你是不是就过去了呢？"和尚反问道，"你既已经给那么多人让了路，再让农夫一次，即使过不了桥，起码也保持了你的风度，何乐而不为呢？"绅士听了满脸通红。

**感 悟**

人生旅途中，我们是否也有类似的经历呢？其实，给他人方便，也就是给自己方便啊！

# 三　珍惜时间

时间弥足珍贵，要利用每一天的时间，提高生活的质量。《西洋记》第 11 回："可叹一寸光阴一寸金，寸金难买寸光阴。寸金使尽金还在，过去光阴哪里寻？"

## 53. 时间纽扣

从前，有个年轻人和他的情人相约在一棵大树下见面。男子性子急，很早就来了。虽然春光明媚，鲜花烂漫，但他急躁不安，无心观赏，颓废地坐在大树下长吁短叹。

忽然他面前出现了一个小精灵。"你等得不耐烦了吧！"精灵说，"你把这个纽扣缝在衣服上吧，要是遇上不想等待的时候，向右旋转一下纽扣，你想跳过多长时间都行。"

小伙子高兴得不得了，握着纽扣，轻轻地转了一下。啊！真是奇妙，情人出现在他眼前，正含情脉脉地望着他呢！要是现在就举行婚礼该有多棒啊！他心里暗暗地想着。他又转了一下，隆重的婚礼，丰盛的酒席出现在他面前，美若天仙的新娘依偎着他，乐队奏响着欢乐的乐曲，他深深地陶醉其中。他看着美丽的新娘，又想，如果现在只有我们俩该多好！不知不觉中纽扣又转动了一点，立即夜阑人静……

他心中的愿望层出不穷，我还要一所大房子，前面是我自己的花园和果园，他转动着纽扣，我还要一大群可爱的孩子。顿时，一群活泼可爱的孩子在宽敞的客厅里愉快地玩耍。他又迫不及待地将纽扣向右转了一大半。

时光如梭，还没有看到花园里开放的鲜花和果园里累累的果实，一切就被茫茫的大雪覆盖了。再看看自己，须发皆白，早已经老态龙钟了。

他懊悔不已：我情愿一步步走完人生，也不要这样匆匆而过，还是让我耐心等待吧！扣子猛地向左转动了。他又在那棵大树下等着可爱的情人。他的焦躁已经烟消云散了，心平气和地看着蔚蓝的天空，鸟叫声是如此悦耳，草丛里的甲虫是那么可爱。原来，人生不能跳跃着前行，耐心等待才能让生命的历程充满乐趣。

三　珍惜时间

**感 悟**

人生无法跳跃着前行，但人生的每一步要怎样走？以什么样的速度走？走的质量如何？都在自己的掌控之中。

## 54.珍惜当下时　珍惜眼前人

从前有个年轻英俊的国王，他既有权势，又很富有，但却为两个问题所困扰。他经常不断地问自己，他一生中最重要的时光是什么时候？他一生中最重要的人是谁？他对全世界的哲人宣布，凡是能圆满地回答出这两个问题的人，将分享他的财富。哲人们从世界各地赶来，但他们的答案却没有一个让国王满意。

这时有人告诉国王说，在很远的山里住着一位非常有智慧的老人，也许老人能帮他找到答案。国王来到那个智慧老人居住的山脚下，他装扮成一个农民。

他来到智慧老人住的简陋的小屋前，发现老人盘腿坐在地上，正在挖着什么。"听说你是个很有智慧的人，能回答所有的问题。"国王说，"你能告诉我，谁是我生命中最重要的人，何时是最重要的时刻吗？"

"帮我挖点土豆，"老人说，"把它们拿到河边洗干净。我烧些水，你可以和我喝一点汤。"

国王以为这是对他的考验，就照着老人说的做了。他和老人一起待了几天，希望他的问题能得到答案，但老人却没有回答。

最后，国王为自己和这个人一起浪费了好几天时间感到非常气愤。他拿出自己的国王玉玺，表明了自己的身份，宣布老人是个骗子。

老人说："我们第一天相遇时，我就回答了你的问题，但你没明白我的答案。"

"你的意思是什么呢？"国王问。

"你来的时候我向你表示欢迎，让你住在我家里。"老人接着说，"要知道

53

过去的已经过去,将来的还未来临——你生命中最重要的时刻就是现在,你生命中最重要的人就是现在和你待在一起的人,因为正是他和你分享并体验着生活啊!"

**感 悟**

人生中最重要的时光当然是"现在"拥有的时光,珍惜现在、活在当下才是人生最幸福和快乐的。

## 55. 临死前的想法

深夜,一个病危的人迎来了他生命中的最后一分钟,死神如期来到了他的身边。在此之前,死神的形象在他的脑海中几次闪现过。他对死神说:"再给我一分钟好吗?"死神回答:"你要一分钟干什么?"他说:"我想利用这一分钟看一看天,看一看地。我想利用这一分钟想一想我的朋友和亲人,如果运气好的话,我还可以看到一朵绽放的花。"

死神说:"你的想法不错,但我不能答应你。这一切都曾留下足够的时间让你去欣赏,你却没有像现在这样去珍惜,你看一下这份账单:在60年的生命中,你有超过三分之一的时间在睡觉,剩下的30多年里你经常拖延时间;曾经感叹时间太慢的次数达到了15000次,平均每天一次。上学时,你拖延完成家庭作业;成人后,你抽烟、喝酒、看电视、虚度光阴。"

"我把你的时间账单罗列如下:做事拖延的时间从青年到老年共耗去了36500个小时,折合1520天。做事有头无尾、马马虎虎,使得事情不断地重复做,浪费了大约300多天。因为无所事事,你经常发呆;你经常埋怨、责怪别人,找借口、找理由、推卸责任;你利用工作时间和同事侃大山,把工作丢到了一旁无所顾忌;工作时间呼呼大睡,你还和无聊的人煲电话粥;你参加了无数次无所用心、懒散昏睡的会议,这使你的睡眠时间远远超出了20年;你也组织了许多类似的无聊会议,使更多的人和你一样睡眠超标;还有……"

说到这里,这个人就断了气。死神叹了口气说:"如果你活着的时间能节约一分钟的话，你就能听完我给你记下的账单了。"

**感悟**

拖延是一种恶习，让人失去生命中所追求的东西，使人的时间、精力和情感在无谓的浪费中变得一文不值。

## 56. 一分钟

著名教育家蔡元培曾经接到一个青年人的求援电话，并与那个向往成功、渴望指点的青年人约好了见面的时间和地点。

那青年人如约而至，只见蔡元培的房门敞开着，眼前的景象却令青年人颇感意外——房间里乱七八糟，狼藉一片。

没等青年人开口，蔡元培就招呼道："你看我这房间太乱，请你在门外等候一分钟，我收拾一下，你再进来吧。"边说边关上房门。

不到一分钟的时间，蔡元培就打开房门，热情地把青年人让进客厅，青年人的眼前展现出另一番景象——房间变得井然有序，桌上还有两杯刚刚倒好的红酒。

没等青年人开口，蔡元培就客气地说："干杯，你可以走了。"

青年人手持酒杯一下子愣住了，尴尬地说："可是，我……还没有向您请教呢……"

"这些……难道还不够吗？"蔡元培微笑着扫视一下自己的房间，轻言细语地说："你进来又有一分钟了。"

"一分钟……一分钟……"青年人若有所思地说："我懂了，您让我明白了一分钟的时间可以做多少事情，可以改变多少事情。"

**感悟**

有的人一生愿意拥有巨大的财富，有的人渴望执掌无上的权力，有的人向往震惊寰宇的声望，却很少有人能记得"一寸光阴一寸金"这句老话。

小故事悟人生

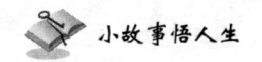

## 57. 鲁迅书桌上的"早"

　　鲁迅的成功，有一个重要的秘诀，就是珍惜时间。鲁迅12岁在绍兴城读私塾的时候，父亲正患着重病，两个弟弟年纪尚幼，鲁迅不仅经常上当铺、跑药店，还得帮助母亲做家务，为避免影响学业，他必须做好精确的时间安排。有一天，鲁迅在家里帮助妈妈多做了一点事，结果上学迟到了，严厉的寿镜吾老师狠狠地责备了鲁迅一顿。鲁迅挨了训以后，并不因为受了委屈而埋怨老师和家庭，他反而诚恳地接受批评，决心做好时间安排，再也不因为做家务而迟到了。于是，他用小刀在书桌的右下角，正正方方地刻了一个"早"字，用以提醒和鞭策自己珍惜时间，发愤读书。

　　此后，鲁迅几乎每天都在挤时间。他说过："时间，就像海绵里的水，只要你挤，总是有的。"鲁迅读书的兴趣十分广泛，又喜欢写作，他对于民间艺术，特别是传说、绘画，也特别爱好。正因为他广泛涉猎，多方面学习，所以时间对他来说，实在非常重要。他一生多病，工作条件和生活环境都不好，但他每天都要工作到深夜。第二天起床后，有时连饭也顾不上吃，又开始工作，一直到吃晚饭时才走出自己的工作室。实在困了，就和衣躺在床上打个盹，醒来后泡一碗浓茶，抽一支烟，又继续写作。鲁迅习惯以自己的形式来利用自己的时间。鲁迅曾说："美国人说，时间就是金钱。但我想：时间就是生命。倘若无端地空耗别人的时间，其实无异于谋财害命。"因此，鲁迅最讨厌那些"成天东家跑跑，西家坐坐，说长道短"的人，在他忙于工作的时候，如果有人来找他聊天或闲扯，即使是很要好的朋友，他也会毫不客气地对人家说："唉，你又来了，就没有别的事好做吗？"

**感 悟**

时间，就像海绵里的水，只要你挤，总是有的。

三　珍惜时间

## 58. 聚萤读书

车胤，生于晋朝，本是富家子弟，后来家道中落，变得一贫如洗。可是，他在逆境中却能自强不息。

车胤年轻时很想读书，但白天要帮家人干活，唯一可利用的时间就是漫漫长夜。然而，他的家境清贫，根本没有闲钱买油点灯。最初他只有晚饭后、天黑前抓紧时间看书，但时间太短暂，有什么办法可以延长时间呢？直到一个夏天的晚上，他看见几只萤火虫在飞舞，点点荧光在黑夜中闪动。于是，他想出了一个好法子：他捉来许多萤火虫，把它们放在一个用白夏布缝制的小袋子里，因为白夏布很薄，可以透出萤火虫的光，他把这个布袋子吊起来，就成了一盏"照明灯"。于是，他就可以在有荧光的夜里延长看书的时间了。

车胤不断苦读，终于成为著名的学者，后来还成了一名深得人心的官员。当有人问起他时，他感慨地说，时间是自己想办法争取出来的。

**感悟**

对时间的功能和价值有着积极正面的态度，发自内心珍视自己的时间，就能利用有限的时间，创造更多的价值。

## 59. 时间银行

有一个一无所长的年轻人，感到自己生活得非常无聊。于是，他就去拜访一位哲人，希望哲人能够给他的未来指明一条道路。

哲人问他："你为什么来找我呢？"

年轻人回答道："我至今仍一无所有，恳请您给我指明一个方向，使我能够找到人生的价值。"

哲人摇了摇头，说："我感觉你和别人一样富有啊，因为每天时间老人也

57

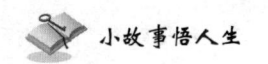

在你的'时间银行'里存下了86400秒的时间。"

年轻人苦涩地一笑，说："那有什么用呢？他们既不能被当作荣誉，也不能换成一顿美餐……"

哲人打断了他的话，问道："难道你不认为他们珍贵吗？那你不妨去问一个刚刚延误乘机的旅客，一分钟值多少钱；你再去问一个个刚刚死里逃生的'幸运儿'，一秒钟值多少钱；最好，你去问一个刚刚与金牌失之交臂的运动员，一毫秒值多少钱？"

听了哲人的一番话，年轻人羞愧地低下了头。

哲人继续道："只要你明白了时间的珍贵，去发现一件自己想做的事情，那你脚下的路便会慢慢明朗起来。"

只要我们拥有现在，那么我们就是富有的。因为，我们每天都拥有86400秒的时间可以支配。如果你不珍惜，时间就会像风一样从你身边溜走，给生活留下一片苍白。

**感悟**

当你懂得珍惜当下的时间，知道让每一秒都给生活涂上一抹色彩，那么你的人生自然就绚丽起来了。

# 60. 时间就是财富

荣恩是一家小书店的店主，他是一个十分爱惜时间的人。

一次，一位客人在他的书店里选书，他逗留了一个小时才指着一本书问店员："这本书多少钱？"店员看看书的标价说："1美元。""什么，这么一本薄薄的小册子，要1美元。"那个客人惊呼起来，"能不能便宜一点，打个折吧。""对不起，先生，这本书就要1美元，没办法再打折了。"店员回答。

那个客人拿着书爱不释手，可还是觉得书太贵，于是问道："请问荣恩先生在店里吗？""在，他在后面的办公室里忙着呢，你有什么事吗？"店员奇怪地看着那个客人。客人说："我想见一见荣恩先生。"在客人的坚持下，店员只好把荣恩先生请了出来。那位客人再次问："请问荣恩先生，这本书的最低价格是多少钱？""1.5美元。"荣恩先生斩钉截铁地回答。"什么？1.5美元！我没有听错吧，可是刚才你的店员明明说是1美元。"客人诧异地问道。"没错，先生，刚才是1美元，但是你耽误了我的时间，这个损失远远大于1美元。"荣恩毫不犹豫地说。

那个客人脸上一副掩饰不住的尴尬表情。为了尽快结束这场谈话，他再次问道："好吧，那么你现在最后一次告诉我这本书的最低价格吧。""2美元。"荣恩面不改色地回答。"天哪！你这是做的什么生意，刚才你明明说是1.5美元。""是的，"荣恩依旧保持着冷静的表情，"刚才你耽误了我一点时间，而现在你又耽误了我的时间。因此我被耽误的时间价值也在增加，远远不止2美元。"

那位客人再也说不出话来，他默默地拿出钱放在了柜台上，拿起书离开了书店。

**感悟**

时间永远是我们最宝贵的财富，一旦失去，就永远不能够再来。

# 61. 假如死亡来临

朋友是做进出口生意的，整天飞来飞去满世界跑，忙得要命，难得见他一面。我们通常的联络方式是电话。

有一天晚上，他打电话来，我们东南西北地聊。聊着聊着，他突然问我："假如让你花一元钱，可以买到你哪一天会死的信息，你买不买？"

我想了想，摇摇头说："不买。"

"为什么？"

"人生最大的痛苦莫过于知道自己哪天死。所以最好的死亡方式是：让死亡突然来临，来不及思考，生命突然终止。"

59

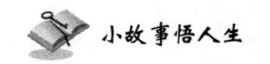

沉默了一会，电话那端，他轻声说："可是，我买。"

"为什么？"

"我怕死亡突然来临时，我还有许多想做的事没有做，把它们带进坟墓去。不过，我也不想知道得太早，提前10天让我知道就行。"

"你想用这10天做什么？"

"5天的时间给我家人，好好陪陪他们。5天的时间给我自己，做我最喜欢的事情。"

"你最喜欢做的事情是什么？"

"和我爱的人在一起，我们开着车驰骋森林草原。"

我笑了："这并不难，你为什么不现在就做呢？"

他叹了口气："现在这么忙，哪有时间？"

我叹了口气，不禁想起另外一位朋友，他是一家证券公司的经理，工作非常忙，也是满世界地飞，整天忙着谈判、签合同，一年难得回家几次。他觉得很亏欠妻子和女儿，就说等公司的业务发展好了，陪她们去欧洲度假。公司的业务一直在发展，可是他总觉得还不够好，结果一拖再拖，始终未能实现。后来，他在一次外出时，心脏病突发死在途中。

**感 悟**

我们总把最喜欢做的事情留在最后。可惜，死亡在来临之前并不通知我们。

# 62. 时间是挤出来的

在我15岁的时候，华尔德先生告诉我一个真理，当时我未加注意，但后来回想起来真是至理名言，我从中得到了不可限量的益处。

华尔德是我的小提琴教师。有一天，他给我教课的时候，忽然问我每天练习小提琴要多少时间？我说大约三四个小时。

"你每天都有这么长时间吗？"

60

## 三 珍惜时间

"是的，我每天都有这么长时间，我想这样才更有效果。"

"不，不要这样！"他说，"你将来长大之后，每天不会有长时间的空闲的。你可以养成习惯，一有空闲就练习几分钟。比如在你上学以前，或在午饭以后，或在工作的休息余闲，五分钟、十分钟地去练习。把你的练习时间分散在一天里面，如此，练习小提琴就成了你日常生活中的一部分了。"

当我在大学教书的时候，我想兼职从事创作。可是上课、看卷子、开会等事情把我白天晚上的时间完全占满了。差不多有两年多我一直不曾动笔，我的借口是没有时间。后来才想起了华尔德先生告诉我的话。

到了下一个星期，我就把他的话试验起来。只要有五分钟左右的空闲时间，我就坐下来写作100个字或短短的几行。

出乎我意料，在那个月，我竟积累了相当多的稿子准备修改。

后来我用同样积少成多的方法，创作长篇小说。我的教学工作虽然一天天繁重，但是每天仍有许多可利用的短短余闲。我同时还练习小提琴，发现每天小小的间歇时间，足够我从事创作与小提琴两项工作。

利用短时间，其中有一个诀窍：你要把工作进行得迅速，如果只有五分钟的时间供你写作，你切不可把四分钟消磨在咬你的铅笔尾巴上。思想上事前要有所准备，到工作时间来临的时候，立刻把心神集中在工作上。迅速地集中脑力，工作绝不像一般人所想象的那样困难。

我承认我并不是故意想使五分钟、十分钟不要随便过去，但是人的生命是可以从这些短短的间歇闲余中获得一些成就的。华尔德对于我的一生有极其重大的影响。由于他，我发现了极短的时间，如果能毫不迁延地充分加以利用，就能积少成多地供给你所需要的长时间。

**感悟**

当"没有时间"成为我们无所作为的借口时，平庸就会伴随我们一生。时间像沙滩上的沙粒，要一点一点地抓取，积累很多的时候，我们才知道它的分量。

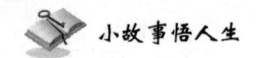

## 63. 省下的时间

北京一家公司的经理每天上班要坐两小时的公车，她无法在摇晃的公车上阅读或是听音乐，自己开车去又太累，搬家不可能，她更不愿意辞去这份她热爱的工作。

她来到时间管理大师那里询问："我该如何才能省下这每天浪费掉的四个小时呢？"

管理大师对她说："时间可以分为两种：一种是可控制性的，另一种是非可控制性的。对你来说，公车摇晃属于非可控制性的时间，而你可以掌控的是搬家或换工作。"

这位经理接着说："我不愿跟家里人分开，我也很热爱我现在的工作。"

管理大师回答说："你不换工作、不搬家、也不愿开车，那剩下的就比较少了。不过，你可以试着每天把你睡眠的时间减少些加以利用，第二天在到公车上补觉。"

白领试着按照管理大师的说法去做了，她在公车上浪费的时间也节约了大部分。

**感悟**

在无法改变身边环境的时候，就试着尝试改变自己。

## 64. 爱因斯坦的时间

每一个对人类有着杰出贡献的人，几乎都拥有一长串惜时如金的故事。

1914年的一天，一个朋友从柏林来看爱因斯坦。天上下着蒙蒙细雨，路上几乎没有什么行人。在朦胧中，他看见前方的桥上，有一个人在慢慢地来回踱步。走近一看，这不正是爱因斯坦吗？

爱因斯坦的朋友高兴地叫了起来，但他马上又奇怪地问："您在这儿干什么呢？"

"我在等一个学生，"爱因斯坦说，"但是他迟迟没来，我想一定是考试把他难住了。"

"这不是浪费您的时间吗？对您来说，这真是太可惜了。"

"不，不，完全不是这样，这段时间我过得很有意思。您看，这是我前几天一直在思考的问题，就在刚才，终于有了一个满意的答案。"

说完，爱因斯坦小心翼翼地把一张写满字又被雨淋湿的小纸条叠好，放进了背心口袋。

您瞧，他连等人的时候也不放过分秒。

**感悟**

对时间的挥霍是一种最大的浪费，我们无法回过头找到我们曾经无意之中浪费掉的哪怕是一秒钟的光阴。

# 65. 购买时间

一位父亲下班回家已经很晚了，他的工作压力很大，心里也有点烦，他想休息一下。这时，他发现自己五岁的儿子靠在门旁等他。

"爸，我可以问您一个问题吗？"

"什么问题？"

"爸，您一个小时可以赚多少钱？"

"为什么问这个问题？"父亲问道。

"我只是想知道，请告诉我，您一小时能赚多少钱？"小孩哀求。

"我一小时能赚20元，这有什么问题吗？"父亲没好气地说。

"哦。"小孩低下头，接着又说："爸，可以借我10元吗？"父亲有些生气了："别想拿钱去买些无意义的玩具，我没时间和你玩小孩子的游戏。"孩子安静地回到自己的房间并关上门。过了一会儿，父亲心里平静下来，觉得刚才

63

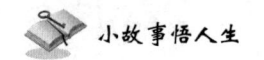

对孩子太凶了——或许孩子真的很想买什么东西,再说,他平时很少要过钱。

父亲走进孩子的房间,发现孩子正躺在床上,他悄悄地问道:"你睡了吗?孩子!"

"爸,还没,我还醒着。"孩子回答。

"对不起,我刚才对你太凶了。"父亲边说边将钱递给孩子,"这是你要的10元。"

"爸,谢谢您。"小孩欢叫着从枕头下面拿出一些被弄皱的钞票,慢慢地数着。

"你已经有钱了,为什么还要?"父亲又有些生气,他不知道这个孩子今天是怎么了。

"因为在这之前不够,但现在够了。"小孩回答,"爸,我现在有20元了。我可以向您买一个小时的时间吗?明天,请早一点回家——我想和您一起吃晚餐。这是我盼望已久的事情。可以吗?"

**感悟**

应该多花一点时间来陪伴那些在乎我们、关爱我们的人,而不要让时间从手指间轻易溜走,在不经意间忽略了人间最美好的亲情。

## 66. 再也装不下了吗

有位时间管理专家为一所商学院的毕业生上最后一节课。他手中没有拿教案,而是在讲桌上放了一个大大的透明玻璃瓶。

专家说:"同学们,能教给你们的我已经都教了。今天,我们来做一个小实验。"

学生们都好奇地看着专家。只见他从书桌里拿出一大堆拳头大的石块,然后一块块放进那个大大的玻璃瓶里,瓶子很快装满了。然后,专家问学生:"大家看一看,瓶子满了没有?是不是瓶子再也装不下了呢?"

"满了。"所有学生异口同声。

## 三　珍惜时间

"真的吗？"专家从书桌里拿出一小桶碎石，一点一点地放进了那个大玻璃瓶，晃一晃，碎石落在了大石头的缝隙里，不一会儿，碎石全部放进了玻璃瓶。"现在，玻璃瓶里是不是真的满了？还能不能装下东西了？"有了第一次的教训，学生们有些谨慎，没有人回答。只有一个学生小声说："我想应该没有满。"

专家用赞许的眼光看了看那个学生，再次从书桌里拿出一杯细沙，缓缓地倒进玻璃瓶，细沙很快填上了碎石之间的空隙。半分钟后，玻璃瓶的表面已经看不到石头了。"同学们，这次你们说瓶子满了吗？"

"还没有吧？"学生们回答，但是心里却没有把握。

"没错。"专家拿出一杯水，从玻璃瓶敞开的口里倒进瓶子，水渗下去了，并没有溢出来。这时，专家抬起头来，微笑着问："这个小实验说明了什么？"

一个学生马上站起来说："它说明，时间是可以挤出来的。"

专家点点头，说："是的，你说对了一个方面。但最重要的一点，你还没有说出来。"他停顿一下，接着说："它还告诉我们，我们的时间并不是可以随便用的。如果不是首先把石块装进玻璃瓶里，那么你就再没有机会把石块放进去了，因为玻璃瓶里早已经装满了碎石、沙子和水。而当你先把石块装进去，玻璃瓶里还有许多你意想不到的空间来装剩下的东西。我们的人生，总有重要的和不重要的事。如果你任由不重要的事占满你的时间，那么那些对你真正重要的事就没有机会做了。而只有那些真正重要的事才有沉甸甸的分量，足以影响你的一生。大石块就是你生命中最重要的事，而碎石、沙子和水是你生命中的琐事，有些甚至是可做可不做的。如果你将自己所有的时间都花在这些事上，你就是在浪费时间。在你们走出校门以后，不管选择怎样的人生道路，你们必须分清楚什么是石块，什么是碎石、沙子和水，还要切记，永远把石块放在第一位。"

**感悟**

时间是人类最宝贵的资源。如果您不能善用时间，就只能让您的时间在一堆无意义的琐事上浪费。

65

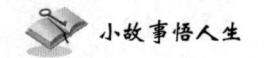

## 67. 成功要趁早

有一个国家打胜仗后，大摆筵席庆功行赏。国王对王子说："孩子，我们胜利了，可惜你没有立功。"王子遗憾地说："父王，您没有让我到前线去，叫我如何立功呢？"有一位大臣连忙安慰他说："王子，你才18岁，以后立功的机会还多着呢。"王子对国王说："请问父王，我还能再有18岁吗？"国王很高兴地说："很好，孩子，就你这句话，你已经立了大功了。"

**感悟**

光阴一去不复返，努力应该趁早。

# 四　珍惜友谊

　　人与人之间，只有真诚相待，才是真正的朋友。人生离不开友谊，真正的友谊需要忠诚去播种，用热情去灌溉，用原则去培养，用谅解去护理。

## 68. 一诺千金

东汉时期，范式和张劭同在京城洛阳求学，两人同窗三年，成为亲密无间的好朋友。学业结束后，两人都要回到自己的故乡。张劭远在鲁南郡，而范式所在的山羊郡和他相距千里。分别的日子到了，两人都依依不舍。

张劭站在路口，望着天空的大雁，伤感地说："今日一别，不知何日再相见？"说完就再也说不出话来。

范式忍着心中的伤感，劝慰张劭说："不要过于悲伤！两年后的秋天，我一定去你家拜访，看望你的父母和家人，到那个时候我们就能见面了！"

张劭听后，点了点头："到时候你一定要来，我们一言为定！"

落叶纷飞，秋风萧瑟，菊花在篱笆旁怒放，时间过得飞快，已是两年后的秋天。这天，张劭心事重重，老母亲问他是不是有什么事情，他向母亲讲述了他和好友的约定。突然天空传来一阵雁叫，张劭触景生情，不由得说道："范式就要来了！"然后，转身对母亲说："范式就要来了！我们准备准备吧！"

母亲心疼地看着儿子，温和地说："孩子，你别傻了！他和我们相距这么远，怎么能说来就来呢！"

"您不知道，"张劭打断母亲的话，"范式为人正直，他向来信守诺言！他只要答应来就会过来的，我相信他一定会来的！"

母亲看着儿子认真的表情，不忍心再说让儿子灰心丧气的话，于是宽慰儿子说："好吧，那我们就赶快热酒等他吧！"老人哪会相信呢？时隔两年，说不定别人早就忘得一干二净了。只有自己的儿子还眼巴巴地望着远处，从早上一直等到傍晚，却连范式的影子都没看见。

夜幕渐渐降临，远处出现一个黑影，门边的狗开始狂吠，范式风尘仆仆地出现在门口，故友重逢，两人欣喜无比。

四　珍惜友谊

张劭的母亲觉得太不可思议了，也在一旁跟着儿子激动地抹眼泪，说："你能结识这么一个讲信用的朋友，是你三生有幸啊！"

张劭说："范式从来都不会轻易许诺，也不会言过其实。他是一言既出驷马难追的君子，这也是为什么我如此相信他的原因！"范式恪守承诺的故事就此传开。

**感悟**

卓越者都在自己的言行上具有独特的魅力，他们绝不会出尔反尔，让自己的名誉蒙受灰尘。

# 69. 荀巨伯探友

晋代有一个人叫荀巨伯。有一次他去探望朋友，正逢朋友卧病在床，这时恰好敌军攻破城池，烧杀抢掠，老百姓纷纷携妻带子，四散逃难。朋友劝荀巨伯："我病得很重，走不动，活不了几天了，你自己赶快逃命去吧！"

荀巨伯却不肯走，他说："你把我看成什么人啦，我远道而来，就是为了来看你。现在，敌军进城，你又病着，我怎么能扔下你不管呢？"说着便转身给朋友熬药去了。

朋友百般苦求，叫他快走，荀巨伯却端药倒水安慰他说："你就安心养病吧，不要管我，天塌下来我替你顶着！"

这时"砰"的一声，门被踹开了，几个凶神恶煞般的士兵冲进来，冲着他喝道："你是什么人？如此大胆，全城人都逃光了，你为什么不跑？"

荀巨伯指着躺在床上的朋友说："我的朋友病得很重，我不能丢下他独自逃生。""请你们别惊吓了我的朋友，有事找我好了，即使要我替朋友死，我也绝不皱眉头！"

士兵听了荀巨伯的慷慨言语，看看荀巨伯的无畏态度，很是感动，说："想不到这里的人如此高尚，怎么好意思伤害他们呢？走吧！"说着，士兵撤走了。

69

**感悟**

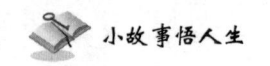

雪中送炭般的帮助，让人感慨一生。

# 70. 高山流水

春秋时期，楚国有一个著名的音乐家叫俞伯牙，他弹琴的造诣很深。每次他的琴声不仅能引来许多小动物，还能让听到琴声的人忘掉忧愁。他在楚国非常有名，人们都很尊敬他，经常有一些百姓给他送些东西来换取他的一首曲子。

楚国还有一个人叫钟子期，他是一个樵夫。他虽然不懂乐器，但是很会欣赏音乐，而且能够体会到别人体会不到的东西，尤其是听琴声，他不仅能听出其曲的来历，还能够听出抚琴人的心情和心境。

有一天，俞伯牙一边观赏月光，一边取出瑶琴轻轻弹奏。他忽然看到有人在偷偷欣赏他的琴声，原来是年轻的樵夫钟子期。

于是，二人一起探讨琴艺。俞伯牙发现钟子期虽然是一个樵夫，但是他的音乐修养很深，不在自己之下，俞伯牙对他越加敬重。

俞伯牙说："现在，我来弹琴，你试着听听我的心里在想什么。"

钟子期说："遵命，请您弹奏吧！"

俞伯牙想到高山，在弹奏时琴音中表现出高山的意境。

钟子期说："妙啊！巍峨高大，意在高山。"

俞伯牙想到江水，在弹奏时琴音中表现出流水的意境。

钟子期说："妙啊！浩浩荡荡，意在江河流水。"

俞伯牙心中有什么想法，钟子期都能从琴音中辨识出来。于是俞伯牙把钟子期视为自己的知音。

有一次，俞伯牙邀钟子期到泰山北面游玩，游玩的途中突然遇到暴雨，他们就到岩石下面去休息，俞伯牙拿过瑶琴来弹奏。起初弹的是霖雨曲，然后又模拟山崩的声音。

每弹奏一曲，钟子期都能深刻领悟他心中的感受。

后来，钟子期死了，俞伯牙感慨地说："千金易寻，知音难求。"他知道再也没有人能听懂自己的琴音了，便悲痛地扯断琴弦，摔碎了瑶琴，再也不弹奏了。

**感悟**

人生在世，知音难得。要珍惜身边的每一位朋友，寻到自己的知音。

# 71. 一言九鼎

在古代晋朝河南一带，有两位同窗读书的友人，一位是朱晖，另一位是陈揖。

在读书的过程中，陈揖突然得了重病，生命垂危。在陈揖的病榻前只有朱晖一人。陈揖对朱晖说："今生得兄弟一知己，本应该死而无憾。只是，身后之事却放心不下……"朱晖道："兄弟家中之事我会全力相助，兄弟尽可放心。"

"别的事我都放心，只是妻子已经有孕在身，尚不知生儿生女。生而无父，怕是难有所成啊……"陈揖眼含热泪地说道。

"兄弟的心事我懂，如果陈家得一男儿，我朱晖一定像教导自己的儿子一样教导他读书成才，决不有半点偏心。"朱晖说道。

紧接着珠晖又说道："只能让他强于我儿，决不使他落后于我儿。"几天之后，陈揖死了。几个月后陈揖的妻子生了一个男孩，朱晖给他取名陈友，为的是纪念自己和陈揖的同窗之情。

朱晖不忘在陈揖病榻之前的许诺，自从陈友懂事以来，就教他读书习文，确实像对待自己的亲儿子一样。陈友也很聪明，学习很努力，学业也日益长进。转眼十年过去，陈友与朱晖的儿子朱骈都成了有学问的青年，在远近都有相当的名气。

一天朱晖家里来了一位南阳的客人，原来是朱晖的一个老朋友在南阳做

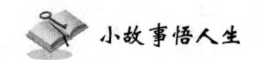

太守，想让朱晖的儿子朱骈去南阳做官。这真是一个好消息啊！乡亲们都来朱晖家里贺喜，陈友也来贺喜，并且如同自己要当官一样高兴。

朱晖本来是笑容满面的，谁知道陈友的贺喜却给朱晖贺出了心事。

晚上，朱晖的夫人问道："我怎么看你好像有心事似的，你到底是怎么了？"

"心事确实是有一点，就是南阳太守要骈儿去南阳做官一事。"朱晖若有所思地说道。

"我知道啊，这是好事啊！怎么会成了你的心事，难道你不希望骈儿离家太远……"夫人反问道。

"那倒不是。我是想，推荐陈友顶替骈儿去做官……"朱晖斩钉截铁地说道。

夫人非常不解，朱晖就道明了自己当初答应陈揖的承诺：要让他的儿子强于自己的儿子，决不使他落在我儿之后。

夫人虽有不甘，却也同意了朱晖的做法。次日，朱晖就同那客人一起赶赴南阳。到了南阳，见到太守，朱晖先感激老朋友的关心之情，接着说："做官的事，能不能不用骈儿了。"又把自己如何对朋友陈揖的许诺做了详细的解说。南阳太守一看，虽是朋友，却对朋友的承诺一言九鼎，此乃君子也，便答应了朱晖的请求，让陈友做了官。

**感悟**

一言九鼎，言而有信，才能得到真正的朋友。

# 72. 真正的朋友

有个年轻人叫王海，他一时找不到工作，闲着没事干，想回家乡的小县城住一段时间，但又怕信息不灵，误了找工作的机会。因此在回去之前，他请了一帮好朋友到饭店去吃饭。

等到大家都吃得差不多的时候，王海便趁机说了自己的请求："我想让大

## 四　珍惜友谊

家帮我留意一下招工信息。"

一个朋友红着脸说道："没问题，包在我身上，只要我帮你活动一下，很快就能找到一份如意的工作。"

其他朋友神情激昂，也纷纷向他保证，一有什么信息就马上通知他。

王海看到朋友们如此用心，含着泪说："非常感谢大家！等我找到工作后，再请大家吃饭。"这时，在旁边一直没有吭声的李立站了起来，向他劝酒，建议他回县城开一家店面，用心经营，这样既自在又舒服，比找那些工作强多了。此话一出，现场的热闹气氛顿时没了，大家都把目光投向了这个说话的年轻人。

王海的心情一下子变得灰暗起来，心想：李立真不够朋友。于是他只将联系电话告诉了其他几个朋友，便垂着头离开了饭店。

王海回到了县城，每天待在家里无所事事，人也像个霜打的茄子。妻子劝他在家看看书，写点东西什么的，不要总是没精打采的，可他老想着工作方面的事情，惦记着朋友们帮他找到工作后打来电话。他往往写一会东西就会向电话机上看一眼。如果有事外出，一回来就慌忙去翻电话的来电显示，然而令他失望的是，等待他的依然是空白，王海觉得日子好难挨。

半年后的一天晚上，王海正在房间里看书。

这时，李立带着一身的寒气走了进来。王海忙给朋友温了酒，责怪他不事先通知自己。李立说："你又不给我留个电话，我只有急匆匆地赶来，省报招聘记者，报名截止到明天中午，我是专门来告诉你这个消息的。"

后来，王海报名参加面试，最后被聘用了。他在饭店请朋友们喝酒庆祝，喝着喝着，其中的一个朋友大声说："省报广告登出来的时候，我就给你打电话了，是你媳妇接的。我就知道你一定能成功，来，我们干一杯。"

王海心里掠过一丝不快。

接下来，另一个朋友说广告公司招人，打了好几次电话总是联系不上他。

另一个说："IT通信公司招业务主管，我还帮你报了名，打了好几次都找不到你。"

每个人都说得非常动听，王海的脸越来越沉。这时，李立站了起来，举起酒杯说："为了王海能找到一个好工作，大家都出了不少力，现在我们不说这些了，让我们举杯为王海庆祝，来，干！""对，干！"声音嘈杂而高亢。王海暗地里握住李立的手说："好朋友，干！"泪水在他的眼眶里打转。李立看着王海，好像要说点什么，但他看见眼前喝得醉醺醺的朋友，什么也没有说。

**感悟**

当朋友遇到困难时，不论是在物质上还是精神上，都应该给予帮助，这样的友谊才会坚不可摧。

## 73. 至少10个人吃馄饨

一个矿工下井挖煤时，一镐刨在哑炮上。哑炮响了，这个矿工当场被炸死。因为他是临时工，所以矿上只发放了一笔抚恤金，不再过问他的妻子和儿子以后的生活。

悲痛的妻子在丧夫之痛后又遭受来自生活上的压力，她无一技之长，只好收拾行装准备回到那个闭塞的小山村去。这时那位矿工的队长找到了她，告诉她说矿工们都不爱吃矿上食堂做的早饭，建议她在矿上支个摊儿，卖些早点，一定可以维持生计。矿工的妻子想了一想，便点头答应了。

于是一辆平板车在矿上一支，馄饨摊儿就开张了。2元一碗的馄饨热气腾腾，开张第一天就来了10个人。随着时间的推移，吃馄饨的人越来越多。最多时可达二三十人，最少时从未少过10个人，而且风霜雨雪从不间断。

时间一长，许多矿工的妻子都发现自己的丈夫养成了一个雷打不动的习惯：每天下井之前必须吃上一碗馄饨。妻子们百般猜疑，甚至采取跟踪、质问等种种方法来探求究竟，结果均一无所获。甚至有的妻子故意做好早饭给丈夫吃，却发现丈夫仍然去馄饨摊吃上一碗馄饨，妻子们百思不得其解。

有一天，队长挖煤时也被哑炮炸成重伤。弥留之际，他对妻子说："我死之后，你一定要接替我每天去吃一碗馄饨。这是我们队10个兄弟的约定，自己的兄弟死了，他的老婆孩子，咱们不帮谁帮？"

从此以后每天的早晨，在众多吃馄饨的人群中，又多了一位女人的身影。来去匆匆的人流不断，而时光变幻之间唯一不变的是不多不少的10个人。

时光飞逝，当年矿工的儿子已长大成人，他那饱经苦难的两鬓花白的母亲，依然用真诚的微笑面对着每一个前来吃馄饨的人，那是发自内心的真诚与善良。

更重要的是，前来光临馄饨摊的人，尽管年轻的代替了年老的，女人代替了男人，但从未少过10个人。穿透十几年岁月沧桑，依然闪亮的是10颗金灿灿的爱心。

**感悟**

真诚的朋友是金钱买不来的，是命令吓不倒的，是只有真心付出才能换来的最可贵、最真实的情感。

# 74. 晏子赎越石父

春秋时期，齐相晏婴出使晋国，路过中牟时，看见一个人头戴破帽子，反穿皮袄，身背饲草，正坐在路边休息。

晏子看出他是一位有修养的君子，于是就派人问他："你叫什么名字？从哪里来？"

那人回答说："我是齐国人，名叫越石父。"

晏子就把他叫到跟前问道："为什么来到这里？是不是家里遭到什么不幸？"

越石父说："我在中牟卖身为奴，看见了使者路过，打算跟您回国。"

晏子问："为什么要卖身为奴？"

越石父回答说："由于饥寒交迫，我便卖身为奴了。"

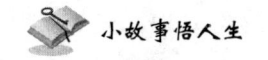

晏子问:"当奴仆几年了?"

越石父回答说:"已经三年了。"

晏子问:"可以赎身吗?"

越石父回答:"可以。"

晏子便把拉车左套的马解下来,用这匹马把越石父赎买回来,并与他一起坐车回国。

回到相府,晏子没跟越石父告辞就进了自己的屋门。越石父很生气,要与晏子绝交。

晏子派人传话说:"我不曾和你结交,谈何绝交?你当了三年奴仆,我今天看见了才把你赎回来,我对待你还算可以吧?你怎么可以恩将仇报,说什么绝交?"越石父说:"士人不在知己朋友面前,可以受屈辱;在知己朋友面前,可以得到舒展。所以君子不因为对人家有恩而轻视人家,也不因为人家对自己有恩而向人家屈服。我给人家当了三年奴仆,却没有人理解我。现在您把我赎买回来,我认为您理解我了。先前您坐车,不同我打招呼,我认为您是一时疏忽了。现在您又不向我告辞就直接进入屋门,这同把我看作奴仆是一样的,既然我还是奴仆的地位,就请您把我卖到社会上去吧!"

晏子听了越石父的回话,走出来,请求和越石父见礼。晏子说:"以前我只看到了客人的外表,现在理解了客人的内心。我听人说过'考察他人行为的人不助长人家的过失,体察他人实情的人不讥笑人家的言辞',我可以向您道歉,您能不抛弃我吗?我是诚心改正自己的错误。"晏子命令人把厅堂打扫干净,用酒席盛情款待越石父。

越石父说:"我听说过,最高的尊敬不讲究形式,用尊贵的礼节待人不会遭到拒绝。先生以礼待我,我实在不敢当。"

晏子于是把越石父奉为上宾。

**感悟**

只有以诚待人才能结交知心朋友,即使帮助人也不要以恩人自居。

## 75. 管鲍之交

　　春秋时期，管仲和鲍叔牙两个人经常在一起，他们合伙做过生意，走南闯北；一起打过仗，出生入死；后来一同在齐桓公手下为官。他俩长期合作，交情深厚，结为知心朋友。

　　他们一同做生意，到最后结算利润，两个人分钱的时候，管仲总是多取一倍，鲍叔牙却从来不认为他是贪财之辈。有人替鲍叔牙打抱不平，他总是说："管仲并不是贪财的人，他家中还有老人需要赡养，他还要接济那些贫穷的族人，而我现在的家庭状况要比他强得多，也不急着用钱。"

　　有一次，鲍叔牙遇到了一点麻烦，正在束手无策的时候，管仲帮助他，替他出主意解决问题。可是结果反而把事情弄得一团糟，管仲惭愧地说："我真是没有用，把你害苦了。"

　　旁观者对鲍叔牙说："管仲真是成事不足，败事有余！这样的蠢人你还要和他交往下去吗？"

　　鲍叔牙淡然一笑，说："虽然事情没有办好，但是他也是为我着想啊！再说这件事情确实很棘手，客观条件如此，换了任何人也难以处理，恐怕比他办得还不如。"

　　管仲在为官时，曾经有三次机会做官，可是每一次都被罢免。鲍叔牙每次都为他出力，帮他说话，才使管仲得到提升。这时，有人对管仲的遭遇幸灾乐祸，在鲍叔牙面前冷嘲热讽，评价道："你的那位朋友真是没出息，好不容易做个官，总是得不到信任，每次都被免掉，真是丢人。"

　　鲍叔牙却为管仲辩护，严肃地说："管仲是天下奇才，有经天纬地之才，当今之世没有几个能比得上他的！他现在仕途不济，只是没有遇到好的机缘罢了！"

　　他们出征打仗的时候，管仲几次出击都惨遭失败。后来，到了行军打仗的时候，每次列方队，管仲就退居到队伍的后面，不敢在前面冲锋陷阵。等战

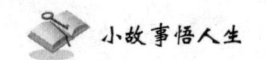

斗结束,凯旋的时候,他就抢到前面。同行的人都讥笑他胆小,鲍叔牙赶紧解释:"管仲是有名的孝子,他家中的老母亲还要靠他养老送终,他当然要保全性命奉养老人,他这种美德,你们有几人能比得上呢?"

公子小白与管仲有"一箭之仇",小白杀了自己的哥哥公子纠后,当上了国君。鲍叔牙极力推荐管仲当齐国的相国,自己却心甘情愿做管仲的副手。他对小白说:"管仲有济世匡时之略,一定能够帮助您建立霸主地位。我恳请您不计前嫌,能够重用他。"于是,管仲成为齐国国相,帮助齐桓公成就了春秋霸业。

管仲听说后,深有感触地说:"生我者父母,知我者鲍叔牙也。如果没有他,也许我早就成了贪财奴、怕死鬼和笨蛋,说不定现在已经被定罪,成为刀下之鬼了。"

**感悟**

管鲍之交的故事流传千古,历来被人称为朋友之间患难与共的典范。要结交那些使你发出更大光亮、发挥更大潜力的人。

# 76. 丞相与车夫

丙吉是汉宣帝的丞相,是一位名相。他交友时不计较人的门第高低,以诚相交。他的车夫是一位酒鬼,经常喝酒犯错误,丙吉并没有因为他喝酒就不要他。这个车夫是边境地区的人,对边防情况很熟悉。

有一次,车夫外出,遇见一位传递紧急公文的驿骑,得到匈奴入侵云中、代郡的情报。车夫想,这个情报很重要。他立即回丞相府,报告了丙吉,并向丙吉丞相建议:"边疆上的几个郡,恐怕不久就要打仗了。一旦战争爆发,郡里的官员有的老了,有的正在生病,不能指挥作战,您是丞相,应该把事情了解清楚,并且要做适当的调整。"丙吉采纳了车夫的建议,找来有关官员把边疆的几个郡及主要官员的情况都一一了解清楚,并相应做了部署计划。

果然,这一天,皇帝召集文武大臣上殿议事,问起边疆的情况,其他官员因事起仓促,一个个手忙脚乱,不知道如何回答。皇帝很生气,一个个指责一番。当问到丙吉时，丙吉不慌不忙，说得一清二楚，皇帝见他了如指掌，对他称赞了一番。

事后，丙吉对人说："别看我是丞相，如果不把车夫当作朋友看待，哪里能得到皇帝的称赞呢？"

**感悟**

真心实意地把下属当朋友，下属才会把你当成真心的朋友，也会真心实意地为你考虑。

## 77. 留一半友情给自己

焦山有个盐商马秋玉，自幼就喜欢诗画，对郑板桥的字画非常欣赏，想结交郑板桥做朋友，可总也找不到机会。当他听说郑板桥为了躲债住在焦山的一个庙里时，他就设了局，想帮郑板桥一把。

这日细雨绵绵，他看到郑板桥在冒雨游山，就跑到郑板桥的必经之路等着他。看到郑板桥快要走到近前时，他就装作迷茫的样子，反复吟咏"山光扑面经宵雨"这句诗。郑板桥不知有诈，遂上前作揖说："如此好的诗句，为何只吟一句？""好是好，可我想了半天，也没有想出下一句。""我有'江水回头欲晚潮'七个字，您看如何？"

就这样，马秋玉通过一句诗和郑板桥相识。于是，他就有了帮助郑板桥的资本。

几天后，郑板桥回家，妻子对他说："接到了你寄回的二百两银子，还了债，修了房，日子过得很安稳。"郑板桥知道这是那句诗的功劳。事后，郑板桥专门去焦山答谢马秋玉，你来我往，两人成了知己。

**感悟**

要争取朋友，最可靠的方法就是尊重对方的意见和满足其自尊心，寻找友情，乐在知心。

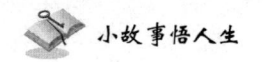

## 78. 痛苦不痛苦

一辆大卡车在京藏高速上追了尾，撞上一辆厢式大货车。大卡车的整个车头凹了进去，司机扭曲在驾驶室里，他身上的鲜血像发动机里的机油一样往下流。大卡车后面，停着另一辆卡车。他们是朋友，他眼睁睁地看着朋友在驾驶室里呻吟、求救。

消防队员赶来了，经过三个小时救援，才把司机从驾驶室里抱出来，但司机已经死去多时了。司机的遗体被家人运走了。安葬后，司机的妻子带着5岁的儿子赶来问他一个问题。她问："我丈夫撞车前，有没有喝酒？"

他说："没有。"

她又问："有没有疲劳驾驶？"

他说："我们刚刚启程一小时。"

她的泪掉下来了，又问："当时他痛不痛苦？"

他一怔，说："不痛苦。"

她问："真的不痛苦？那有没有说什么话。"

他说："没有。"

她已经泪流满面，她对儿子说："你爸爸死的时候没有痛苦，他很坚强。"

孩子懂事地点点头。

其实，他的朋友卡在驾驶室里，极其痛苦。朋友在里面呼天抢地，但是，他无能为力。朋友那满脸的血，绝望的呼声，他回想起来，就会不寒而栗。

他不想让朋友的妻子知道这一切。否则，这惨状会让朋友的妻子一辈子也无法承受。但不幸的是，一个月后，当时消防队员救援的场面却在电视台播出了，镜头中的朋友已经丧失了理智，他在喊救命，不停地喊着。他吃了一惊，马上想到了朋友的妻子会不会看到，如果看到了，她将如何面对？

他赶往朋友的家，当他走进家门时，朋友的家人正在用餐，电视关着，他们对于他的到来有点意外，招呼着他一起吃饭。他和他们聊着家常，他们很平静。他想，他们肯定没有看到那一幕。

从朋友家出来后，他又赶往电视台，找到了制片人。他把这个故事告诉制片人，希望电视台不要再播放这些画面了，死者的妻子、儿子都认为他死的时候没有痛苦，让他们心中永远保留着一份美好。电视台的制片人、员工都很感动，答应了他的请求。他从电视台出来时，那位制片人一直送他到大门口，握着他的手说："但愿这个秘密能一直保持下去。"

**感 悟**

真正的友谊总能预见对方的需要，总能设法帮助他人，维护他人的自尊。

# 79. 只想陪你坐一坐

1962年，作家刘白羽由北京到上海治病。当时他的长子滨滨正患风湿性心脏病，他放心不下，便让滨滨也到上海看病。遗憾的是，由于治疗效果不佳，滨滨的病情不见好转，又要返回北京。

刘白羽万般无奈，只得让妻子带病危的儿子回家。母子俩回北京的当天下午，刘白羽心神不定，烦躁不安。

这时，巴金、萧珊夫妇来到了刘白羽的病房。两人进门后，谁也没说一句话，默默地坐在沙发上。其实他们非常了解滨滨的病情，都在为他担忧，生怕路上发生意外。病房里静悄悄的，巴金伸手握住刘白羽微微发颤而又汗津津的手，轻轻地抚摸。萧珊则一边留意刘白羽的神情，一边望着桌子上的电话。

突然电话响了，萧珊忙抢在刘白羽之前拿起话筒。当电话中传来母子俩平安抵达北京的消息后，三个人长长地舒了一口气，脸上都露出了笑容。

原来，巴金估计那天北京会来电话，怕有噩耗传来，刘白羽承受不了，

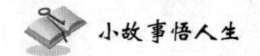

于是携夫人萧珊专门前来陪伴他。当两人起身告辞时,刘白羽执意要送到医院门口。他紧紧地握住巴金的手,一再表示感谢。巴金却摆了摆手,淡淡地说:"没什么,正好有空,只想陪你坐一坐。"

**感悟**

真正的友谊,不是花言巧语,而是关键的时候拉你的那只手。

# 五　珍爱家庭

家,是扬勤孝美德、奏和谐乐章的驿站,是共同遮风避雨防风沙的港湾,是幸福生活的摇篮。

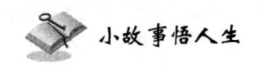

## 80. 百里负米

仲由是春秋时期鲁国人，字子路，孔子的得意弟子。他性格直率勇敢，非常孝敬父母。因为从小家境贫寒，为人非常节俭，经常吃野菜度日。仲由觉得自己吃野菜没关系，但怕父母营养不够，身体不好，很是担心。家里没有米，为了让父母吃到米，他必须要走到百里之外才能买到米，再背着米赶回家里，奉养双亲。百里之外是非常远的路程，也许现在有人也可以做到一次、两次，可是一年四季经常如此，就极其不易。然而仲由却甘之如饴。为了能让父母吃到米，不论寒风烈日，都不辞辛劳地跑到百里之外买米，再背回家。

后来他的父母双双过世，他南下到了楚国。楚王聘他当官，对他很是礼遇，俸禄非常优厚，每天吃的是山珍海味，出门就有马车跟随，过着富足的生活。但他并没有因为物质条件好而感到欢喜，反而时常感叹、哀伤父母早早过世。他是多么希望父母仍然在世，和他一起过这样的好生活呀！可是即使他想再负米往返百里之外奉养双亲，都永远不可能了。

**感悟**

当父母在世时，即使没有丰厚的供给，事事也要以父母为先，处处以父母为主，时时想着父母，这就是孝。

## 81. 黄香温席

在中国的古书《三字经》上，有"香九龄，能温席"的记载，讲的是古代"黄香温席"的故事。

黄香小时候，家中生活很艰苦。在他9岁时，母亲就去世了，黄香非常悲伤。他本就非常孝敬父母，在母亲生病期间，小黄香一直不离左右，守护在母亲的病床前。母亲去世后,他对父亲更加关心照顾,尽量让父亲少操心。

冬夜里,天气特别寒冷。那时,农户家里没有任何取暖的设备,确实很难入睡。一天,黄香晚上读书时,感到特别冷,捧着书卷的手一会就冰凉冰凉的。他想,这么冷的天气,父亲一定很冷,他老人家白天干了一天的活,晚上还不能好好地睡觉。想到这里,小黄香心里很不安。为让父亲少挨冷受冻,他读完书便悄悄走进父亲的房间,给他铺好被子,然后脱了衣服,钻进父亲的被窝里,用自己的体温,温暖了冰冷的被窝之后,才招呼父亲睡下。黄香用自己的孝敬之心,温暖了父亲的心。

黄香温席的故事,就这样传开了,街坊邻居人人夸奖黄香。

夏天到了,黄香家低矮的房子显得格外闷热,而且蚊蝇很多。到了晚上,大家都在院里乘凉,尽管每人都不停地摇着手中的蒲扇,可仍不觉得凉快。入夜了,大家也都困了,准备睡觉去了,这时,大家才发现小黄香一直没有在这里。

"香儿,香儿。"父亲忙提高嗓门喊他。"爹爹,我在这儿呢。"说着,黄香从父亲的房中走出来。满头的汗,手里还拿着一把大蒲扇。"你干什么呢?怪热的天气。"父亲心疼地说。"屋里太热,蚊子又多,我用扇子使劲一扇,蚊虫就跑了,屋子也显得凉快些,您好睡觉。"黄香说。

父亲紧紧地搂住黄香:"我的好孩子,可你自己却出了一身汗啊!"以后,黄香为了让父亲休息好,晚饭后,总是拿着扇子,把蚊蝇扇跑,还要扇凉父亲睡觉的床和枕头,使劳累了一天的父亲早些入睡。

9岁的小黄香就这样孝敬父亲,人称"温席的黄香,天下无双"。人们说:"能孝敬父母的人,也一定懂得爱百姓,爱自己的国家。"事实正是这样,黄香后来做了地方官,果然不负众望,为当地老百姓做了不少好事,他孝敬父母的故事,也千古流传。

**感悟**

没有父母,就没有我们,更没有亲情、友情、爱情,世界就会一片孤独和黑暗。

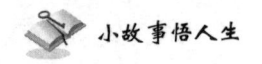

## 82. 拾葚异器

东汉时期的蔡顺，年幼时便失去了父亲，母亲含辛茹苦地把他拉扯成人。他对母亲非常孝顺，常说："即使肝脑涂地，也报答不了母亲的养育之恩。"当时，恰逢王莽起兵，烽火四起，天下生灵惨遭涂炭。又遇到灾荒，地里粮食歉收，人们都没法吃饱肚子。总不能让娘亲饿肚子吧，蔡顺非常着急，起早贪黑到处找吃的，然而当时那种境地，谈何容易。他只好去挖野菜、剥树皮，煮熟捣烂了给母亲吃。看着年迈的母亲吞咽得那么艰难，他难过得心如刀绞。

一次，蔡顺在一处偏僻的地方意外地发现了一棵桑树，树上结满了桑葚。桑葚有红有黑，蔡顺尝了尝，发现红的味道酸涩，黑的则甘甜无比。他喜出望外，拼命地采集，又用不同的器皿分别盛装着。这时，一个赤眉军正好路过，看到蔡顺正忙碌着，便和颜悦色地问他采桑葚干什么？蔡顺乐呵呵地说："吃呀！那边黑甜的给母亲吃，这边红涩的自己吃。"这个赤眉军一听，敬佩蔡顺是个孝子，又怜悯他们的处境，当下慷慨解囊，送给他一条牛腿、二斗白米。蔡顺千恩万谢，带着采摘的桑葚和赤眉兵送的东西回家了。

**感悟**

世界上无论伟大的或是卑微的生命，都是由父母含辛茹苦抚养长大的，古往今来父母之爱的神圣与伟大，用再多的美好词语形容都不过分。

## 83. 弃官寻母

朱寿昌的父亲朱巽是宋仁宗年间的工部侍郎，其母刘氏是朱巽之妾。朱寿昌幼时，刘氏被朱巽遗弃，从此，母子分离。朱寿昌成年之后，荫袭父亲的功名，出而为官，几十年的仕途颇为顺利，先后做过陕州荆、南通荆、岳州知州、阆州知州等，然而他一直未能与生母团聚，思念之心萦萦于怀，以至于"饮食罕御酒肉，言辄流涕"。母子分离后的50年间，他四处打听生母下落，均杳无音讯，为此他烧香拜佛，并依照佛法，灼背烧顶，以示虔诚。

宋熙宁初年，听人传他母亲流落陕西一带，嫁为民妻。他又刺血书写《金刚经》，并辞去官职，与家人远别，千里迢迢，往陕西一带寻母，并与家人道："不见母，吾不返矣。"精诚所至，朱寿昌终于在同州找到了自己的生身母亲。当年母子分离时，寿昌尚年幼，五十年后重逢，老母已七十有余，寿昌也年过半百了。原来，寿昌母刘氏离开朱家以后，改嫁党氏，又有子女数人，寿昌视之如亲弟妹，全部接回家中供养。有人将朱寿昌弃官寻母之事上奏宋神宗赵顼："嗟君七岁知念母，怜君壮大心愈苦，不爱白日升青天，爱君五十著彩服，儿啼却得偿当年……感君离合我酸辛，此事今无古或闻……"王安石诗云：彩衣东笑上归船，莱氏欢娱在晚年，嗟我白头生意尽，看君今日更凄然。

从此，朱寿昌弃官千里寻母之事传遍天下，孝子之名得于遐迩。朱寿昌官至司农少卿、朝议大夫、中散大夫，年七十而卒。朱寿昌弃官寻母一事，历代广为流传。天长秦栏旧有朱孝子墓，明弘治年间，曾立碑于墓侧，嘉靖年间，建孝子祠。

**感 悟**

孝顺父母就是感恩父母。感恩父母生育、养育、教育之恩，他们用生命来保护我们、爱护我们，他们付出的努力就是让我们过上幸福、平安、快乐的生活。

## 84. 行佣供母

东汉时齐国临淄人江革，少年丧父。那时各地战乱不断，盗贼四起。盗贼不仅抢财物，还常常把家中的男子抓去逼着他们入伙。江革为了避乱，干脆

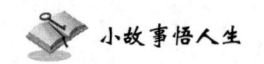

背着母亲弃家逃难。母亲年迈，腿脚不方便，为了尽量减少母亲的颠沛流离之苦，江革就整天背着母亲奔波。

俗话说：在家千日好，出门时时难。江革背着母亲，一路上风餐露宿，还要躲避盗贼。江革的母亲即便年老体重较轻，但走一段长路之后，江革依然累得满头大汗。母亲心疼儿子，要下来自己走，江革却说："孩儿背着母亲，就像回到了小时候一样，感受到母亲的温暖，孩儿心里很欢欣，感觉自己很有福，可以随时侍奉母亲。"

走着走着，母亲渴了，江革到处讨水给母亲喝；母亲饿了，他竭尽所能为母亲准备可口的食物。天色将晚，他想方设法找住处，使母亲能踏实地安歇。在仓皇逃难的人群中，江革时时想到的是母亲，全然忘记了自己的饥饿和疲劳。

在逃难的路上，许多人都对江革肃然起敬，但也有少数人对他不理解，因为在这样艰难的境况中，一个人逃生都很难，更何况背负着白发苍苍的老母。无论是称赞还是讥讽，江革都淡然处之，在他看来，一个人活在世上的头等大事是孝顺父母，别人的评价无足轻重，不用放在心上。

逃难当中，江革多次遇到盗贼，想要把江革劫去。每当面临这种情形，江革便会在盗贼面前苦苦哀求，痛哭流涕，对盗贼讲："我从小失去了父亲，孤苦伶仃，是母亲含辛茹苦，把我拉扯成人。如果没有母亲，哪会有今日的我。如果我随大王去了，留下孤零零的老母亲，兵荒马乱，举目无亲，母亲如何保全生命，如何度过余生。恳请大王念我有老母在，没有人奉养，放过我们吧！"

盗贼看到江革如此诚心诚意的哀求，无不被他的孝心所感动，所以也不忍杀他，更不忍把他劫走。就这样，江革屡次感动盗贼，化险为夷。

**感悟**

孝子忠臣，可以像日月一样永恒地照耀世间。环境的好坏并不足以影响孝子的心，只要我们有一颗真诚心，任何环境我们都可以做到孝亲、敬亲。

## 85. 芦衣顺母

周朝时候，有个孝子，叫作闵子骞。他是孔子的学生。生母早已过世了，他的父亲娶了一个后妻，生了两个儿子。那个后母很厌恶闵子骞，冬天的时候，给自己亲生的两个儿子用棉絮做衣裳，给闵子骞穿的衣裳却是只装着芦花的。

有一天，他的父亲叫闵子骞推车子外出。因为衣裳单薄，身体寒冷，闵子骞一个不小心，不觉失掉了车上驾马引轴的皮带子。他的父亲以为儿子太粗心很生气，就用鞭子打他。鞭子把衣服抽破了，露出了全是不保暖的芦花，才知道大儿子是穿了芦花衣服的缘故。回家后，再摸摸另外两个孩子的衣服，却是暖和的棉花。父亲的心里明白了，是后母虐待了闵子骞，一气之下，就要赶走后母。

这时闵子骞跪下来哀求父亲，说："母在一子单，母去三子寒。"母亲在家，只有孩儿一人受冻，如果母亲走了，家里就有三个孩子要受寒。这两句话感动了父亲，留下了后母，也使后母知道反省改过，而变成了慈母。

**感悟**

"爱人"和"忠恕"，是儒家思想的核心，闵子骞将此化为了具体言行，成了一面镜子。

## 86. 乳姑不怠

崔山南，名琯，字从律，唐代博陵（今属河北）人，官至山南西道节度使，人称"山南"。他的曾祖母长孙夫人年龄大了，牙齿也掉光了，需要用牙齿咀嚼的食物都不能吃，每天只可以喝稀饭。

长孙夫人的儿媳妇，也就是崔山南的祖母唐夫人，是一个很孝顺的媳妇。

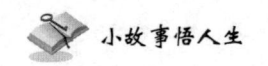

唐夫人见婆婆每天只能喝稀饭没有营养，她就每天早晨起床洗漱后，来到堂屋用自己的乳汁给婆婆喂奶，日复一日，年复一年，从不间断，几年过去了，长孙夫人虽然没有吃过米饭，但是身体一直很健康。

人老了，终究有一天病了，长孙夫人也知道自己时日不多了，就把家里所有的人都叫到身边，对大家说："因儿媳对我的一片孝心，我才能活到今天，没有什么可以拿来报答她，只希望子子孙孙的媳妇们，能够像她孝顺我那样，也孝顺她就满足了。"后来崔山南做了高官，果然如长孙夫人所嘱，孝敬祖母唐夫人。

**感悟**

孝道是中华民族丰厚文化积淀的重要组成部分，中国古代儒家的伦理学著作《孝经》就写道：夫孝，天之经也，地之义也。

## 87. 母亲就是你的活佛

很久以前，一个小伙子特别信**佛**，放弃与之相依为命的母亲，远走他乡去求佛。他经历千辛万苦，经过千山万水，一直没有找到他心中真正的佛。

有一天，小伙子来到一座宏伟**庄严**的庙宇，庙里的方丈是个得道的高僧。小伙子虔诚地在大师面前一跪不起，苦苦哀求大师给他指点一条见佛的道路。

大师见小伙子如此痴迷，长叹了一口气，对他说："你从哪里来，还回哪里去。当你在回去的路上深夜敲门**投宿**的时候，如果有一个人给你开门时赤着脚，那个人就是你要寻找的佛。"

小伙子欣喜若狂，多年的心愿**终**于有了实现的希望。他告别了大师，踏上了回家找佛的道路。

小伙子走了好几个月的时间，中间有许多次是半夜才看到路边有亮灯的人家。他一次次满怀希望地敲门，却一次次失望地发现，那些给他开门的人没有一个是赤着脚的。越往家里走，小伙子越失望，眼看着就快要到自己的家了，那个赤脚的佛依然没有踪影。

当他在一个风雨交加的后半夜终于走到自己家门前时，他甚至沮丧得连门都没有劲儿去敲了。他觉得自己是个大傻瓜，世界上哪里有什么佛啊！

他又累又饿，无奈地敲响了家门。

"谁呀？"那是母亲苍老的声音。

他心头一酸："妈，是我，我回来了。"

只听屋里一阵噼啪乱响，不一会儿，母亲衣衫不整地开了家门，哽咽着说："儿啊，你可回来了！"母亲一边说着，一边把他拉进屋里。

灯光下，憔悴的母亲流着泪，用无限爱怜的双手在他的脸上抚摸，泪光中分明是满足的笑容。小伙子一低头，蓦地看到母亲竟赤脚站在冰冷的地上！

他突然想起了高僧的话，"扑通"一声跪倒在母亲的脚下，泪如泉涌："母亲……"

**感悟**

母爱是佛，父母是应敬的活佛。

# 88. 奶奶的桌子

从前有一位瘦弱的老奶奶，老伴儿已经去世了，只剩下她孤零零的一个人，于是她便搬到儿子那儿去，与儿子、儿媳妇和他们的小女儿一起生活。

时间一天一天过去了，老奶奶的年纪越来越大，视力越来越弱，耳朵也越来越聋。有时候，她的手抖得很厉害，勺子里的饭都掉了出来，杯子里的汤也洒出来了。开始的时候，儿子和儿媳妇还能够耐心细致地照顾她，可是时间一长，就有些不耐烦了。儿子和儿媳妇对她把饭菜撒得满桌子感到很烦恼。

有一天，她打翻了一杯牛奶后，他们再也无法忍受。他们在房间旁边的一个角落里搭起一张桌子，让老奶奶一个人在那儿吃饭。老奶奶一个人坐在那儿，心里非常难过，眼里总是含着心酸的泪水，呆呆地看着他们。有时候，他们在房间里也与她说说话，但更多的时候却是责怪她摔了一个碗或掉了一个勺子。

一天晚上，就在吃晚饭前，小女孩正在地板上搭积木。父亲看到了就问她在做什么。"我在给你和妈妈做一张小桌子。"小女孩天真无邪地看着父亲，笑着回答，"等我长大了，你们就可以自己在房间的角落里吃饭。"

她父母坐在那儿，两眼呆呆地看着女儿，突然放声哭了起来。当天晚上，他们就把老奶奶请回到大桌子边。

从那以后，老奶奶就一直与全家人在一起吃饭，当她有时候把饭菜洒一点到桌子上的时候，儿子和儿媳妇再也不介意了。

**感悟**

父母是孩子的第一任老师，你如何对待父母，将来你的孩子也可能如何对待你。

# 89. 妈妈的恩情

一天，女孩跟妈妈又吵架了，一气之下，她转身向外跑去。

她走了很长时间，看到前面有个面摊，这才感觉到肚子饿了。可是，她摸遍了身上的口袋，连一个硬币也没有。

面摊的主人看上去是一位很慈祥的老婆婆，她看到女孩站在那里，就问："孩子，你是不是要吃面？""是，可是我忘了带钱。"她有些不好意思地回答。"没关系，我请你吃。"

老婆婆端来一碗面和一碟小菜。她满怀感激，刚吃了几口，眼泪就掉了下来。"你怎么了？"老婆婆关切地问。"我没事，我只是很感激！"她忙擦眼泪，对面摊主人说："我们不认识，而你却对我这么好，愿意煮面给我吃，可是我妈妈，她跟我吵架，还叫我不要再回去。"

老婆婆听了，平静地说："孩子，你怎么会这样想呢？你想想看，我只不过煮一碗面给你吃，你就这么感激我。那你妈妈煮了十年的饭给你吃，你怎么不感激她呢？"

女孩愣住了。

女孩匆匆吃完了面，开始往家走去，当她走到家附近时，看到疲惫不堪的妈妈正在四周张望……

**感悟**

对别人给予的小恩小惠"感激不尽"，却对生身父母一辈子的恩情"视而不见"，这是何等的悲哀。

## 90.子欲养而亲不待

孔子在前往齐国的路上，突然听到有人在哭，声音显得很悲哀。

孔子对驾车的人说："这哭声，虽然听起来很悲哀，却不是家中有人去世的悲痛之声啊！"

于是，孔子赶着马车寻声前进一小段路后，便看到一个不寻常的人，身上挂着镰刀，系着白带，在那里失声痛哭，然而却不是哀丧之哭。

孔子下了车，上前问道："先生，请问您是什么人呢？"

那人回答："我叫丘吾子。"

孔子问："您现在并不是服丧的时候，为何会哭得这样悲伤呢？"

丘吾子哽咽地说："我此生有三个过失，可惜到了晚年才觉悟到，但已经是追悔莫及了。"

孔子便问："您的三个过失，可以让我听闻吗？希望您能告诉我，不要有什么隐讳啊。"

丘吾子悲痛地说："我年轻时喜欢学习，可等我到处寻师访友，周游各国回来后，我的父母却已经死了，这是我第一大过失；在壮年时，我侍奉齐国君王，然君王却骄傲奢侈，丧失民心，我未能尽到为人臣的职责，这是我第二大过失；我生平很重视友谊，可如今朋友却离散断绝了，这是我第三大过失。"

丘吾子又仰天悲叹道："树木想要静下来，可是风却刮个不停；儿子想要奉养父母，父母却不在了。过去了永远不会再回来的，是年龄啊，再也不能见到的，是父母啊！就让我从此辞谢这个人世吧！"因此，丘吾子便投水自

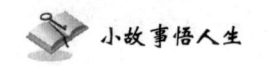

尽了。

孔子很感叹地对弟子们说:"你们应记着此事,这足以作为我们的借鉴啊!"

**感悟**

孝是稍纵即逝的眷恋,孝是无法重现的幸福,孝是一失足千古恨的往事。

## 91. 借 钱

老大的双胞胎儿子考上了大学,光学费就 1 万多。老大东跑西颠,跑细了腿儿,也没把钱凑够。为这事,老大吃不香,睡不安,愁起满嘴的燎泡。

媳妇说:"该借的都借了。实在不行,你跟老二张个口吧。"

老大一听,咧了嘴。老大说:"前年,老二盖鸡场、鸭场,跟咱借 2000 元,可咱连百十块都没借给他,这个时候找他,我咋张得开口?"

"那……咱儿子的大学就不上啦?"

老大点支烟,狠狠地抽几口,烟雾缭绕,罩着老大那张愁苦的脸。

这时,有人敲门。老大开门一看,竟是老二。

老二左手一只鸡,右手一只鸭,风尘仆仆地站在门口。

把老二让进屋。老大说:"老二,你咋来啦?"

老二放下鸡,放下鸭,抹一把头上的汗说:"听说两个侄子考上了大学,担心哥凑不够学费,就给哥送来 3000 元……"说着,老二从口袋里掏出厚厚一沓钱,放在桌子上。

老大羞愧难当,一张脸涨得通红。老大说:"老二,哥对不起你……前年你盖鸡场、鸭场,跟哥借 2000 元,可我……"

老二摆摆手说:"哥的家境我知道,嫂子有病,两个侄儿要上学,你打工也挣不了几个钱……再说,你前年不是还借给我 500 元吗?"

"500 元?"老大一头雾水。

"对呀!"老二说:"哥,你忘了吗?那 500 元是你托咱娘捎给我的啊……"

**感悟**

可怜天下父母心！我们该如何回报呢？

## 92. 财富、成功和爱

有位妇人走到屋外，看见门前坐着三位长着白胡须的陌生老人，看样子，这三个人又累又饿，于是这位妇人对三位老人说："请进来吃点东西吧。"这三位老人并没有急着进去，其中一位老人指着其他两人对妇人说："他的名字是财富，他是成功，而我是爱。我们只能进去一个。你现在进去跟你丈夫讨论看看，要我们其中的哪一位到你们家里。"

妇人进去对丈夫如是说了，丈夫非常高兴地说："让我们邀请财富进来！"

妇人并不同意，说道："亲爱的，我们何不邀请成功进来呢？"他们的儿媳妇不慌不忙地发表了自己的建议："我们邀请爱进来不是更好吗？"

最后丈夫说："就照着儿媳妇的意见做吧！快去邀请爱来做客。"

妇人走到屋外说："请爱进来吧。"

爱起身朝屋子里走去，另外两人也跟在他身后。

妇人惊讶地问财富和成功："我只邀请爱，怎么连你们也一道进来了呢？"

老者齐声说："如果你邀请的是财富或成功，另外两人都不会跟进，而你邀请爱的话，那么无论爱走到哪里，我们都会跟随。"

**感悟**

爱是一切力量的源泉。哪儿有爱，哪儿就有财富和成功。

## 93. 凭什么你该去天堂

有个男人，他勤奋、善良，终于打拼出一片天地，让家人过上了好日子。

95

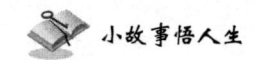

他是一个孝顺体贴的好男人，更是一个称职的好丈夫。

然而，三十多岁的他没有兼顾好自己的身体，老天也并没有因为他是一个大家眼中的好人而放过他，最终还是把他带到了另外一个世界去了。

男人想，我生前积德行善，死后应去天堂，可是却被接到了阎王爷主管的地狱，他百思不得其解，于是向阎王爷告假，去天堂问清原委。

天堂的工作人员将他带到一个可以看到人间百态的窗口，男子清楚地看到，由于他的离开：年迈的老父亲不得不去看大门勉强糊口，貌美如花的妻子也不得不给人打工，承担起生活的重担，如今的她已经憔悴苍老了许多；再看看心爱的儿子、女儿，也因为无力支付高昂的学费，遭受着同学们的排斥和嘲笑……

男人将这一切看到眼里，心在滴血。

这时，上帝说话了："因为你的离去，你的至亲至爱陷入极度痛苦之中，在人间过着地狱般的生活，凭什么你该进入天堂？"

**感悟**

爱家人应从爱自己开始，有健康的身体才能够给家人遮风挡雨。

## 94. 晏子辞婚

春秋时期，齐景公有个女儿，从小就生得乖巧可爱，特别惹人喜欢，齐景公对她更是爱如掌上明珠。

齐景公从宫中挑选出优秀的女官，对女儿加以辅导教养。随着时间一天一天过去，女儿长大了，不仅相貌漂亮，而且知书达理，落落大方，成了朝野皆知的绝代佳人。渐渐地，女儿到了谈婚论嫁的年龄，这可把齐景公愁坏了。

许多上卿、大夫都想让自己的儿子娶到这位佳人。一来可以跟国君联姻，即使以后有什么做得不对的地方，也不至于遭到砍头、抄家的惩罚；再者，百官知道后都会来巴结自己，说不定能捞到很多的好处。

但是当时有个规矩，就是诸侯之女须嫁给诸侯之子。可景公担心把女儿嫁到别的国家去，父女就再也难见面了，而且一旦两国交战，女儿的处境就更难了，他便放弃了这种想法。

他又打算把女儿下嫁给国内的臣民，这样离女儿近一些，可以常见到女儿。但他又担心门不当、户不对，被人耻笑，他也放弃了这种想法。

他想来想去想到了晏子，晏子身为齐国的相国，女儿嫁过去，做一位相国夫人，也不算辱没门庭。

但他不知道晏子是否同意，不能贸然行事，必须亲自去听听晏子的意见。

这一天，齐景公坐车来到相国府。晏子见国君到来，慌忙出来拜见，说道："不知君侯光临，有失远迎，臣罪该万死！"

齐景公说："相国不必客气，寡人在宫中待腻了，来到相府与相国唠唠家常，不必大惊小怪。"

晏子吩咐家人赶快摆酒，为君侯接风。既然是家宴，晏子也就不拘礼了，唤出相国夫人来给齐景公斟酒。

齐景公问："这是相国夫人吗？"

晏子回答："对，这是臣的糟糠之妻。"

等相国夫人退下后，齐景公说："唉！真是又老又丑啊！寡人有个女儿，又年轻又漂亮，就把她嫁给相国做妻子吧！"

晏子离开座位，对着齐景公恭敬地回答说："现在她是又老又丑，可我和她生活在一起已经很长时间了，因此也赶上过她年轻又漂亮的年华，况且人都是在年轻时把将来老时托付给对方，在漂亮时把将来丑陋时托付给对方，我已接受了她的托付，对她做出终身的承诺了。君侯想赏赐给我一个年轻美貌的女子，难道是想让我背弃妻子的托付而抛弃她，另寻新欢吗？"

晏子说完，向景公拜了两拜，婉言拒绝了这门婚事。

**感 悟**

夫妻之间应信守对爱情的庄严承诺，不可因对方年老色衰而喜新厌旧。

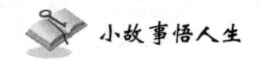

## 95. 贤内助

小李结婚后,就像变了一个人似的,由对安全马马虎虎变得重视安全了,由爱打游戏的年轻人变得喜欢学习了,工作也主动去干……

开始大家都说,他刚结婚,被媳妇管的,装装样子。

一年过去了,小李坚持学习、善于总结、注重安全,得到车间、班长和同事的认可。

两年过去了,小李一直坚持着,被评为先进,岗位也得到了提升。

有一次,我和小李闲聊,问起他转变的原因。他笑了笑说:"结婚前,我是一个人吃饱全家不饿。现在不行了,有媳妇、有孩子。结婚后,媳妇常给我讲起她的身世,她是一个单亲家庭,她的父亲原来在电厂是一名泵房值班员,有一次,泵房被水淹了,他很着急,直接下到水中,没想到水泵漏电,他直接躺在了水中,等同事停电将他救起时,已经没有了呼吸……从此,她的母亲带着她们一起生活。媳妇常对我说,上班干工作,首先要注意安全。在班上多干点没啥,看着是吃苦,但好人不会总吃亏的。班上有什么不顺心的事情,回家和我说,我是最理解你的人。你可能对于社会无足轻重,但对于家来说,就是一片天……"

小李还说:"每天我都感到肩上的责任,上班前,每天得到媳妇的提醒;回家后,得到媳妇的理解。我感觉生活得很幸福,工作总有使不完的劲……"

**感悟**

每个男人的肩上都扛着沉甸甸的责任,一个好的女人能让男人幸福一辈子,给男人无限的动力。

## 96. 都是我的错

村子里有两户人家,东边的王家经常吵架,互相敌视,生活得十分痛苦。

西边的李家，却一团和气，个个笑容满面，生活得快乐无比。

有一天，王家的户长受不了家庭的战火，于是前往李家去求教。

老王问："你们为什么能让家里永远保持愉快的气氛呢？"

老李回答："因为我们常思己过。"

老王正感疑惑时，忽见老李的媳妇匆匆由外归来，走进大厅时不慎跌了一跤，正在拖地的婆婆立刻跑了过去，扶起她说："都是我的错，把地擦得太湿了。"

站在大门口的儿子，也跟着进来懊恼地说："都是我的错，没告诉你大厅正在擦地，害你跌倒！"

被扶起的媳妇则愧疚自责地说："不，不，是我的错，都怪我自己太不小心了！"

前来求教的老王看了这一幕，心领神会，他已经知道答案了。

如果一开始，拖地的婆婆就责怪跌倒的媳妇："怎么走路不长眼睛，真是活该！"其他家人若不理会她的感受而哈哈大笑，那么李家还会有温馨柔和的气氛吗？

**感悟**

君子常过，小人无错。反观自身，看到自己要提升的地方，不仅可"大事化小，小事化了"，也会赢得别人的尊重。

# 97. 绝不另行择亲

北宋时期有一位儒生，他的名字叫刘庭式，字德之，是齐州（今山东一带）人，考取了进士以后，在密州担任通判官。当时的苏东坡，就是这里的刺史，苏东坡很赏识、敬重他的人品。

刘庭式在没有考取进士之前，曾经认识本乡里的一位民家女子，并约定婚姻关系，只是还没有下聘礼。

后来，刘庭式当了进士，做了官，又得到名人的赏识，看来是前途远大。

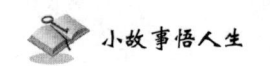

可是那位女子，却因生了一场大病，两眼全失明了。女子的家庭是农户，家境贫寒，也就不敢再向刘家提起这门亲事。

朋友中，有人劝刘庭式，对他讲："那个女人已经瞎了，你为了自己的前程和未来的家庭，就另行择亲吧。如果你一定要和那家结亲，就娶她的妹妹好了。"刘庭式回答说："我当年同她订立婚约时，已经把心许给她了。她现在眼睛瞎了，但是她的心还是好的。我若是违背当初的心愿，我的心倒是变坏了。再说，人人都会变得年老，妻子年老色衰时，我们也不能更换年轻美貌的女子吧！人得守诚信，不能变心。"

就这样，他们二人结婚了。婚后，刘庭式尽量照顾这位双目失明的妻子，夫妻和睦相处，很是恩爱，还先后生育了几个孩子。

**感悟**

信守婚姻的承诺，保住两颗好的心，这两颗好的心在日后漫长的岁月里只能越来越融合，越来越心心相印，真正做到"执子之手，与子偕老"。

## 98. 苹果的吃法

一对夫妇常为吃苹果发生口角。

妻子怕果皮沾上了农药，吃后中毒，一定要把皮削掉；而丈夫则认为果皮有营养，把皮削掉太可惜。常吃苹果，也就常吵，最后，竟吵到他俩的老师家去断是非。

老师对学生的妻子说："你先生这么多年都吃不削皮的苹果，还好好的，你担心什么？"

老师又对学生说："你太太不吃苹果皮，你嫌她浪费，那你就把她削的苹果皮拿去吃了，不就没事了。"

老师还说："由于家庭环境不同，成长过程不同，每个人的生活习惯也会有所不同，因此，要宽容别人的习惯，不要勉强别人来认同自己的习惯。"

**感悟**

要宽容别人的习惯，不要勉强别人来认同自己的习惯。

## 99. 达尔文的童年

有一个孩子，功课差极了，老师说他的智力有问题。看上去，孩子确有些沉默寡言，他可以一个人在屋前的花园里看着花草小虫很长时间。他的父亲教训他："除了喜欢打猎、养狗、捉老鼠以外，你什么都不操心，将来会有辱你自己，也会辱没我们整个家庭。"

他的姐姐也看不起这个学习成绩平平、行为怪异的兄弟。他在家庭中是一个不受欢迎的人。

但是他的母亲爱他，她想，如果孩子没有那些乐趣，不知道他的生活还会有什么色彩。她对丈夫说："你这样对他不公平，让他慢慢学会改变吧。"丈夫说："你这不是教育，你会毁了他的一生。"但她却固执己见，认为他是个孩子，需要安慰和鼓励。

她支持孩子到花园中去，还让孩子的姐姐也去。母亲耍了一个小心机，她对孩子和他的姐姐说："比一下吧，孩子，看谁能从花瓣上认出这是什么花？谁认得既快又多，妈妈就吻他一下。"这对孩子来说，是多么令人兴奋的一件事，他回答出了姐姐无法回答的一些问题。他开始整天研究花园的植物、昆虫，甚至观察蝴蝶翅膀上斑点的数量。

对于她的做法，她的丈夫觉得不可理喻，认为那种怜爱是无助无望的，除了暂时麻醉孩子之外，毫无益处。

但是，就是这醉心于花草之中的孩子，多年后成为生物学家，创立了著名的"进化论"，他就是达尔文。

**感悟**

一个人总会有自己的兴趣，兴趣就是最佳的发展方向，也是最好的老师。

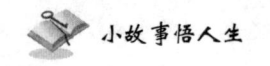

## 100. 用尽拥有的全部力量

一个小男孩在他的玩具沙箱里玩耍，沙箱里有他的玩具小汽车、敞篷货车、塑料水桶和塑料铲子。

当小男孩在松软的沙堆上修筑"公路"和"隧道"的时候，他在沙箱的中间发现了一块很大的石头，阻挡了他的"工程"建设。于是，小男孩开始挖掘石头周围的沙子，企图把它从沙子中弄出去。虽然石头并不算大，可是对于一个小男孩来说已经相当大了。小男孩手脚并用，费了很大力气，终于把石头挪到了沙箱的边缘。不过，他发现自己根本没有力气把大石头搬出沙箱的"墙"。

但是，小男孩下定决心要把大石头搬出去，于是他用手推，用肩拱，左摇右晃大石头，一次又一次。可是，每当刚刚有一点进展的时候，大石头就又滚回原处。最后一次，大石头滚回来砸伤了他的手指头。

终于，小男孩再也忍不住了，大哭起来。其实，这件事的整个过程都被小男孩的父亲透过客厅的窗户看得一清二楚。就在小男孩哭泣的时候，父亲忽然出现在小男孩的面前。父亲温和地对小男孩说："儿子，你为什么不用尽你所拥有的全部力量呢？"小男孩十分委屈地说："我已经用尽我的全部力量了。""不对，儿子。"父亲亲切地说，"你并没有用尽你所拥有的全部力量，你并没有请求我的帮助啊！"说完，父亲弯下腰，抱起那块大石头，把它搬出了沙箱。

**感悟**

当遇到困难感到自己再也坚持不下去的时候，不要一味地蛮干或轻易放弃，不妨试着转变一下思路。

## 101. 孩子的长处

有一天，一位父亲带着自认为是无可救药的孩子到心理学家那里去。这个孩子老是以为自己没有用。刚开始，他一言不发，怎样询问、启发，他也不开口。心理学家也真是无从下手。后来，心理学家从他父亲介绍的情况及所说的话中找到了一些的线索。他的父亲曾坚持说："这个孩子一点长处也没有，我看他是没指望、无可救药了！"

心理学家开始寻找他的长处——孩子不可能没有任何长处。他找到了这个孩子喜欢雕刻，甚至可以说这个孩子在这方面具有天赋。他家里的家具都被他刻伤，到处是刀痕，因而常常受到惩罚。心理学家买了一套雕刻工具送给他，还送他一块上等的木料。然后，教给他正确的雕刻方法，并不断地鼓励他："孩子，你是我所认识的人中，最会雕刻的一位。"

以后，他们接触得频繁起来。在接触中，心理学家慢慢地找出其他优点来夸赞他。有一天，这个孩子竟然不用别人吩咐，自动打扫房间。这件事情，使所有的人都吓了一跳。

心理学家问他为什么要这样做？孩子回答说："我想让老师您高兴。"

**感悟**

每一个人都渴望得到别人的认可，每个人都拥有不为人知的优点。

# 102. 承担责任

在法国的一座城市，罗伯特的孩子小杰克在自家花园里玩足球，兴奋之下，把足球踢到邻居的花园中，打碎了一盆玫瑰花。小杰克怯怯地告诉爸爸，叫爸爸去捡球，可罗伯特却让小杰克自己去，首先要道歉，还要拿上一盆同样的花作为赔偿。

小杰克不得已捧着花不情愿地一步一步走向邻居家。邻居是一位70岁的老汉卢克，卢克看着小杰克泪水盈盈的样子，非但没有责备孩子，没有留下花，还从屋里拿了一包巧克力送给小杰克。

罗伯特见儿子回到家里，小脸蛋泪水未干，可掩饰不住喜悦，又见儿子手里多了巧克力，知悉内情的罗伯特径直去找卢克，对他说："卢克先生，我

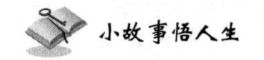

儿子犯了错，我想教育他，请你配合，犯错的孩子不应得到奖励。"然后他又要儿子把巧克力和鲜花送给卢克爷爷。

一天以后，罗伯特才借着一次机会给儿子奖励了巧克力。

**感悟**

只有奖罚分明，才能正确地教育孩子。

# 103. 地图的背面

在美国，一位教授正在准备讲课的稿子，他的小儿子却在一边吵闹不休。

教授无可奈何，便随手拾起一本旧杂志，把色彩鲜艳的插图——一幅世界地图撕成碎片，丢在地上，说道："约翰，如果你能拼好这张地图，我就给你 100 美分。"

教授以为这样会使约翰花费一个上午的时间，自己就可以静下心来思考问题。但是，没过 10 分钟，儿子就敲开了他的房门，手中拿着这份拼得完整的地图。教授对约翰如此之快地拼好一幅世界地图感到十分惊奇，他问道："孩子，你怎么这样快就拼好了世界地图？"

"啊，"小约翰说，"这个容易。在另一面有一个人的照片，我就把这个人的照片拼在一起，然后把它翻过来。我想如果这个人是正确的，那么，这个世界地图也就是正确的。"

教授微笑起来，给了孩子 200 美分，对他说："谢谢你！你替我准备好了明天讲课的题目，如果一个人认识正确的，他的世界就会是正确的。"

**感悟**

如果要改变你的世界，改变你的生活，首先就应先改变你自己。

## 104. 儿子的日记

成长中的孩子，总有些不想让父母知道的秘密。

儿子七岁上小学了，开始有自己的心事。有一天，他对我们说："爸爸，我想写日记。"

"好啊！需要我们做什么？"

"给我买一本带有锁头的日记本，一定要带锁头的！"

"为什么一定要带锁头的呢？"

"我班同学说，日记是秘密，别人不能偷看。"

"我们也不能看吗？"

"日记是秘密。"儿子强调说，"你们也不能偷看。"

"好，明天就给你买带锁头的日记本。"

晚上，我和妻子说："咱们的儿子长大了，开始有自己的心事了，咱俩应多和孩子交流，谁都不许偷看孩子的日记。"

我和妻子说："很多事情即使我们对他封闭，他也会从网上、各种书籍上获得，还不如我们正确地引导。"我们经常和儿子交流，无话不谈，从学习谈到成长，从成长谈到未来，也涉足他未来的家庭问题，甚至还谈到他将来的恋爱问题。

从此以后，儿子养成了记日记的习惯，儿子写完日记总把它锁上。我和妻子谁也不去看他的日记。一本用完以后，我就再给他买一本。

不知不觉，孩子长到12岁了。有一天，儿子拿着他的日记走到我们的房间，说："爸爸妈妈，这是我这几年的日记，想想也没记什么，我知道你们从来不看我的日记，现在我就把锁头都打开，你们可以随便看。"

我和妻子相互看了看，知道儿子长大了。我说："儿子，这是你的秘密，你让我们看，我们可以看，但我们不看，还是你好好保管吧。"

我们和儿子之间通过沟通消除了代沟。但儿子的日记我们一直不看，他

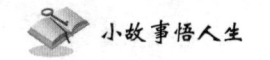

的秘密都通过沟通告诉我们，我们成了朋友式的父子关系。

**感悟**

每个人都有自己的隐私，只有两颗心走近，才能够向对方开放自己的隐私，良好的沟通是打开两颗心的钥匙。

## 105. 分苹果的故事

一位来自美国加州监狱的囚犯，在信中这样写道：小时候，有一次过圣诞节，妈妈拿来几个苹果，大小各不相同。我第一眼就看见中间那个又红又大的苹果，而且非常想要得到它。这时，妈妈却把苹果放在桌上，问我和弟弟：你们想要哪一个？我刚想说自己想要那个大苹果，这时弟弟却抢先说出了我想说的话。妈妈听了，瞪了他一眼，责备他说："好孩子要学会把好东西让给别人，不能总想着自己。"

于是，为了得到妈妈的表扬，我灵机一动，改口说道："妈妈，我想要那个最小的，把大苹果留给弟弟吧！"妈妈听了，果然非常高兴，把那个又红又大的苹果奖励给了我，弟弟却只拿到一个小苹果。

从此以后，为了得到自己想要的东西，我会伪装自己内心真实的想法，不断说谎。上中学时，为了得到想要的东西，满足自己的私欲，我不择手段。之后又学会打架、偷窃、吸毒、抢劫，直到现在，我被关进监狱内监禁。

一位来自白宫的著名人士同样写出分苹果的故事：小时候，父亲过生日，妈妈拿来几个苹果，我和弟弟们都争着要大的，妈妈却把那个最大最红的苹果举在手中，对我们说："很好，孩子们，你们都说了真心话，这个苹果最大最红也最好吃，谁都想得到它。可这个大苹果只有一个，让我们来做个比赛吧，我把门前的草坪分成三块，你们每人一块，负责把它修剪好，谁干得最快最好，谁就有资格得到它！"

结果，我通过自己的努力，赢得了那个最大的苹果。我非常感谢妈妈，她让我明白了一个最简单也是最重要的道理：想要得到最好的，就必须努力争第一。

她一直这样教育我们，在我们家，你想要什么好东西就要通过比赛来赢得，这很公平，你想得到什么，就必须为此付出努力和代价！

**感悟**

同样是分苹果，一个不经意的举动，改变了孩子的一生。

## 106. 熊猫娃娃

孩子6岁时，我带他去北京动物园。

动物园里的动物很多，听着鸟儿悦耳的鸣叫，看着老虎、狮子在笼中徘徊，我们玩得不亦乐乎。

最让他高兴的是来到熊猫馆，三只胖嘟嘟的熊猫，肥肥的四肢，小眼睛，小耳朵，两只眼睛外面有两个黑圈，像戴着一副特大号的眼镜，可爱极了。

儿子说："爸爸，啥时咱家能养一只熊猫就好了。"

我告诉他："熊猫是国宝，是一级保护动物，现在国家不允许私养啊！"

儿子望了望我，又看了看熊猫。这时他发现熊猫馆的旁边有一个出售熊猫娃娃的摊点，每个娃娃都像真熊猫一样，逼真极了。

他拉着我的手，说："爸爸，我们买一只熊猫娃娃吧！"

我说可以，我们能不能离开动物园前再买，要不我们还得一直拿着它。

他用怀疑的眼神看着我，好像在说，爸爸，您一定要说话算数啊！

我肯定地告诉他："放心，爸爸一定会说话算数的！"

不知不觉，在动物园游玩了3个多小时。我把购买熊猫娃娃的事忘到脑后了，几个人兴致勃勃的向外走去。

这时，我发现儿子好像有心事一样，默不作声。我忽然想起，答应儿子买熊猫娃娃的事情还没办呢！

我说："儿子，走，咱俩买熊猫娃娃去。但买到熊猫娃娃后，你要自己拿着，好好照顾它啊！"儿子点点头，脸上一下就高兴起来。我带他走了一家又

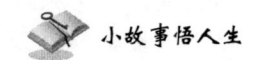

一家店，看到没有时，儿子总是有些失望，终于在一家店找到了熊猫娃娃，儿子高兴得一下蹦了起来。

买完熊猫娃娃后，我告诉儿子："儿子，咱家是个和谐的家庭，有什么事一定要说出来。爸爸答应的事，爸爸一定会办到，即使办不到，我也一定要向你解释清楚理由和补救措施。但有时候，爸爸也会忘记，你要及时提醒爸爸，好不好？"

"好啊！"

"但是你答应爸爸妈妈的事情也一定要做到，你说好不好？""好啊！爸爸，你答应我的事情能做到，我答应你的事情就一定能做到，咱俩拉钩。"

回家的路上，儿子一直抱着熊猫娃娃，晚上睡觉，也一直放在他的枕边。仿佛熊猫娃娃成了我们诚信的见证！

**感悟**

父母是孩子的第一任老师，孩子虽小，但童心不可欺啊！

# 107. 和儿子一起打游戏

人们常说：现在的孩子很难管，小小年纪，和父母的代沟就很深。

儿子小学一年级的一天晚上，本来我想去单位加班。儿子问我："爸爸，您什么时候去单位加班？"第一次我没有在意。过了几分钟，他又问了一遍，我感觉不对，就问他："儿子，为什么你想让爸爸去单位加班呢？"

"您去单位加班，我在家想打卡丁车的游戏。"儿子诺诺地说。

我知道平时对儿子比较严，也限制他打游戏。

我想了想对他说："儿子，爸爸今天不加班了，和你一起玩卡丁车的游戏好不好？"

儿子用一种疑惑的眼神看着我："真的吗？"

"当然是真的。"

我们在一起玩了两个多小时的卡丁车游戏。其间儿子先玩两局，然后告诉我:"爸爸,您玩。"我笨手笨脚的,他指点着我,我们玩得不亦乐乎。

玩得差不多了。我告诉儿子:"咱家是个民主的家庭,你需要干什么,就和爸爸妈妈说,你不说我们怎么知道呢?我们能满足的都会尽量满足你,比如打游戏,只要能控制自己,对大脑的智力、你的成长是有帮助的,爸爸妈妈可以和你一起玩。你也可以和小朋友一起玩,但尽量不要去网吧、游戏厅。"

从那以后,儿子和我们交流沟通得多了,什么都可以谈。儿子打游戏也不背着我们,有时还让我们和他一起玩。但儿子学会了控制,没有因为玩游戏影响他的学习,有时还和我们分享一下游戏心得。有时约几个小伙伴来我家打游戏,但一直不去网吧,不去游戏厅。

**感悟**

父母是孩子的第一任老师。父母不能一味地要求孩子,要想法和他们交流,走进孩子的内心世界。

# 108. 因儿子而改变

在意大利,一位父亲外出工作,回来时给儿子买了几片眼镜片,有近视镜、老花镜片。儿子对新奇的事物一向感兴趣,他把镜片架在自己的眼睛上东看看西瞅瞅,一会儿工夫眼睛就看累了。父亲见状只是笑了笑,并没有管他。镜片在儿子手中继续飞舞着,当他一只手拿着近视镜片,一只手拿着老花镜片,一前一后地向远处看时,他兴奋地跳了起来,远处教堂的尖塔突然出现在了眼前。他像发现了新大陆一样向爸爸喊道:"爸爸,快过来,教堂的尖塔就在我跟前呢!"至此,他通过多种途径懂得了各类透镜的原理,并在屡次失败之后制作出了世界上第一架望远镜,他就是伽利略。

伽利略的父亲很疼爱他,但由于工作上不顺利,他的父亲脾气开始变坏,更糟糕的是他经常酗酒,在每天工作之前,他都会去镇上的酒馆喝上一盅。一天,天空下着鹅毛大雪,他穿戴完毕后,像平常一样哼着小曲向酒馆走去。走着走着,他总是觉得后面有人跟着他,回头一看,竟是儿子伽利略。伽利略顺着父亲的脚印走了过来，兴奋地喊道："爸爸，您看，这雪多厚啊，我正在踩着您的脚印呢！"儿子的话令他心头一震，他想："如果我去酒馆，儿子沿着我的脚印走，也会找到酒馆的。"从那以后，父亲改掉了酗酒的习惯，再也没有去过酒馆。

**感 悟**

在生活中，父亲的一举一动都对孩子有着示范意义，父母是孩子的领路人，父母的言行举止一定要起到表率作用，这样才不至于把孩子引向歧途。

## 109. 家庭战争的平息

大雪漫天飞舞，转眼间，整个城市变成了银色的世界。

我走在回家的路上，迎面碰上了李松，他满脸愁容在街上游荡。我很纳闷，李松家就在附近，他怎么一脸的愁容，这大雪天不回家，肯定是发生了什么事情。

我邀请他到我家，他说在外面已经游荡了一个多小时。当我问他不回家的原因。他说："这段时间孩子不认真学习，做作业总是磨磨蹭蹭的，考试成绩也不好。今天数学考试刚刚及格，我本来就有气，孩子写作业一会干干这，一会忙忙那，一张卷子一个多小时还写不完，我实在看不下去了，就打了他一巴掌，这一下，孩子哇哇地大哭起来。刚好他妈妈回来，开始埋怨我了，说我有事说事，不该打孩子，因此，我家战争开始了。没办法，我只好在大街上闲逛。"说着眼泪都快掉下来了。

我对这个可怜的男人说："孩子的教育我们都应该反思，你每天拿出多少时间和孩子交流呢？孩子的教育问题，你每天和妻子交流多少呢？孩子为什么要学习呢？他在数学课上都发生了什么呢？孩子为什么写作业磨磨蹭蹭的……把这些问题都弄清楚后，也许问题就能迎刃而解。"

半个月后，我再次看到李松，这次他脸上的表情愉悦。告诉我：上次回家以后，他认真地思考了我提出的这些问题，与妻子、老师、孩子分别进行了一次长谈，了解到孩子成绩不好，是因为上次孩子生病后，耽误了几节课，回到学校，孩子怎么也撵不上，因为撵不上，受到了老师的几次批评，因此，孩子对学习产生了厌烦心理，形成了恶性循环。他和妻子都没有注意到这个问题，孩子成绩不好、写作业磨磨蹭蹭不帮助他分析原因，总是责骂。现在好了，孩子也知道将来要做什么，为什么要学习。他和妻子关于孩子的事情经常进行沟通，每天都拿出点时间陪陪孩子，站在孩子的角度和他交流，共同分析存在的问题。

现在，孩子喜欢学习了，全家人的感情也融洽了。

**感悟**

孩子出现问题，父母要从自身找原因，和孩子共同分析原因，共同解决问题。

# 110. 真正的男子汉气概

一位父亲很为他的孩子苦恼。因为他的儿子已经十五岁了，可是一点男子汉气概都没有。为此，他很苦恼。于是，父亲去拜访一位禅师，请他训练自己的孩子。

禅师说："你把孩子留在我这边，六个月以后，我一定可以把他训练成真正的男子汉，不过，这六个月里面，你不可以来看他。"父亲同意了。

六个月后，父亲来接孩子。禅师安排孩子和一位空手道教练进行一场比赛，以展示这六个月的训练成果。

教练一出手，孩子便应声倒地。他站起来继续迎接挑战，但马上又被摔倒，他又站起来……就这样来来回回一共16次。

禅师问父亲："你觉得你孩子的表现够不够男子汉气概？"

父亲说："我简直羞愧死了！想不到我送他来这里受训六个月，看到的结果是他这么不经打，被人一打就倒。"

禅师说："我很遗憾你只看到表面的胜负，你有没有看到你儿子那种倒下

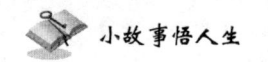

去立刻又站起来的勇气和毅力呢？这才是真正的男子汉气概啊！"

**感悟**

真正的男子汉气概在于每次跌倒后，都有爬起来再次面对困难的勇气和不达目的誓不罢休的毅力。

## 111. 尊重儿子的选择

兴鹏的儿子在一家职业学校读书。前几天，一家人闹翻了天。

暑期，学校有一个外出实习的机会。而外出实习，大约需要3个月的时间，暑期仅有一个半月的时间，外出实习，肯定要耽误一个多月的上课时间。孩子先把这件事情同母亲商量，母亲同意他外出实习，增加阅历。但父亲不同意，害怕耽误孩子的学业，耽误一个多月时间，恐怕就再也跟不上了。

兴鹏一家人闹得不可开交，问我该如何解决。这对我也是个棘手的问题，支持去和不去都可能继续家庭战争。我想了一下说："从目前看，去和不去实习都各有利弊。它不像孩子考大学、参军这样的好事，应该毫无悬念地支持他；也不像抢劫、赌博、吸毒等触犯国家法律的行为，必须坚决制止。你儿子已经18岁了，他有自己的喜好和判断能力，去或不去实习对孩子未来的影响还不是完全清楚，我建议你和孩子将实习的利弊分析清楚后，尊重孩子的选择。去和不去实习，都由孩子自己决定。如果他选择去实习，一定从内心喜欢实习，就会把实习当成走向社会的第一步，一定努力把实习做好；如果选择继续学习，就一定会努力学习，把功课学好。同时，你尊重了孩子的选择，孩子也会尊重你，不管孩子做何选择，你都将收获家庭的和谐与幸福。无论孩子选择去还是不去，都是他自己的决定，将来即使后悔，都不会去埋怨你们。"

这场家庭的战争很快平息了。

兴鹏的儿子自己选择实习后，不仅实习很努力、很优秀，还成为唯一留在该单位的实习生。

**感悟**

你尊重别人，别人也会尊重你。遇事可以提出建议，不要替人做决定。

## 112. 梨的轮回

有一个叫小明的孩子，父母经常教育他要尊老爱幼。当家人每次买回梨后，父母都要教育小明，要把最大最好的梨留给奶奶吃。小明领会了父母的意思，每次都会把最大的梨送到奶奶跟前，奶奶笑着夸奖孙子："小明真是个好孩子，奶奶牙不好，你吃吧。"接着，他又会把梨送到爸爸和妈妈面前，他们都有不吃梨的各种理由。最后，经过一个轮回，梨又回到小明手中。于是，小明拿着那个最大的梨坐在椅子上独自享用。

一天，爸爸的朋友来家做客，懂事的小明马上从装水果的盘子里挑出一个大梨，送给客人吃。家人见了都非常高兴。那个朋友高兴地说："你们家的孩子真懂事。"虽说这个朋友不是很喜欢吃梨，但出于对小明的尊重，他还是接过那只梨。谁知，他刚咬了一口就惹来了麻烦，只见小明生气地对客人喊："你怎么这么贪吃呢？太不礼貌了！"那位朋友感到很尴尬，咬在嘴里的梨咽也不是，不咽也不是。他脸上露出了迷惑不解的神情：这孩子怎么这样啊！

小明恼怒地坐在一旁，直勾勾地盯着客人手中的梨。这最大的梨向来是虚晃一枪，最终会落在他的手上。他这次一点思想准备都没有，再说也没遇到这种事，于是跟客人急眼了。

小明的父母自然是万分尴尬，他们没有想到会发生这样的事，于是赶紧向朋友解释，过去大梨向来是谦让一番，最后必定会回到小明的手中。那位朋友终于明白了其中的缘由，于是赶紧起身告辞。父亲看着朋友离去的身影，无奈地叹了一口气。

**感悟**

父母不能只教孩子形式上的某些行为，更重要的是让孩子知道为什么要这样做和这样做的意义。

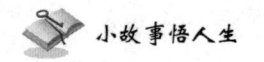

## 113. 一碗"毒"面条

在一家牛肉面店，一位奶奶带着孙子前来用餐。

往常都是奶奶点两碗面，然后再把自己碗里的牛肉夹到孙子碗里。

但这天赶时间，奶奶就直接把她那碗面里的牛肉加到另一碗里，省得麻烦。

店家照做，可面条上桌之后，孩子却和奶奶吵了起来。

他见另一碗里没有牛肉，也没有给自己夹过来，就以为奶奶偷偷吃掉了。

他大哭大闹地说奶奶偷吃自己的牛肉。那位奶奶在一旁不停地哄劝，孩子也不肯停止吵闹。

无奈，奶奶只能再叫一碗面，店家看不下去，拒绝了这个要求，还要求孩子不要吵，影响店里其他客人吃饭。

奶奶没办法，只能拉着孩子走了。

但没想到的是，过一会儿，孩子的爸爸居然带着一老一小回来了，拿出一张百元钞票直接拍在桌子上，吼了一句："三碗牛肉面。"

然后把牛肉都夹到孩子碗里，吃完后直接就拉起孩子走了。临走前还骂了句："呸！破店！"众人都看呆了。

店长强压下不满，嘟囔了一句："这孩子的父母以后要住养老院啊！"

**感悟**

面条本身无毒，但家长的这种教育方式，就像给孩子慢性服毒，会自食其果的。

## 114. 喝上纯净的井水

甘泉代表的不仅仅是希望，还有一个小男孩的信念。正是因为他的信念

五　珍爱家庭

而成就了一个梦想，并给人们带来了希望。

电视上正在播放非洲孩子因为没有水喝而渴死的报道，主持人在节目结束的时候呼吁大家："只要捐出700元就能给这些非洲的孩子挖出一口水井，请大家热心地帮助这些可怜的人吧！"电视机前的小男孩看到这里伤心地哭了。他拉着妈妈的手央求道："妈妈，我要捐700元给非洲的孩子挖一口井。"面对他的请求，妈妈根本就没有当回事，小男孩只好沮丧地走开了。可是一整天，他的脑子里都在想着这件事。

晚饭时，小男孩又向爸爸妈妈提起这件事。"不，"妈妈说，"光是700元并不能解决问题，况且你也是个孩子，你没有这个能力！"小男孩把求助的目光投向了爸爸。

"这是个可笑的想法，我的孩子……"爸爸还想说下去，小男孩哭着叫道："你们根本就不明白！那里的人们没有干净的水喝，孩子们正在死去，他们需要这笔钱！"

小男孩每天都要向父母请求，小男孩的爸爸妈妈不得不认真地讨论这件事，然后，他们告诉小男孩："如果你真的想要这么做，你可以通过自己的劳动凑齐这一笔钱，比如，打扫房间、清理垃圾，我们会给你报酬。"

小男孩的第一份"工作"就是帮助妈妈打扫客厅的卫生，最后，他从妈妈那里得到了1元钱。

爷爷知道了这件事情之后，有些心疼自己的孙子，就对孩子的爸爸说："你们为什么不直接给他这一笔钱呢？用得着这样来对待自己的孩子吗？"小男孩的爸爸说："这样做，主要是锻炼他的劳动能力，他很快就会厌烦的。"妈妈也附和道："一个8岁小孩的想法太可笑了，根本就有些不可思议……谁会认真对待这种胡思乱想呢？"

然而一年过去了，小男孩非但没有放弃，反而干得更加卖力了。每当爸爸妈妈劝他放弃时，小男孩就说："我一定要赚到足够的钱，为非洲的孩子挖一口井！"

小男孩每天睡觉前都要祈祷一次：让非洲的每一个孩子都喝上纯净的水。

附近居住的人知道小男孩的梦想，他们被小男孩的执着感动了，纷纷帮

115

助他。不久，小男孩的故事上了报纸和电视台，他的名字也传遍了整个国家。

一个月后，在小男孩家乡的邮筒里出现了一封寄向非洲的书信。里面放有一张 300 万元的支票，还有一张便条："但愿我可以为你和非洲的孩子们做得更多。"

在不到两个月的时间里，就有上千万的汇款来支持小男孩的梦想。四年过去了，这个梦想竟成为有上万人参加进来的一项事业。如今，他的梦想已基本实现：在缺水最严重的非洲乌干达地区，有 56% 的人能够喝上纯净的井水了。

有人问他："你为什么要这样做呢？"

小男孩说："这是我的梦想，我坚信这个世界上没有什么事情是不可能完成的，只要你想做，你就能成功！"

**感 悟**

在成长的路途上，首先应该给自己一个梦想。只要你敢想，就比别人离成功又进了一步。

# 六　自信自立

高尔基说:"只有满怀自信的人,才能在任何地方都怀有自信,沉浸在生活中,并实现自己的意志。"相信自己的力量,像自信者一样去行动,就能化渺小为伟大,化平庸为神奇。

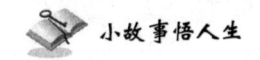

## 115. 我能行

从前，有个青年常为失眠而烦恼。有天晚上，他上床后辗转难眠，因为他负债累累，而且早已过了支付期限，按目前的经济状况，他无力还债。

半夜，他向自己发出一个提问："许多人能够轻而易举地处理自己的债务，而我不能，这到底是为什么？"这一提问完全改变了他的人生困境，把他引向了有希望的、辉煌的人生。

后半夜，他开始剖析自己，并得出一个结论：他和所有的人一样生活在人世间，在漫长的黑夜中，他把自己和境遇好的人做了比较，结果发现，无论出于什么样的境况，他所欠缺的，别人也同样欠缺，唯独一个例外，就是缺少"我能行"的信念。

清晨，阳光冲破浓云时，人生的秘诀已经在他的心灵闪现。过去那些失眠后的早晨，起床时他总是懒洋洋的，一副疲惫不堪的模样。这天他一反常态，像孩子般喜悦地从床上一跃而起，完全判若两人。

从此，他的身上发生了奇迹。一年后，他有了可观的收入，住进了完全按他的喜好设计的新房子里，他今非昔比了。

**感悟**

只有自己才能改变自己。

## 116. 第十二块纱布

一所大医院的手术室，一位年轻的护士第一次担任专职护士，而且做一位赫赫有名的外科专家的助手。

复杂艰苦的手术从清晨进行到黄昏，眼看患者的伤口即将缝合，女护士突然严肃地盯着外科专家,她说:"大夫,我们用了十二块纱布,您只取出了十一块。"

"我已经都取出来了。"专家断言道,"手术已经完毕,立刻开始缝合伤口。"

"不,不行!"女护士高声抗议,"我记得清清楚楚,手术中我们用了十二块纱布。"

外科专家不理睬她,命令道:"听我的,准备缝合!"

女护士毫不示弱,她几乎大声叫起来:"您是医生,您不能这样做!"

直到这时,外科专家冷漠的脸上才泛起一阵欣慰的笑容。他举起左手心里握着的第十二块纱布,向所有人宣布:"她是我合格的助手!"

**感悟**

假如对自己的看法有十足的把握,那又怎会因为别人的几句话就动摇了呢?请相信自己,做一个合格的自己。

## 117. 哪一笔是你自己的呢

在清代乾隆年间,有两位书法家,一位极认真地模仿古人,讲究每一笔、每一画,都酷似某人,如某一画要像苏东坡的,某一画要像李白的,自然,一旦练到了这一步,他便颇为得意。

另一个则正好相反,不仅苦苦地练,还要求每一笔、每一画,都不同于古人,讲究自然,直到练到这一步,才觉得心里踏实。

有一天,第一个书法家嘲讽第二个书法家说:"请问仁兄,你的字哪一个是古人的呢?"

后一个并不生气,而是笑眯眯地反问一句:"也请问仁兄,你的字究竟哪一笔是你自己的呢?"

第一个听了,顿时瞠目结舌。

**感悟**

人要从没路的地方走出一条路来，不要泯灭自己的个性。一味地模仿别人，那样只会迷失自我。

# 118. 相信自己

一个经理，他把全部财产投资在一种小型制造业上。由于水灾，他无法取得他的工厂所需要的原料，只好宣告破产。创业失败，使他大为沮丧。于是，他离开妻子儿女，成为一名流浪汉。他对于这些损失无法忘怀，而且越来越难过，到最后，甚至想要自杀。

一个偶然的机会，他看到了一本名为《自信心》的书，这本书给他带来了勇气和希望，他决定找到这本书的作者，请作者帮助他再度站起来。

当他找到作者，说完他的故事后，那位作者却对他说："我已经以极大的兴趣听完了你的故事，我希望我能对你有所帮助，但事实上，我却绝无能力帮助你。"

他的脸立刻变得苍白，他低下头，喃喃地说道："这下子完蛋了。"

作者停了几秒钟，然后说道："虽然我没有办法帮助你，但我可以介绍你去见一个人，他可以帮助你东山再起。"

刚说完这句话，流浪汉立刻跳起来，握住作者的手，说道："看在老天爷的分上，请带我去见这个人。"

于是作者把他带到一面高大的镜子面前，用手指着镜子说："我介绍的就是这个人。在这世界上，只有这个人能够使你东山再起。除非你坐下来，彻底认识这个人，否则，你只能跳到湖里，因为在你对这个人做充分认识之前，对于你自己或这个世界来说，你都将是个没有任何价值的废物。"

他朝着镜子向前走几步，用手摸摸他长满胡须的脸孔，对着镜子里的人从头到脚打量了几分钟，然后退几步，低下头，开始哭泣起来。

几天后，作者在街上碰见了这个人，几乎认不出来了。他的步伐轻快有力，头抬得高高的。他从头到脚打扮一新，看来是很成功的样子。"那一天我离开你的办公室，还只是一个流浪汉。我对着镜子找到了我的自信，现在我找到了一份月薪3000元的工作。我的老板预支一部分钱给我的家人。我现在又走上成功之路了。"他还风趣地对作者说，"我正要前去告诉你，将来有一天，我还要再去拜访你一次。我将带一张支票，签好字，收款人是你，金额是空白的，由你填上。因为你介绍我认识了自己，幸好你要我站在那面镜子前，把真正的我指给我看。"

**感悟**

具有强烈自信心的人，是生活中的幸运者。这种自信心，一辈子都受用不尽！

# 119. 姆佩巴效应

一杯冷水和一杯热水同时放入冰箱的冷冻室里，哪一杯先结冰？很多人会毫不犹豫地回答："当然是冷水先结冰了！"非常遗憾，错了。发现这一错误的是一个非洲中学生姆佩巴。

坦桑尼亚马干巴中学初三学生姆佩巴发现：自己放在电冰箱冷冻室里的热牛奶比其他同学的冷牛奶先结冰。这令他大惑不解，便立刻跑去请教老师。老师则认为是姆佩巴搞错了。姆佩巴只好再做一次试验，结果与上次完全相同。

不久，达累斯姆大学物理系主任奥斯玻恩博士来到马干巴中学，姆佩巴向奥斯玻恩博士提出了自己的疑问。后来，奥斯玻恩博士把姆佩巴的发现列为大学二年级物理课外研究课题。随后，许多新闻媒体把这个非洲中学生发现的物理现象称为"姆佩巴效应"。

很多人认为是正确的，并不一定就真正确。像姆佩巴碰到的这个似乎是常识性的问题，人们稍不小心，便会像姆佩巴的那位老师一样，做出自以为是的错误回答。

**感悟**

疑问是打开知识大门的钥匙，错误是正确的先导。

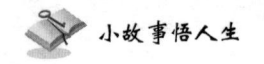

## 120. 有自信的年轻人

有一家大公司要招聘一位市场人员，丰厚的薪水和良好的福利待遇吸引了不少应聘者。

应聘的条件除了其他基本要求外，还要求有一定的口才。许多人跃跃欲试。经过笔试和面试，留下来三个人进入最后的测验。

第一个应聘者一走进来，就看到面前坐着集团公司的总经理——他在商场中叱咤风云，以果断和善辩著称。应聘者一见老总亲自面试，不免心慌意乱起来。老总的问题尖刻而带有挑衅性，应聘者根本不敢正面驳斥，只是竭力自圆其说。不到半个小时，他就被老总问得毫无招架之力了。

老总笑着对他说："你可以出去了。"

第二位也是如此，他一看到主持测验的是在商海中威信极高的老总，马上就被老总的气势压住了，自己的语言特长根本发挥不出来。

很快轮到第三位应聘者，面前的老总在他眼里只是一位戴着墨镜、干瘦而精明的老招聘人。

应聘者对老总说："您好！"

老总威严地扫了他一眼，提了许多问题，应聘者侃侃而谈，老总的嘴角露出一丝微笑。

突然，老总提出一个涉及个人隐私且十分尖锐的问题。应聘者一听，不禁有些气恼，但仍然平静而有礼貌地指正了老总。老总不同意他的观点，两人便你一言我一语地争论起来。老总的话音突然戛然而止，笑着说："不错，有胆量，你等我们公司的最后通知吧！"

第三位应聘者气呼呼地走出了面试室，看到先前的那两位面试者。当得知那位面试官就是集团公司的老总时，第三位应聘者顿时惊得目瞪口呆。他想起刚才和老总争辩的场面，估计自己无论如何都不会被录用的。

而结局却出乎意料，真正被录用的是第三位应聘者，公司老总评价他是少见的有自信的年轻人。

**感悟**

自信就能给人带来成功，自信的人能使自己的人生和命运朝着理想的方向发展。

## 121. 八十二岁的时尚模特撒切尔夫人

八十二岁高龄的英国前首相撒切尔夫人为英国《时尚》杂志当了一回模特。

对于初次成为模特的人来说，八十二岁的年龄或许大了一些，但撒切尔夫人在杂志上的出现，却没有给人任何不舒服的感觉。

《时尚》的配图文字："真正的风格需要自信，很少有女性能如她那样把自信贯穿于日常生活中，这就是这张照片给我们的感觉。"

想象这个拍摄场合并不容易，当摄影师面对年轻女郎的时候，他会边拍边说："哦，太迷人了！""就这么做……"而在给撒切尔夫人拍照的时候，摄影师泰斯迪诺还是会带出些口头语："对，宝贝！是的，宝贝……"这让其他人觉得无比好玩，而撒切尔夫人则像是一百年没有笑过一样，有点尴尬。

看看最后成型的照片：撒切尔夫人站在一个粉色床垫前，双手叠放在身前，摆出一个防御性的姿势，眼神坚定地凝视着镜头，标志性的品牌外套、反时尚的胸针和珍珠项链，以及她的发型——被膨胀成庞大的球体，每根头发都被梳理得服服帖帖。

就像女王一样，撒切尔夫人的完美亮相始终传递着一种信号：自信、长寿并且永远占据着主动地位。

**感悟**

高龄不是障碍，人可以越老越洒脱。

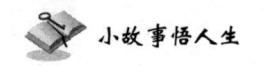

## 122. 坚守你的高贵

三百多年前，建筑设计师克里斯托·莱伊恩受命设计了英国温泽市政府大厅。他运用了工程力学的知识，依据自己多年的实践经验，巧妙地设计了只用一根柱子支撑大厅的天花板。但是一年以后，在进行工程验收时，市政府的权威人士对此提出了质疑，并要求莱伊恩一定要多加几根柱子。

莱伊恩对自己的设计很有自信，因此他非常苦恼。坚持自己的主张吧，他们肯定会另找人修改设计增加柱子。不坚持吧，又有违自己为人的准则。矛盾了很长时间，莱伊恩终于想出了一条妙计，他在大厅里增加了四根柱子，但它们并未与天花板连接，只不过是装装样子，糊弄那些自以为是的家伙。

三百多年过去了，这个秘密始终没有被发现。直到不久前市政府准备修缮天花板时，才发现莱伊恩当年的"弄虚作假"。

**感悟**

作为一个设计师，莱伊恩也许并不是最出色的，但作为一个自然人，他无疑非常强大。他始终坚守着自己的原则，给高贵的心灵一个美丽的住所。

## 123. 握住自信

有一位女歌手，第一次登台演出，内心十分紧张。想到自己马上就要上场，面对上千名观众，她的手心都在冒汗："要是在舞台上一紧张，忘了歌词怎么办？"越想，她心跳得越快，甚至产生了打退堂鼓的念头。

就在这时，经理笑着走过来，随手将一个纸卷塞到她的手里，轻声说道："这里面写着你要唱的歌词，如果你在台上忘了词，就打开来看。"她握着这个纸卷，像握着一根救命的稻草，匆匆上了台。也许是有那个纸卷握在手心，她的心里踏实了许多。她在台上发挥得相当好，完全没有失常。

她高兴地走下舞台，向经理致谢。经理笑着说："是你自己战胜了自己，找回了自信。其实，我给你的，是一张白纸，上面根本没有写什么歌词！"她展开手心里的纸卷，果然上面什么也没写。她感到惊讶，自己凭着握住一张白纸，竟顺利地渡过了难关，获得了演出的成功。

"你握住的这张白纸，并不是一张白纸，而是你的自信啊！"经理说。

歌手拜谢了经理。在以后的人生路上，她凭着握住自信，战胜了一个又一个困难，取得了一次又一次成功。

**感悟**

我们做什么事情都要对自己抱有自信，不断地鼓励自己，相信自己一定能行。

## 124. 能帮助你的人只有你自己

垂头丧气的年轻人，走进心理医生的诊疗室，向心理医生倾诉他一生不幸的遭遇："我经历无数的失败，早年求学过程，没有一次考试能够得满分；工作以后，经营许多生意，都是以失败收场；然后四处求职碰壁，每一份工作都做不了多久，就被开除；现在连自己的老婆也要跟我离婚，我现在只想一死了之……"

"你有没有小孩？"心理医生问。

"有呀，又怎么样？"

心理医生笑了笑说："还记得你是怎样教你的小孩走路的吗？从他第一次双手离开地面，颤颤巍巍地站起身来，是不是所有家人都会为他喝彩，为他鼓掌？然后孩子很快又跌倒了，你是不是轻轻扶起他，告诉他'没关系，再试试看，你会走得更好的！'孩子走走跌跌，经过无数次的练习，还是走得不稳，你会不会失去耐性，让他以后终生都不要再走路，干脆买个电动椅给他呢？"

年轻人："不会，我会再帮助他、鼓励他，因为我相信，孩子一定能学会走路的！"

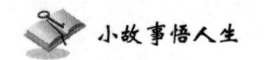

心理医生："那就对了，你才跌倒了几次，就想打退堂鼓了？"

"可是，小孩子有人帮助他、提携他，而我呢？"

"真正能帮助你、鼓励你的人是谁？只有你自己。"

**感悟**

幼稚的孩子身上有许多值得我们学习的地方。作为一个成年人，在不利与艰难的挫折中要永远不向困难屈服。

## 125. 德不配位

儿子 15 岁时。一天父亲受邀参加聚会，带着儿子一同参加。

一路上，儿子神色焦虑，一副无精打采的样子。

宴会结束后，宾客散尽，父亲问儿子："儿子，你咋了，是不是不舒服？"

"没有，爸爸，只是有点忐忑不安。"

"不安，为什么？"

"嗯，今早出门乘飞机，坐头等舱；下飞机，有大奔驰接我们；宾馆住的是总统套房。记得您跟我说过：德不配位，必有灾殃。"

"……"父亲一时无语。

"爸爸，您为大众劳顿奔波，有德，所以叔叔阿姨们这样款待您，您可以坦然接受；而我不同，我还是个学生，还没为社会做过任何贡献，享受这样的待遇，叫德不配位，今后恐有灾殃。"

"儿子，爸爸太高兴了！"

父亲激动得流出了眼泪，摸了摸儿子的头："爸爸放心了，凭你这番话，你这辈子就不会有大的灾祸！儿子，今晚你就睡地上，明天去申请做义工，如何？"

"太好了，爸爸，这下我可以睡个踏实觉了。"

一个 15 岁的男孩就懂这个道理，其父为之激动与骄傲，让人羡慕。

六　自信自立

**感悟**

《周易》云:"天行健,君子以自强不息;地势坤,君子以厚德载物。"

## 126. 孩子当自强

康熙年间,贵州巡抚刘荫枢告老还乡后,想用一生的积蓄为家乡建一座桥。但是子女却反对他:"您当了一辈子高官,我们却没沾到一点光,好容易盼到您回家,你却如此不顾我们。"刘荫枢很伤心,他觉得自己虽然一身清白,但忽视了对子女的教育。于是,他用尽积蓄,历时五年,修成大桥,取名"毓秀桥"。桥修好后,他对子女说:"我之所以用全部积蓄修桥,就想用事实告诉你们,自己的路自己走,自己的生活自己闯,靠天、靠地、不如靠自己。"为了彻底消除孩子们依赖父母的心理,他以十五两白银的价钱把桥卖给了官府。

刘荫枢的所作所为深深地打动了他的子女,他的孩子日后都成了国家的栋梁之材。

**感悟**

刘荫枢用毕生的积蓄来教育孩子,自己的路自己走,自己的生活自己闯,靠天、靠地、不如靠自己。

## 127. 能主宰自己的人

迪士尼在上学的时候,就对绘画和冒险小说特别感兴趣,并很快读完了马克·吐温的《汤姆·索亚历险记》等探险小说。

一次,上小学的迪士尼出色地完成了老师布置的绘画作业:把一盆花朵绘成了人脸,把叶子画成了人手,并且每朵花都以各自的表情来表现自己的个性。但当时的老师根本就无法理解孩子心中那个美妙的世界,竟然认为迪士尼是在胡闹,并当众把他的画撕得粉碎。当迪士尼反抗时,老师则是更加严厉地

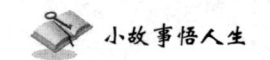

批评了他,并告诫他以后不许胡闹。

委屈的迪士尼回到家里,父亲问清缘由后,对他说:"不能主宰自己的人,终生都是一个奴隶。"迪士尼记住了当时父亲的这句话。

第一次世界大战时,迪士尼报名当了一名志愿兵,在部队中做了一名汽车驾驶员,闲暇的时候他创作一些漫画,并寄给一些幽默杂志,但他的作品几乎都被退了回来。

战争结束后,迪士尼来到了堪萨斯市,他拿自己的作品四处求职,经过一次又一次的碰壁之后,他终于在一家广告公司找到一份工作。然而,他只干了一个月就被辞退了,理由是迪士尼缺乏绘画能力。

1923年10月,迪士尼和哥哥罗伊在好莱坞一家房地产公司后院的一个废弃的仓库里,正式成立了属于自己的"迪士尼兄弟公司",他创作的米老鼠和唐老鸭几年后享誉全世界,并为迪士尼赢得了27项奥斯卡金像奖,使他成为世界上获得该奖最多的人。

**感悟**

谁要是游戏人生,他就一事无成。谁不能主宰自己,就永远是一个奴隶。正像迪士尼说:"如果因为别人批评就轻易改变自己的航向,是永远到不了理想的彼岸的。"

## 128. 晋平公70岁自信学习

晋平公作为一位国君,政绩不平凡学问也不错。在他70岁的时候,他依然还希望多读点书,多长点知识,总觉得自己所掌握的知识实在是太有限了。可是70岁的人再去学习,困难是很多的,晋平公对自己的想法总是自信心不足,于是便询问他的一位贤明的臣子师旷。

师旷是一位双目失明的老人,他博学多智,虽然眼睛看不见,但心里亮堂着呢。

晋平公问师旷:"你看,我已经70岁了,年纪的确老了,可是我还很希望再读些书，长些学问，又总是没有信心，总觉得有点太晚了。"

师旷回答说："您说太晚了，那为什么不把蜡烛点起来呢？"

晋平公不明白师旷在说什么，便说："我在跟你说正经话，你跟我瞎扯什么？哪有做臣子的随便戏弄国君的呢？"

师旷一听，乐了，连忙说："大王，您误会了，我这个双目失明的臣子，怎么敢随便戏弄大王呢？我也是在认真地跟您谈学习的事呢。"

晋平公说："此话怎么讲？"师旷回答说："我听说，人在少年时代好学，就如同获得了早晨温暖的阳光一样，那太阳越照越亮，时间也长久；人在壮年的时候好学，就好比获得了中午明亮的阳光一样，虽然中午的太阳已走了一半了，可它的力量很强、时间也还有许多；人到老年的时候好学，虽然已经日暮，没有了阳光，可他还可以借助蜡烛啊，蜡烛的光亮虽然不怎么明亮，可是只要获得了这点烛光，尽管有限，也总比在黑暗中摸索要好多了吧！"

晋平公恍然大悟，高兴地说："你说得太好了，的确如此！我有信心了。"

**感悟**

一个人应终身学习，只有不断学习，才能追求和享受更美好的人生。

## 129. 世界上没有一个人是废物

有一个男孩高中毕业没考上大学，在本村的小学教书。由于没有经验，不到一周就被学生轰下了台，后来父母就给他找了个姑娘结婚了。

老婆常安慰他说，满肚子的东西，有人倒得出来，有人倒不出来，没必要为这个伤心，也许有更适合你的事情等着你去做。

后来，他外出打工，又被老板辞退了，因为他的动作太慢。这时老婆对他说，人的手脚总是有快有慢，别人已经干很多年是熟练工了，而你一直在念书，怎么快得了？

他又干过很多工作，但无一例外，都半途而废。然而，每次他沮丧地回来时，他老婆总安慰他，从没有抱怨。

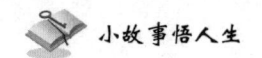

三十五岁时，他做了一家聋哑学校的辅导员。后来，他又开办了一家残障学校。再后来，他在许多城市开办了残障人用品连锁店，现在他已经是一位拥有几千万资产的老板了。

有一天，功成名就的他问自己的老婆，自己都觉得前途渺茫的时候，是什么原因让你对我那么有信心呢？

他老婆的回答朴素而简单。她说："一块地，不适合种麦子，可以试试种豆子；豆子也长不好的话，可以种蔬菜；如果蔬菜也不济的话，可以种果树，相信果树一定能够开花结果。因为一块地，总有一粒种子适合它，也终会有属于它的一片收成。"

听完老婆的话，他落泪了。老婆恒久而不绝的信念和爱，就像是一粒坚韧的种子。他的奇迹，就是这粒种子执着而生长出的奇迹！

**感悟**

世界上没有一个人是废物，只不过是没有放对位置！

# 130. 自信的李远哲

李远哲是中国台湾著名的科学家，他曾获得诺贝尔化学奖，被誉为"物理化学界的贝多芬"。

李远哲出生在台湾，良好的家庭环境，使他从小有很多的机会接触各方面的知识。在各种思想的冲击下，李远哲养成了什么都要靠自己思考得出结论的习惯，并且尽力寻找解决问题的方法。

初中的时候，李远哲除了把老师课堂上讲的知识牢牢掌握外，还自学了不少更高深的课程。一次考试，他每道题目都至少用了三种解题方法进行计算，卷子所有空白的地方都密密麻麻地写满了。老师批改试卷的时候吓了一跳，他知道李远哲成绩好，可是这张试卷上运用的解题方法，好多都是大学才学的知识。想了想，老师故意给了李远哲零分。

果然，一会儿李远哲就跑到办公室来了，不服气地对老师说："老师，我

六 自信自立

明明做对了，为什么给我打零分？应该给我打100分啊！"

老师看着自信的李远哲，说："你这几道题的确做对了，可是我考试是为了检验大家有没有听懂课堂上的知识。你这样答题，我怎么知道你是不是掌握了呢！"

李远哲说："那些知识我都懂，就是因为懂了我才不用，希望用新的方法来解题。"

老师说："那你准备一下，下节课由你来给大家讲讲你的解题思路。如果大家都赞成，我就给你打100分。"

上课了，同学们端端正正地坐着，李远哲大步走上讲台说："同学们好，今天由我来给大家讲几种新的解题思路。"然后开始边写板书边解题。

同学们大开眼界，对李远哲十分佩服："哎呀，这种方法真简便！"

"我怎么就没想到呢？""我也要向他学习，多学点知识，多想几种解题方法！"

看着这一幕，老师满意地笑了，提起笔给李远哲的卷子打了100分。

**感 悟**

先相信自己，然后别人才会相信你。

# 131. 让生命之树常青

有一个老人，刚好100岁那年，不仅功成名就，子孙满堂，而且身体硬朗，耳聪目明。在他百岁生日的这一天，他的子孙济济一堂，热热闹闹地为他祝寿。

在祝寿中，他的一个孙子问："爷爷，您这一辈子中，在那么多领域做了那么多的成绩，您最得意的是哪一件呢？"

老人想了想说："是我要做的下一件事情。"

另一个孙子问："那么，您最高兴的一天是哪一天呢？"

老人回答："是明天，明天我就要着手新的工作，这对于我来说是最高兴

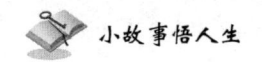

的事。"

这时,老人的一个重孙子,虽然不到30岁,但已是名闻天下的大企业家了,站起来问:"那么,老爷爷,最令您感到骄傲的子孙是哪一个呢?"说完,他就支起耳朵,等着老人宣布自己的名字。

没想到老人竟说:"我对你们每个人都是满意的,但要说最满意的人,现在还没有。"

这个重孙子的脸陡地红了,他心有不甘地问:"您这一辈子,没有做成一件感到最得意的事情,没有过一天最高兴的日子,也没有一个令您最满意的孙子,您这100年不是白活了吗?"

此言一出,立即遭到了几个叔叔的斥责。老人却不以为忤,反而哈哈大笑起来:"我的孩子,我来给你说一个故事:一个在沙漠里迷路的人,就剩下半瓶水。整整5天,他一直没舍得喝一口,后来他终于走出大沙漠。现在,我来问你,如果他当天喝完那瓶水的话,他还能走出大沙漠吗?"

老人的子孙们异口同声地回答:"不能!"

老人问:"为什么呢?"

他成为企业家的重孙子说:"因为他会丧失希望和欲念,他的生命很快就会枯竭。"

老人问:"你既然明白这个道理,为什么不能明白我刚才的回答呢?希望和欲念,也正是我生命不竭的原因所在呀!"

**感 悟**

生命在于永不放弃,有希望在,就有了前进的方向和不竭的动力。

## 132. 带着希望出发

亚历山大大帝在出发远征波斯之际,将自己所有的财产分给了大臣。长途征伐正是需要巨额资金之时,但他却把全部财产分配光了,大臣庇尔迪加斯很是奇怪,便问亚历山大大帝:"陛下带什么启程呢?"对此,亚历山大回答说:"我只有一件财宝,那就是'希望'。"亚历山大大帝刚毅的脸上露着无比的自信。

庞尔迪加斯听了这个回答,大为震撼,他说:"那么请允许我们也来分享它吧。"于是他谢绝了分配给他的财产,而且大臣中的许多人也效仿他的做法。就这样,军队的资金问题迎刃而解了。

正是由于亚历山大积极地面对周围的环境,不被暂时的困难吓倒,以一颗坦然面对而又积极进取的心排除万难,因而他最终取得了胜利。

**感悟**

信心是每个人最后的避风港和加油站,具备了它,终点就在脚下。

# 133. 无字秘方

从前,有一老一小两个相依为命的盲人,他们是师徒,靠弹琴卖艺维持生活。

一天,年迈的盲人终于支撑不住,卧床不起,他自知不久将离开人世,唯一牵挂的就是小盲人,谁会给他引路?他一个人孤苦无依,将如何度过他的后半生?老盲人思考了很久,最后把小盲人叫到床前。

他紧紧拉着小盲人的手,吃力地说:"可怜的孩子,我将要去了。我这里有个秘方,这个秘方会使你重见光明,我把它藏在琴里面了,但你千万记住,你必须在弹断第一千根琴弦的时候才能把它取出来。否则这个秘方一点用处也没有,你永远也看不见光明。"小盲人流着眼泪答应了师父。

日复一日,年复一年,无数个春夏秋冬一遍遍地轮回。小盲人用心记住师父的遗嘱,不停地弹啊弹,将一根根弹断的琴弦收藏着,铭记在心,他始终没有打开那个秘方。当他弹断第一千根琴弦的时候,当年那个弱不禁风的小盲人已经到了垂暮之年,变成一位饱经沧桑的老者。他按按捺不住内心的喜悦,双手颤抖着,慢慢地打开琴盒取出秘方。然而,别人告诉他,那只是一张再普通不过的白纸,上面一个字也没有。小盲人的泪水滴落在纸上,然

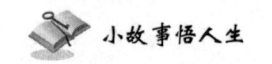

后他笑了。

他突然明白了师父的用心，虽然是一张白纸，但却是一个没有写字的秘方，一个难以窃取的秘方。只有他，从小到老弹断一千根琴弦后，才能领悟到无字秘方的真谛。

这秘方是希望之光，是师父预料到他在漫漫无边的黑暗摸索中，会遭遇太多的苦难煎熬，弥留之际为他点燃的一盏希望之灯。如果没有这希望之灯的指引，他也许早就被黑暗淹没了，或许早就被苦难击倒。因为这希望之灯，他坚持弹断一千根琴弦，永不放弃地努力着。

**感悟**

只要怀抱希望，不放弃努力，走过黑暗，就会迎来光明。

# 134. "希望"给人的力量

一个人被湍急的河水冲走以后，如同一片草叶顺流而下。此时，这个人多么希望抓住一样东西，哪怕是一根芦苇、一根水草也好，然而四面都是水，他什么也抓不住，他心想这下可完了。

死就死吧！这个念头一出，他感到身上立马没劲了，也没有力量挣扎了，整个身子眼看就要往下沉了。忽然，他想起去年夏天在这条河边玩耍时，离这儿不远的河岸上有一棵老树，其中有一根粗大的树枝正好贴在水面上。想到这里，他心里顿时有了希望，心不慌了，力气也有了，便拼命挣扎着、坚持着，终于游到了那棵老树的树枝那儿。

当他拼命拽那树枝时，谁知那树枝早已经枯死，"咔嚓"一声，折了，但是没有马上断，情况十分危险。这个人沮丧得要命，不愿意再奋斗了，心想就随着树枝被水冲走算了，心里怀着必死的念头，身体变得沉重起来。这时，他脑子里闪过去年在那棵老树下玩耍时看到一个流浪汉在离树不远的地方躺着，说不定现在也在那儿呢！这样一想，生的希望又燃烧起来，他大呼救命。很幸运，那个流浪汉真的在附近，把他救上岸来。回首往事，他说：

"要是早知道河面上的树枝是枯干的,我不可能坚持到那儿;如果不是突然记起那个流浪汉,我不会有力气喊救命。"由此可见,"希望"给了人多大的力量!

**感悟**

人生最大的悲哀,就是看不到希望。

## 135. 三个建筑工的故事

一天,一位记者到建筑工地采访时,看到大家都在忙碌工作,不方便接受他的采访。他就近采访几个正在忙碌施工的建筑工人,问他们正在做什么?第一个建筑工人头也不抬地回答道:"我正在砌一堵墙。"第二个建筑工人习以为常地回答道:"我正在盖一所房子。"第三个建筑工人则干劲十足、神采飞扬地说道:"我正在为建设一座美丽的城市而努力。"记者觉得同一个问题,三个建筑工人的不同回答很有趣,就整理写进了自己的报道中。

若干年后,当记者在整理过去的采访记录时,突然间看到了自己的这篇报道内容。三个建筑工人对同一问题的不同回答让他产生了强烈的欲望,决定去看看这三个建筑工人现在生活是个什么样子。

当他找到这三个建筑工人的时候,现在这三个人的境遇令他大吃一惊:当年头也不抬回答的建筑工人现在还是一个普通工地的建筑工人,仍然像以前一样砌着他的墙,没有任何变化。而习以为常自己工作的第二个建筑工人,现在是施工现场拿着图纸的设计师。那个干劲十足、神采飞扬的建筑工人,现在已经是一家房地产公司的老板,手下拥有几百号人,正在建设大工程。

**感悟**

三人不同的眼光与认知,导致了他们对于事物不同的眼界、境界和目标差别,日积月累达到了质变的结果。

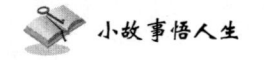

## 136. 当一块石头有了愿望

一位名叫薛瓦勒的乡村邮差每天徒步奔走在乡村之间。有一天，他在崎岖的山路上被一块石头绊倒了。他起身，拍拍身上的尘土，准备再走，可是他突然发现绊倒他的那块石头样子十分奇异。他拾起那块石头，左看右看，便有些爱不释手了。于是，他把那块石头放在了自己的邮包里，村子里的人看到他的邮包里除了信之外，还有一块沉重的石头，感到很奇怪，人们好意地劝他："把它扔了，你每天要走那么多路，这可是个不小的负担。"他却取出那块石头炫耀地说："你们谁见过这样美丽的石头？"人们都笑了，说："这样的石头山上到处都有，够你捡一辈子的。"他回家后疲惫地躺在床上，突然产生一个念头，如果用这样美丽的石头建造一座城堡那将会多么迷人。于是，他每天在送信途中寻找石头，每天总是带回一块，不久，他便收集了一大堆奇形怪状的石头，但离建造城堡还远远不够。

于是，他开始推着独轮车送信，只要发现他中意的石头都会往独轮车上装。从此以后，他再也没有过上一天安乐的日子，白天他是一个邮差和一个运送石头的苦力，晚上他又是一个建筑师，他按自己天马行空的思维来建造自己的城堡。对于他的行为，所有的人都感到不可思议，认为他的精神出了问题。二十多年的时间里，他不停地寻找石头、运输石头、累积石头，在他的偏僻住处，出现了许多错落有致的城堡，有清真寺式的、有印度神教式的、有基督教式的……当地人都知道这样一个性格偏执沉默不语的邮差，在干一些如同小孩子筑沙堡的游戏。

1905年，法国一家报社的记者偶然发现了这群低矮的城堡，这里的风景和城堡的建筑格局令他叹为观止。他为此写了一篇介绍薛瓦勒的文章，文章刊出后，薛瓦勒迅速成为新闻人物。许多人都慕名前来参观城堡，连当时最有声望的毕加索也专程参观了薛瓦勒的建筑。现在，这个城堡成为法国最著名的风景旅游点，他的名字就叫作"邮差薛瓦勒之理想宫"。在城堡的石块上，薛瓦

六　自信自立

勒当年的许多刻痕还清晰可见，有一句刻在入口处的一块石头上："我知道一块有了愿望的石头能走多远。"据说，这就是当年绊倒过薛瓦勒的石头。

**感悟**

当一块石头有了愿望，他就能"走"很远，而当一个人有了奋斗的目标时，就会走得更远。

## 137. 两个病人

一家医院的内科同时住进来两个病人，都是胃不舒服。在等待化验结果期间，甲说，如果是癌，立即去旅行，并首先去拉萨，乙也同样如此表示。结果出来了，甲得的是胃癌，乙得的是胃炎。

甲列了一张告别人生的计划表离开了医院，乙住了下来。甲的计划表是：去一趟布达拉宫和敦煌；从攀枝花坐船一直到长江口；到海南的三亚以椰子树为背影拍一张照片；在哈尔滨过一个冬天；从青岛坐船到广西的北海；登上天安门；读完二十四史；在北京大剧院听一次音乐会；写一本书……凡此种种，共28条。

他在这张生命的清单后面这么写道："我的一生有很多梦想，有的实现了，有的由于种种原因没有实现。现在上帝给我的时间不多了，为了不遗憾地离开这个世界，我打算用生命的最后几年去实现还剩下的28个梦。"

当年，甲就辞掉了公司的职务，去了布达拉宫和敦煌。第二年，又以惊人的毅力和韧性通过了成人考试。这期间，他登上过天安门，去了青藏高原，还在一户牧民家里住了一个星期，在北京大剧院看了一场音乐会，二十四史已经读完了三分之一，现在正在实现他出一本书的夙愿。

有一天，乙在报纸上看到甲写的一篇散文，打电话去问甲的病。甲说："我真的无法想象，要不是这场病，我的生命该是多么糟糕。是它提醒了我去做自己想做的事，实现自己想去实现的梦想。现在我才体味到什么是真正的人生，你生活得也很好吧！"乙没有回答。因为在医院时说的，去布达拉宫和敦

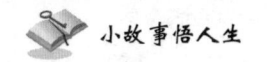

煌的事，早已因患的不是癌症而丢到脑后去了。

**感悟**

每个人都会不可避免地面对死亡，如果我们也能列出一张生命的清单，抛开一切多余的东西，做自己想做的事。那么，我们的梦想可能全部实现。

# 138. 小男孩的梦想

有个小男孩因患脊髓灰质炎而落下了瘸腿的毛病，而且还有一口参差不齐且突出的牙齿。他认为自己是世界上最不幸的孩子。没有同学愿意和他一起游戏玩耍，老师叫他回答问题时，他也总是低着头一言不发。

春天来了，小男孩的父亲买回来一些树苗，想把它们栽在屋前。他把孩子们叫过来，让他们每人栽一棵。并对他们说，谁栽的树苗长得最好，就给谁买一件礼物。小男孩也想得到父亲的礼物。可是看到兄妹们蹦蹦跳跳提水浇树的身影，他却希望自己栽的那棵树早日死去。因此，他浇过一两次水后，就再也没去管它了。

结果过了几天，小男孩却惊奇地发现自己的树苗不仅没有枯萎，而且还长出了几片新叶子，与兄妹们种的树相比，显得更嫩绿，更有生机。

小男孩的父亲给他买了他最喜爱的礼物，并对他说，从他栽的树来看，他长大后一定能够成为一名出色的植物学家。渐渐地，小男孩不再自卑，开始变得乐观向上起来。

一个月光明亮的晚上，小男孩躺在床上睡不着，忽然想起生物老师曾经说过的话：植物一般都在晚上生长。他决定去看看自己的那棵小树是怎么生长的。当他轻轻来到院子里时，却看见父亲在向自己栽种的那棵小树下泼洒着什么。他一切都明白了，原来父亲一直在偷偷地为自己栽种的那棵小树施肥！小男孩看着父亲，泪水不知什么时候已流出眼眶……

那瘸腿的小男孩最终没有成为一名植物学家，但他却成了美国总统，他的名字叫富兰克林·罗斯福。

**感悟**
哪怕是再弱小的生命，只要在爱的精心灌溉下，也会茁壮成长。

## 139. 纯白的金盏花

多年以前，美国有一家报纸刊登了一则园艺所重金征求纯白金盏花的启事，在当地一时引起轰动。高额的奖金让许多人趋之若鹜，但在千姿百态的自然界中，金盏花除了金色的就是棕色的，能培植出白色的，不是一件易事，所以许多人一阵热血沸腾之后，就把那则启事抛到九霄云外去了。

一晃就是20年，一天，那家园艺所意外地收到一封热情的应征信和一粒纯白金盏花的种子。当天，这件事就不胫而走，引起轩然大波。

寄种子的原来是一位年逾古稀的老人。老人是一个地地道道的爱花人，当她20年前偶然看到那则启事后，便怦然心动。她不顾8个女儿的一致反对，义无反顾地干了下去。她种下了一些最普通的种子，精心侍弄。一年之后，金盏花开了，她从那些金色的、棕色的花中挑选一朵颜色最淡的，任其自然枯萎，再从这些花中挑选出颜色最淡的种子栽种……日复一日，年复一年。终于，20年后的一天，她在那片花园中看到了一朵金盏花，它不是近乎白色，也并非类似白色，而是如银如雪的白。一个连专家都解决不了的问题，在一位不懂得遗传学的老人手中迎刃而解。这是奇迹吗？

**感悟**
希望是生命的灵魂，是心灵的灯塔。

## 140. 从绝望中敲开希望之门

18岁那年，从小就喜爱音乐和舞蹈的她，如愿以偿进入了大学艺术系，攻读声乐专业。父母是普通工人，家境自然不宽裕。学习期间，她总是尽可能

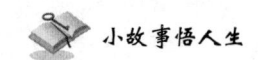

多地兼职，自食其力，以减轻家庭负担。

20岁那年，她在一家旅行社兼职当导游，只有500元的底薪，她却做得很认真，很努力。后来，她回忆起这段当导游的经历，感慨很多，说尽管苦不堪言，但也因此找到了改变自己命运的动力。

大学毕业前夕，有一天，她拖着疲惫的身子回到宿舍时，已是晚上11点多了，舍友们还在兴高采烈地叽叽喳喳。一打听，原来，一个同学探听到一家电视台对外公开招聘气象节目主持人，正在撺掇大家去报名应聘呢！

电视台那么多有经验的主持人，我们能行吗？她有点泄气。怎么不行？同学们纷纷给她打气，机会难得，你个人条件又这么好，不去试试多可惜呀！

谁知，那个同学记错了面试时间，当她和同学们赶到电视台时，面试已经结束了，考官正在收拾东西，准备离开。"完了，完了。"几个同学急得直跺脚，一个个脸上露出失落绝望的神情。

难道就这样眼睁睁地看着机会与自己擦肩而过？不，不能！不知从哪里来的勇气，她一个箭步冲上去，把主考官堵在电梯门口。"请给我们一次面试的机会，也许，我们就是最合适的人选！"她言辞恳切，神情充满自信。

考官们一下子愣住了。在与她对视了足足半分钟后，决定破例给她们一次机会。结果，凭着清纯可人的外形气质、出色超人的自身素质和机敏过人的临场表现，她脱颖而出，最终被电视台录用了。

她没有想到，绝望之际，自己大胆得有点出格的举动，竟然开启了人生的一扇希望之门。

一年后，她毅然辞去在省电视台这个已经有点成绩的主持人工作，决定"北漂"，去寻找一片更广阔的飞翔天空。

那是一段清苦、艰辛且看不清未来的"全漂"生活：偌大的北京，没有她的地方，在一个极其闭塞的社区，蹭着一个转了多少道弯的朋友的空房子；没有固定的经济来源，每天靠拼命打工和四处兼职维持生计，连打个电话都要和生活费进行"较量"……即便是在这样生存状态极其恶劣的情况下，她还是没有放弃心中的梦想，咬紧牙关，坚持参加中国传媒大学的专业培训，她在潜心等待着一个属于自己的机会。

机会还是来了。

一个极度闷热的午后，大雨骤然而至，直至傍晚时分，整个北京城拥堵不堪。当从淋成"落汤鸡"的同学手里接过一张湿漉漉的报纸时，她眼睛一亮，一则"中国气象局华风声像技术中心招聘启事"引起了她的注意。上面说，中央电视台10频道"今日气象"栏目改版，招聘天气预报主持人。

呵呵，机会终于来了，她兴奋地跳了起来。但同学看后，沮丧地说：高兴什么呀，人家规定应聘者必须持有北京户口，你怎么去？她却不以为然地说，只要我们有真本事，他们是不会拒之门外的吧？去试试看，或许就是个机会呢！

抱着试一试的想法，她拨通了招聘处的电话。对方说：在这么多不符合招聘条件的应聘者中，你是第一个没有放弃和退却的人，我们接受你的报名。凭着扎实过硬的主持功底，她最终胜出，被录用了。

她，又一次从绝望中敲开了成功的希望之门。

她就是王蓝一，中央电视台一套"天气预报"节目主持人。

**感 悟**

也许你不是最优秀的，但你一定是唯一的。无论何时，无论何地，请不要轻易放弃。

# 七　勤奋改变命运

　　勤奋改变命运，一分辛苦一分才。成功之花，人们只惊异于它开时的明艳，却不知它的芽，浸透了奋斗的汗水，洒遍了牺牲的血泪。

## 141. 勤奋改变命运

童第周出生在浙江省鄞县的一个偏僻的小山村里。由于家境贫困，小时候只能跟着父亲学习文化知识，直到17岁才迈入中学的大门。由于他基础差，学习十分吃力，第一学期末平均成绩才45分。学校令其退学或留级。在他的再三恳求下，校方才同意他跟班试读一学期。

第二学期，童第周发愤学习。他与路灯常相伴，天蒙蒙亮时，他就在路灯下读外语；夜晚熄灯后，他在路灯下自修复习。功夫不负有心人，期末，他的平均成绩达到70多分，数学还得了100分。这件事让他悟出了一个道理："一定要争气。我并不比别人笨，别人能办到的事，我经过努力，一定也能办到。"

童第周28岁时，在亲友们的资助下，远渡重洋，来到北欧比利时的首都——布鲁塞尔留学，跟一位在欧洲很有名气的生物学教授布拉舍学习。在他的指导下研究胚胎学，一起学习的还有别的国家的学生。旧中国贫穷落后，在世界上没有地位，外国学生瞧不起中国学生。童第周暗暗下了决心：一定要为中国人争气。中国人不是笨人，应该拿出东西来，为我们的民族争光！

几年来，布拉舍教授一直在做把青蛙卵的外膜剥掉的实验。这是一项难度很大的手术，青蛙卵只有小米粒大小，外面紧紧地包着三层像蛋白一样的软膜，因为卵小膜薄，手术只能在显微镜下进行，所以需要熟练的技术，还需要耐心和细心。同学们都不敢尝试，那位教授自己做了几年也没有成功。

童第周不声不响地刻苦钻研，反复实践，终于完成了这项实验任务。那位教授抑制不住内心的喜悦，连声称赞："童第周真行！中国人真行！"这件事震动了欧洲的生物学界，也为中国人争了气。

后来，童第周说："有两件事，我一想起来就很高兴。一件是我在中学时，第一次取得100分。那件事让我知道：我并不比别人笨，别人能办到的事，我经过努力也能办到。世界上没有天才,天才是用劳动换来的。另一件事就是我在比利时时,第一次完成剥除青蛙卵膜的手术。那件事使我相信:中国人不比外国人笨,外国人认为很难办到的事,我们照样能办到。"

**感悟**

无论天资如何,只要有志气,并坚持不懈地努力,最终就能取得成功。

## 142. 大本夫源的曾国藩

曾国藩是中国历史上最有影响的人物之一,然而他小时候的天赋却不高。有一天他在家读书,对一篇文章重复朗读了不知道多少遍,仍然还在朗读,因为他还没有背下来。这时候他家来了一个贼,潜伏在他的屋檐下,希望等读书人睡觉之后捞点好处。可是等啊等,就是不见他睡觉,还是翻来覆去地读那篇文章。贼人大怒,跳下来说:"这种水平还读什么书?"然后将那篇文章背诵一遍,扬长而去!

贼人是很聪明,至少比曾先生要聪明,但是他只能成为贼,而曾先生却成:"近代最有大本夫源的人"。那贼的记忆力是好,听过几遍的文章就能背下来,而且很勇敢,见别人不睡觉居然可以跳出来"大怒",教训曾先生之后,还要背书,扬长而去。但遗憾的是,他名不见经传。曾先生后来起用了一大批人才,按说这位贼人与曾先生有一面之交,大可去施展一二,可惜,他的天赋没有加上勤奋,变得不知所终。

**感悟**

伟大的成功和辛勤的劳动是成正比的,有一分劳动就有一分收获。

## 143. 成功在于坚持

开学第一天,古希腊哲学家苏格拉底对学生们说:"今天咱们只学一件最

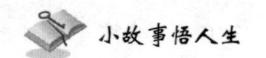

简单的事儿。每人把胳膊尽量往前甩,然后尽量往后甩。"说着,苏格拉底示范做了一遍:"从今天开始,每天做三百下。大家能做到吗?"

学生们都笑了。这么简单的事儿,有什么做不到呢?过了一个月,苏格拉底问学生们:"每天甩手三百下,哪位同学坚持了?"有百分之九十的同学骄傲地举了手。又过了一个月,苏格拉底又问,这回,坚持下来的学生只剩下八成。

一年过后,苏格拉底再次问大家:"请告诉我,最简单的甩手动作,还有哪几位同学坚持了?"这时,整个教室里,只有一个人举起了手。这个学生就是后来成为古希腊另一伟大哲学家的柏拉图。

**感 悟**

世间最容易的事就是坚持,最难的事也是坚持。成功在于坚持,这是一个并不神秘的秘诀。

# 144. 学习改变命运

有一个来自贫穷小山沟的姑娘,名叫小娟。她家境贫寒,父母每天都辛苦地在地里劳作,只能解决温饱,根本无法负担四个子女的学费。小娟作为次女只读到初一便不得不辍学,外出打工贴补家用。

来到北京,因为没有技术、没有文化,年龄又小,她找不到好的工作,只能在一家小饭店当服务员,起早贪黑地操劳,每月工资只有 500 元。后来,通过一个家政公司的介绍,他来到一所高校的家属区给人当保姆,帮一位大学教授照料 5 岁的小孙子。小娟细心又勤快,小孩子很喜欢她,寸步不离地跟着小娟。教授一家人见小娟为人处世善良真诚,慢慢地也放心把孩子交给她带了。为了让孙子得到好的教育,教授为孙子请了英语家教,让他从小就学习外语。小娟在带孩子的时候,抓住机会和孩子一起学习,在一年多的时间里,她的英语水平提高很快。在教授的帮助下,她还系统地学习了电脑。

由于抓紧时间学习知识和技能,这一切都为她日后找到好的工作、改变挣扎在社会底层的命运奠定了基础。结束保姆工作后，小娟通过一家外企服务公司的介绍，被一家外国咨询公司公关部录用，月薪是刚来北京时的十几倍。勤奋学习开辟了小娟广阔的人生道路，如果不学习，她的职业就始终在服务员、保姆层次徘徊。

**感悟**

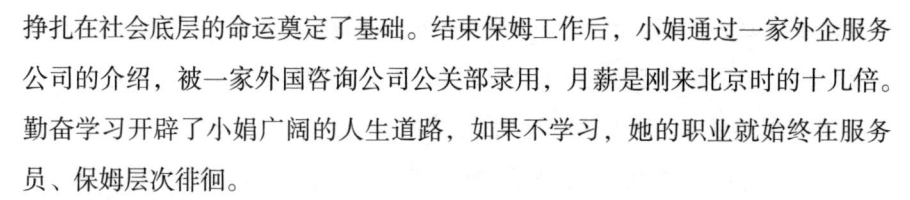

学习改变命运，每个人都是如此。这个世界没有天才，任何一个人都是通过艰苦的学习和努力才走向成功的。

## 145. 梅花香自苦寒来

宋濂（1310-1381年）是明朝开国元勋，字景濂。他出生在贫苦人家，但是他自幼就十分好学，利用一切条件苦学不辍，曾拜元末古文大家吴莱、柳贯黄等为师。因为家里很穷，他要看书，就只能向有藏书的人家借来看，借来以后，他抓紧时间赶快抄录下来，每天拼命地赶时间，计算着到了日子好还给人家。

有一天，天寒地冻，冰天雪地，刺骨的寒风令人无法忍受，连砚台里的墨都结了冰。衣衫单薄的宋濂手指冻得都无法自然屈伸了，但他仍然加倍努力学习，不敢有所松懈，因为借来的书必须赶紧抄完，否则就超过预定的还书日期了。抄完了书，他还要冒着严寒还给人家，一点不敢错过约定的还书日期。正因为他固守诚信，许多人都愿意把书借给他看，他因此能够博览群书，增长见识，为他以后的成才奠定了基础。

面对贫困、饥饿、寒冷，宋濂不以为苦，努力向学，他所追求的是成大业。成年后，他就更加渴慕向贤达之士学习，常常跑到几百里以外的地方，去找自己同乡中那些已有成就的前辈虚心学习。有一位同乡位尊名望，他那里来往的名人很多，有不少人赶到他那里学习，他说话的语气很傲慢，一副盛气凌人的样子。宋濂就侍立在他旁边，手拿儒家经典向他请教，经常俯下身子，侧耳倾听，唯恐落下什么没有听明白。有时候这位名气很大的同乡，对宋濂提出

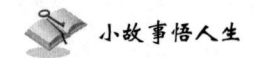

的问题不耐烦了，大声指责他，他则脸色更加恭敬，礼节愈加周到，连一句话也不敢说。而一看到老师高兴的时候，宋濂又去向他虚心请教。宋濂还自谦地说："我虽然很愚笨，但也学到了许多东西。"

后来他觉得这样学习不是长久之计，于是就到学校里拜师学习。他一个人背着书箱，走在深山之中，寒冬的大风，吹得瘦弱的他东倒西歪，数尺深的大雪，把脚上的皮肤都冻裂了，鲜血直流，他也没有知觉。等到了学馆，都快要冻死了，还好学馆中的同学拿着热水给他全身慢慢地擦热，用被子盖好，他才逐渐有了知觉，暖和过来。

正是宋濂能忍受穷苦，才能成就一番事业。他的那些同学一个个生活得都很安逸，但是又有几个人名垂青史呢？

**感悟**

凡成功者，所行之路无一例外是用挫折和磨难的台阶铺成的。苦难是人生最好的学校，经历苦难是人生的一种宝贵财富。

# 146. 坚持就会成功

1965年，一位韩国学生到剑桥大学主修心理学。在喝下午茶的时候，他常到学校的咖啡厅或茶座听一些成功人士聊天。这些成功人士包括诺贝尔奖获得者，某一些领域的学术权威或一些创造经济神话的人，这些人幽默风趣、举重若轻，把自己成功看得非常自然和顺理成章。时间长了，他发现在国内时，他被一些成功人士欺骗了。那些人为了让正在创业的人知难而退，普遍把自己的创业艰辛夸大了，也就是说，他们在用自己的成功经历吓唬那些没有取得成功的人。

作为心理系的学生，他认为很有必要对韩国成功人士的心态加以研究。1970年，他把《成功并不像你想象的那么难》作为毕业论文，提交给现代经济心理学的创始人威尔·布雷登教授。布雷登教授读后，大为惊喜，他认为这是个新发现，这种现象虽然在东方甚至在世界各地普遍存在，但此前还没有一个人大胆地提出并加以研究。惊喜之余，他写信给他的剑桥朋友——当时正在坐韩国政坛第一把交椅的人——朴正熙，他在信中说："我不敢说这部著作对你有多大的帮助，但我敢肯定它比你的任何一个政令都能产生震动。"

后来这本书果然伴随着韩国的经济起飞了。这本书鼓舞了很多人，因为他们从一个新的角度告诉人们，成功与"劳其筋骨、饿其体肤""三更灯火五更鸡""头悬梁，锥刺股"没有必然的联系。只要你对某一事业感兴趣，长久地坚持下去就会成功，因为上帝赋予你的时间和智慧足够你圆满做完一件事情。后来，这位青年也获得了成功，他成了韩国泛业汽车公司的总裁。

**感悟**

人世中有许多事，并不是因为事情艰难我们不敢做，而是因为我们不敢做事情才难的。只要想做，都能做到。

## 147. 一生磨一镜

在荷兰，有一个刚初中毕业的青年农民，来到一个小镇，找到了一份替政府看门的工作。他在这个门卫的岗位上一直工作了60多年，他一生没有离开过这个小镇，也没有再换过工作。

也许是工作太清闲，他又太年轻，他得打发时间。他选择既费时又费工的打磨镜片当作自己的业余爱好。就这样，他磨呀磨，一磨就是60年。他是那样的专注和细致，锲而不舍，他的技术已经超过专业技师了。他磨出复合镜片的放大倍数，比他们的都要高。借着他研磨的镜片，他终于发现了当时科技尚未知晓的另一个广阔的世界——微生物世界。从此，他声名大振，只有初中文化的他，被授予了巴黎科学院院士的头衔，就连英国女王都到小镇拜会过他。

创造这个奇迹的小人物，就是科学史上鼎鼎大名的、活了90岁的荷兰科学家安东尼·列文虎克，他老老实实地把手头上的每一个玻璃片磨好，终于在细节里看到了他的上帝，看到了更广阔的科学前景。

小故事悟人生

**感悟**

一生一世界,一沙一天堂,你能执着地把手中的小事做到完美就能看到自己更广阔的前景。

## 148.努力拉住成功的手

一位农民,初中只读了两年,家里就没钱继续供他上学了,他辍学回家,帮父亲耕种三亩薄田。在他19岁时,父亲去世了,家庭的重担全部压在他的肩上。他要照顾身体不好的母亲,还有一位瘫痪在床的祖母。

那年代,农田承包到户,他把一块水洼挖成池塘,想养鱼,但乡里的干部告诉他,水田不能养鱼,只能种庄稼,他只好把水塘填平。这件事成了一个笑话,在别人眼里,他只是一个想发财但非常愚蠢的人。听说养鸽子能挣钱,他向亲戚借了1000元钱,养起了鸽子,但一场洪水后,鸽子得了瘟疫,几天内全部死光。1000元对别人来说可能不算什么,但对一个只靠三亩薄田生活的家庭而言,是天文数字,他的母亲受不了这个刺激,竟然忧郁而死。他后来酿过酒、捕过鱼,甚至还在石矿的悬崖上帮人打过炮眼……可都没有赚到钱。

35岁的时候,他还没有娶到媳妇,即使离异带孩子的女人也看不上他,因为他只有一间土屋,随时有可能在一场大雨后倒塌。娶不上老婆的男人,在农村是没有人看得起的。但他还想搏一搏,就四处借钱买了一辆四轮拖拉机。不料,上路不到半个月,这辆拖拉机就载着他冲入一条河里。他断了一条腿,成了瘸子。而那拖拉机,被人捞起来时,已经支离破碎,他只能拆开它,当作废铁卖,几乎所有人都说他这辈子完了。

但是后来他却成了这个城市里的一家公司的老总,手中有2亿元的资产。现在,许多人都知道他苦难的过去和富有传奇色彩的创业经历。许多媒体采访他,许多报告文学描述过他。但人们只记得这样一个情节——记者问他:"在苦难的日子里,你凭什么一次又一次毫不退缩?"他坐在宽大豪华的老板台后面，喝完了手里的一杯水，然后，他把玻璃杯握在手里，反问记者："如果我松手，这只杯子会怎么样？"记者说："摔在地上，碎了。""那我们试试看。"他说。他手一松，杯子掉在地上发出清脆的声音，但没有破碎，而是完好无损。他说："即使有10个人在场，他们都会认为这只杯子必碎无疑。但是，这只杯子不是普通的玻璃杯，而是用玻璃钢制作的。我也是用玻璃钢做的，有一种不服输的性格，即使有一口气，也要拉住成功的手。"

**感悟**

人，只要有一口气，也要努力去拉住成功的手，除非上苍剥夺了他的生命……

## 149. 重要的尾数

一个年轻人到某大型公司应聘职员，工作任务是为这家公司采购物品。招聘者在一番测试后，留下了这个年轻人和另外两名优胜者。随后，主持人提了几个问题，每个人的回答都各具特色，主持很满意。面试的最后一道是笔答题，题目为：假定公司派你到某工厂采购3000支铅笔，你需要从公司带去多少钱？几分钟后，应试者都交了答卷。

第一名应聘者的答案是200元。主持人问他是怎么计算的。他说，采购3000支铅笔可能要180元，其他杂用就算20元吧。主持人未置可否。

第二名应聘者的答案是190元。对此，他解释道：3000支铅笔需要180元左右，另外可能需用10元左右。主持人同样没表态。

最后轮到这位年轻人。主持人拿起他的答卷，见上面写的是193.86元，见到如此精确的数字，他有些惊奇，立即让应试者解释一下答案。

这位年轻人说："铅笔每支6分，3000支是180元。从公司到这个工厂，乘汽车来回票价4元，午餐费2元；从工厂到汽车站为半英里，请搬运工人需用1.5元……因此，总费用为193.86元。"

主持人听完，欣慰地笑了。这名年轻人自然被录用了。

151

小故事悟人生

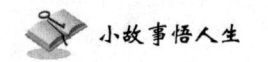

**感 悟**
做好每一件平凡的事你就不平凡；做好每一件普通的事你就不普通。

## 150. 逆来顺受

韩信年轻时，家里很穷，后来父母双亡，他自己不会谋生，苦于生计无着，时常四处漂泊，不得已的时候，就在熟人家里混口饭吃，偶尔也到淮水边上钓鱼换钱，屡屡遭到周围人的歧视和冷遇，但他仍刻苦读书，熟读兵法，胸怀安邦定国之抱负。

一天，韩信在街上游逛，恰巧被一个屠夫的儿子看见了，因见韩信一副寒酸相，一贯骄纵跋扈的他就想欺侮韩信。于是，他来到韩信面前，故意挑衅地说："你长得如此高大，腰里还挎着刀剑，到底有多大能耐？我看你是表面强壮，实际上不堪一击，你的胆子还比不上兔子。"这小子这么一吵嚷，大街上很多人都围了上来，想看看热闹。他更来劲了，就当众对韩信说："你要是真有本事，不怕死，就用你那把宝剑把我杀了吧。你要是胆小怕死，就得从我胯下钻过去！"说完，他叉开双腿，摆出一副街头小流氓的无赖相。韩信看看这小子，摇摇头，叹口气，就俯下身子，从他胯下爬了过去。围观的人哄堂大笑，都以为韩信没有出息，是个十足的胆小鬼。

公元前209年，陈胜、吴广揭竿而起。韩信参加了起义军，他先在项羽军中任职，但是一直没有受到项羽的重用，不甘心的他愤然逃出楚营，投奔汉王刘邦。刘邦初始也没把他当将才使用，丞相萧何知道韩信的才华，在萧何的帮助下，韩信终于得到了刘邦的重用，被拜为大将军。

韩信屡建战功，被刘邦封为齐王，后又封为楚王。后来，路过家乡时，韩信派人把那个杀猪佬的儿子找来，那小子吓得战战兢兢，心想自己这回死定了。然而，韩信并没有杀他，对手下的将官说："我不但现在可以杀这个人，当年我也可以杀死他。但我想，杀了他只能逞一时之勇，如此怎么建立大丈夫的功业呢？我绝不能因小失大，所以就忍下了这口气。不然，我也不会有今天。"

**感悟**

古来成大事者，往往能够对恶劣的环境、不公的世道采取忍耐态度。忍，有时是大智慧、大勇敢。只要你的心没有消沉，你就会拥有一股超强的反弹力。

## 151. 没有开足马力的快艇

一个久不被重用的年轻人，借旅游之机，慕名拜访了灵隐寺高僧普济。他对普济说："我是一个名牌大学的本科生，已在单位兢兢业业干了10年，比我学历低、年龄小、进单位晚的都得到了提拔重用，可我还是办公室的一般文员，请高僧指点迷津。"

普济听了年轻人的话，双手合掌道："你在工作上对自己如何定位？"

"我爸爸为官几十年，他告诉我，人不能太露锋芒，出头的椽子先烂，我认为很有道理。"年轻人说。

普济站起身对年轻人说："请随我到对面的景点看看吧。"

普济领着年轻人走出寺院，在湖边的一排快艇、大游船、小木舟中找到寺里的快艇，然后发动小油门慢慢前行。

与他们同时启动的一艘快艇加大马力，似流星划过天空，在碧绿的湖面犁出一道白线。晚于他们起锚的大游船欢叫着推浪前行，也很快甩掉了他们，就连随后而行的双人小扁舟也走在了他们的前面……

一艘快艇风驰电掣般迎面驶了过来。艇主见普济的快艇一直走得很慢，便在他们旁边大声问："和尚，跑得这么慢是不是没油了？"普济和尚合掌答道："多谢，老衲是怕跑得太快有危险。"

一艘大游船迎面踏浪而来。船主看到普济慢慢爬行的快艇高声喊道："大师，你的快艇笨得像蜗牛，该淘汰了。"

一只双人舟迎面划过来了。舟主对普济说："大师，你的快艇连个小木舟

153

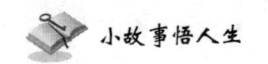

都不如，养它干啥，报废了吧！"普济没有吱声，他回头看看年轻人说："我们返回吧。"

普济调转艇头，加大油门，快艇电掣般向前飞驶，不一会就回到灵隐寺，普济走下快艇笑着问年轻人："你说我的快艇究竟如何？"

"因为他们不知道您没有加足马力才说您的快艇慢。"年轻人说。

"是啊，其实人又何尝不是如此呢？你的学历再高，再有才华，但你不显露，别人不知晓，怎么能看重你呢？即便你的能量有人知晓，但见你畏畏缩缩，宁愿空耗生命也不敢开拓前进，人家又怎么承认、看重你呢？你又怎能快速到达理想的彼岸呢？在人才竞争激烈的今天更是如此啊！"

年轻人听了，茅塞顿开。

**感悟**

只有实事求是、勇敢地、充分地表现自己的胆识和才能，机会才会光顾你。

# 152. 博士应聘成功的秘诀

某公司一个重要部门的经理离职了，董事长决定找一位德才兼备的人来接替这个位置，但连续来应聘的几个人都没有通过董事长的"考试"。

这天，一位三十来岁的留美博士前来应聘，董事长却通知他凌晨两点去他家应试。这位青年于是凌晨两点就去按董事长家的门铃，却未见人来开门，一直到八点钟，董事长才让他进门。考试的题目是董事长口述的。董事长问他："你会写字吗？"年轻人说："会。"董事长拿出一张白纸说："请你写一个面试的'面'字。"他写完了，却等不到下一题，疑惑地问："就这样吗？"董事长静静地看着他，回答："对，考完了！"年轻人觉得很奇怪，这是哪门子的考试啊？第二天，董事长在董事会上宣布，该名年轻人通过了考试，而且是一项严格的考试！他说："一个这么年轻的博士，他的聪明与学问一定不是问题，所以我考他更难的。"又接着说："首先，我考他牺牲的精神，我要他牺牺牲睡眠，凌晨两点钟来参加公司的应考，他做到了；我又考他的忍耐，要他空等6个小时，他也做到了；我又考他的脾气，看他是否能够不发飙，心平气和，他也做到了；最后，我考他的谦虚，我只考堂堂一个博士5岁小孩都会写的字，他也肯写。一个人已有了博士学位，又有牺牲精神、忍耐、好脾气、谦虚，这样德才兼备的人，还有什么好挑剔的呢？我决定聘用他！"

**感悟**

成功之本取决于人的心理素质、人生态度和才能资质。拥有天才的大脑和娴熟技术的同时，又有忍耐的牺牲精神和谦逊谨慎的态度，怎么能不成功呢？

# 153. 正视困境　改变命运

有两个孩子，一个喜欢弹琴，想当音乐家；一个爱好绘画，想当美术家。

不幸得很！想当音乐家的孩子，突然耳朵聋了，想当美术家的孩子，突然眼睛失明了。

孩子们非常伤心，痛哭流涕，埋怨命运的不公。

恰巧，有位老人从他们身边经过，听见了他们的抱怨。老人走上前去，先对耳聋的孩子比画着说："你的耳朵虽然聋了，但眼睛还是明亮的，为什么不改学绘画呢？"接着，他又对眼睛失明的孩子说："你的眼睛尽管失明了，但耳朵还是灵敏的，为什么不改学弹琴呢？"

孩子们听了，心里一亮。他们擦干眼泪，开始新的追求。

说也奇怪，改学绘画的孩子，渐渐地，感到耳聋反而更好。因为，它可以避免一切喧嚣的干扰，使精力高度集中。改学弹琴的孩子，慢慢地，也觉得失明反倒有利。因为，它能够免除许多无谓的烦恼，使心思无比集中。

果然，耳聋的孩子，后来成了美术家，名扬四海；眼睛失明的孩子，终于成为音乐家，享誉天下。一天，美术家和音乐家又遇见了那位老人。他俩非常激动，拉住老人连连道谢。

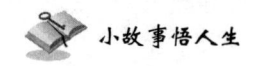

老人笑着说:"不用谢我,该感谢你们自己的努力。事实证明,当命运堵塞了一条道路的时候,它常常会留下另一条道路!"

**感悟**

上帝为你关上一扇门,却又为你打开另一扇窗。关键是你能否正视困境,扼住命运的咽喉。

## 154. 多垫些砖头 提升自己

有位青年,大学毕业后被分配到一个偏远的林区小镇当教师,工资低得可怜。其实他有着不少优势:教学基本功不错,还擅长写作。但是,他一边抱怨命运不公,一边羡慕那些拥有体面的工作、拿优厚薪水的同窗。这样一来,不仅对工作没有了热情,而且连写作也没有兴趣。他整天琢磨着"跳槽",幻想能有机会调一个好的工作环境、拿一份优厚报酬的工作。

就这样两年时间匆匆过去了,他的本职工作干得一塌糊涂,写作上也没有什么收获。这期间,他试着联系几个自己喜欢的单位,但最终没有一个接纳他。

然而,就是一件微不足道的小事,改变了他一直想改变的命运。

那天学校开运动会,这在文化活动极其贫乏的小镇无疑是件大事,因而前来观看的人特别多。操场四周很快围成一道密不透风的环形人墙。

他去晚了,站在人墙后面,踮起脚也看不到里面热闹的情景。这时,身旁一个很矮的小男孩吸引了他的视线。只见他一趟趟从不远处搬来砖头,在那厚厚的人墙后面,耐心垒着一个台子,一层又一层,足有半米高。他不知道垒这个台子花了多长时间,不知道小男孩因此少看了多少精彩的比赛,但小男孩登上那个自己垒起的台子时,冲他会心地一笑,那成功的喜悦和自豪却是那样的清楚。刹那间,他的心被震动了,多么简单的事情啊!要想越过密密的人墙看到精彩的比赛,只要在脚下多垫砖头。

从此以后,他满怀激情地投入工作中,踏踏实实,一步一个脚印。很快,他变成了远近闻名的教学能手，编辑的各类教材接连出版，各种令人羡慕的荣誉纷纷落到他的头上。业余时间，他笔耕不辍，各类文学作品频繁地见诸报刊，成为多家报刊的特约撰稿人。如今，他已被调至自己喜欢的中专学校任职。

**感悟**

其实，一个有理想的人只要不辞辛苦、默默地在自己脚下多垫些"砖头"，就一定能够看到自己渴望看到的风景，摘到挂在高处的那些诱人的果实。

## 155. 不服输的精神

无论做什么事情，只要肯努力奋斗，就没有不成功的。

这是一位现在在某名牌大学就读的本科生讲述的故事。

上高中的时候，我们班只是个普通班，比起尖子生组成的6个实验班来说，考上大学的机会并不多。因此除了几个学习好的同学很努力外，大多数人都等着混个文凭，然后找份工作。

我们的班主任兼英语老师是个刚从师范学院毕业的学生，他非常敬业，每日催着我们学习学习再学习、作业作业再作业。但是说归说，由于抱着破罐子破摔的想法，我们的成绩仍然上不去，在全校各科考试中屡屡落败。

高二的一次英语联考，老师平静地把卷子发给我们。我们正欣喜地看着自己几乎从没有得过的高分，老师说："请同学们自己计算一下分数。"数着数着，我发现自己卷子上的分数竟然比实际分数高出20分！

同学们也纷纷喊了起来："老师怎么给我们多算了20分！"课堂上顿时乱了起来。

老师摆了摆手，班上静了下来。他沉重地说："是的，我给每位同学都多加了20分，是我为自己的脸面也是为你们的脸面多加的20分。老师拼命地教你们，就是希望你们给老师争口气，让我不要在别的老师面前始终低着头，也希望你们不要在别的班级同学的面前总是低着头。"

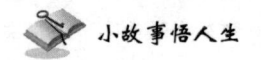

老师接着说:"我来自山村,我的父母去世都很早。上中学时我连红薯、土豆都吃不起。大学放暑假,我每天到建筑工地拉砖,曾因饥饿而晕倒过,但我就是凭着一股要强的精神上完师范学校的。生活教会我任何时候都不能服输,而你们只不过因为被分到普通班就丧失了信心,我很替你们难过。"

这时候教室里安静极了,同学们都低下了头。老师继续说:"我希望我的学生也做要强的人,任何时候都不服输!现在还只是高二,离高考还有一年多的时间,努力还来得及。愿你们不用靠老师弄虚作假就能拿到足够的分数,让老师能把头抬起来,继续要强下去。"

"同学们,拜托了!"说完,老师低下头,竟给我们深深地鞠了一躬。当他抬起头的时候,我们看到他的眼睛里流出来的泪水。

"老师!"班里的女生们都哭了起来,男生的眼里也含满了泪水。

那一节课,我们什么也没有学。但一年后的高考,我们以普通班的身份夺得了全校高考的第一名。据校长讲,这在学校的历史上是从未有过的。

我们每一位学生都记住了老师的眼泪。

**感 悟**

没有哪一个人天生就是弱者,没有哪一种生活是原本就该如此的。每个人在成长的时期都应具有永不放弃和自信的精神,这就是战胜一切的武器。

## 156. 心动不如行动

从前,有两个年轻人,他们生活在一个贫瘠落后的小山村,但他们都不甘心一辈子待在这儿,都希望有朝一日能够走出小山村,过上体面的城市生活。其中一个年轻人整天梦想着发大财。比如,把山货卖成黄金价,去人迹罕至的山洞寻找宝藏,等天上掉馅饼……虽然他的想法很多,但总觉得没有一样能够顺利实现,于是他放弃了努力,变得游手好闲。

另一个年轻人是个木匠,他脚踏实地地干着木工活,每天早出晚归,忙忙碌碌。每每看到辛勤劳作的木匠,那个年轻人就会忍不住讥笑他说:"在这个鸟不拉屎的地方，无论你怎么努力，也不会有什么好结果的。与其自寻烦恼，不如等某个企业家来这儿搞投资，许多穷山村不是被人开发成旅游景点了吗？到时咱们只管坐着收钱就是了。"

木匠说："以后的事以后再说，现在最要紧的是做好该做的每一件事，虽然不一定能赚到大钱，但起码能够养活自己。"

一晃十余年过去了，梦想做大事业的年轻人除了每天做做白日梦外，生活几乎没有丝毫的改变。而木匠则不同，这些年，他除了做木匠活，还利用业余时间学习了营销管理。经过多年的积淀，此木匠已非彼木匠了。

机会总是垂青于那些有准备的人。一天，一位城里人路过小山村，发现了正在做木工活的木匠。城里人说："以你的手艺，如果去城里开一家家具店，生意一定非常好。"木匠不好意思地说："是个好主意，可是我没钱啊！"城里人呵呵地笑着说："这有何难，我出钱，你出技术，赚到的钱咱们平分。"

就这样，木匠来到了城里，果然如那个城里人预料的一样，他做出来的家具十分受城里人欢迎。没过几年，木匠就在城里买了房、安了家，还娶了一个漂亮的城里姑娘，过上了舒适而幸福的生活。而梦想干大事业的年轻人却还在那个贫困的小山村里做着美梦，生活没有丝毫改变。

**感悟**

行动，就像一个奇妙的分水岭，它将有志者和空想者分隔两地。勤奋和勇敢的人总是迎难而上，而懒惰和懦弱的人总是畏缩不前。

# 157. 虚心拜师

柳公权是唐代著名的书法家。他在少年时候，就写得一手好字，常常博得师长的夸赞和朋友的羡慕，因此他不免骄傲起来。有一天，柳公权和几个伙伴在路边的亭子里练习书法。伙伴们围着柳公权，一边看他写字，一边大声地称赞着。柳公权心里得意极了，他对伙伴们说道："这算什么，等过几年，我的书法一定天下第一。"

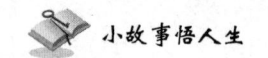

这时，一位老者从这里经过，听到柳公权的话，就走过来看看他写的字，皱皱眉头，说："这字写得并不好，软塌塌的，没筋没骨的，还值得在人前夸耀吗？据我所知，有人用脚写得都比这好。"

柳公权一听，小脸涨得通红："不可能，不会有人比我写得更好了，更何况是用脚！"

老人爽朗地笑了笑，说："不信，你就到华京城去看看吧！"

第二天，柳公权一大早就出发，独自去了华京城。一进华京城，他就看见一棵大槐树下围了许多人。他挤进人群，只见一个没有双臂的黑瘦老头儿背靠槐树，赤着双脚，坐在地上，左脚压纸，右脚夹笔，正在挥洒自如地写字，笔下的字龙飞凤舞，每一笔都是那么刚劲有力，博得围观的人阵阵喝彩。

自己的字和这位老人用脚写的字比起来果然是不值一提，柳公权心中深感惭愧，他马上走到老人面前，"扑通"一声跪下，说："我愿意拜您为师，请您告诉我写字的秘诀。"

老人慌忙放下脚中的笔，对柳公权说："我是个孤苦的人，生来没手，只得靠脚混生活，怎么能为人师表呢？"小公权苦苦哀求，老人才在地上铺了一张纸，用右脚写下几个字："写尽八缸水，砚染涝池黑。博取百家长，始得龙凤飞。"

柳公权把老人的话牢记在心，从此发奋练字，手上磨起了厚厚的茧子，衣肘处补了一层又一层。功夫不负有心人，经过苦练，柳公权终于成为著名的书法家。

**感悟**

谦虚使人进步，骄傲使人落后。

# 八　适者生存

"物竞天择，适者生存。"其实人也是一样。在逆境中成长的人，为了生存，会想方设法提高自己适应环境的能力，锻炼自强不息的意志品质。一旦时机成熟，就将走向成功。

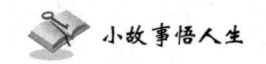

## 158. 齿亡舌存

相传老子的恩师叫常枞。

老子探望年老的常枞，扶着常枞的手问："先生怕快要归天了，有没有遗授可以告诉学生的呢？"

常枞缓缓回答："你就是不问，我也要告诉你的。"他歇了口气问："经过故乡要下车，你知道吗？"

"知道了。"老子回答，"过故乡而下车，不就是说不要忘记故乡吗？"

常枞微笑着说："对了。那么，经过高大的乔木要小步而行，你知道吗？"

"知道。"老子回答，"过乔木小步而行，不就是要敬老尊贤吗？"

"好呀。"常枞又微笑着点点头。想了一会儿，常枞张开嘴问老子，"你看看，我的舌头还在不？"

"在啊。"老子回答道，"您为什么这样问？"

常枞没有回答他的问题又继续问道："那你看我的牙齿在不？""一颗也没有了。"

常枞问："你知道是什么意思吗？"

老子想了想，答道："知道了，舌头还能生存，不就是因为它柔软吗？牙齿所以全掉了，不就是因为它太刚硬了吗？"

常枞摸着老子的手背，感慨地说："对啊，天下的事情，处世待人的道理都在这里了，我再也没有什么可以告诉你的了。"

**感悟**

处世待人的道理有三：不忘故旧、敬老尊贤；像舌头般柔顺，不要像牙齿般刚硬。

## 159. 且慢下手

大多数的同仁都很兴奋，因为单位调来了一位新主管，据说是个能人，专门被派来整顿业务。可是，日子一天天过去，新主管却毫无作为，每天彬彬有礼地进办公室，然后就躲在里面难得出门，那些紧张得要死的落后分子，现在反而更猖獗了。他哪里是个能人，根本就是个老好人，比以前的主管更容易哄。

四个月过去了，新主管却发威了，落后分子一律开除，能者则获得提升。下手之快，断事之准，与四个月中表现保守的他，简直像换了一个人。

年终聚餐时，新主管在酒后致辞：相信大家对我新上任后的表现和后来的大刀阔斧，一定感到不解。现在听我说个故事各位就明白了。我有位朋友，买了栋带着大院的房子。他一搬进去，就对院子全面整顿，杂草杂树一律清除，改种自己新买的花卉。某日，原先的房主回访，进门大吃一惊地问，那棵名贵的牡丹哪里去了。我这位朋友才发现，他居然把牡丹当草给割了。后来他又买了一栋房子，虽然院子更是杂乱，他却是按兵不动，果然冬天以为是杂树的植物，春天里开了繁花；春天以为是野草的，夏天却是锦簇；半年都没有动静的小树，秋天居然红了叶。直到暮秋，他才认清哪些是无用的植物而大力铲除，并使所有珍贵的草木得以保存。说到这儿，主管举起杯来，"让我敬在座的每一位！如果这个办公室是个花园，你们就是其间的珍木，珍木不可能一年到头开花结果，只有经过长期的观察才认得出啊！"

**感悟**
无论做什么事，都要深思熟虑、实事求是。

## 160. 总经理的好话

作为工人代表，李明决定去找总经理抗议。原因是他们经常加班，但上

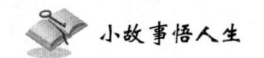

面连个慰问都没有，年终奖也特别少。

出发之前，李明振振有词地对同事说："我要好好教训那自以为是的总经理。"

到了总经理的办公室，李明告诉总经理的秘书说："我是老李，约好的。"

"是的，是的。总经理是在等你，不过不巧，有位同事临时有急件送进去，麻烦您稍等一下。"秘书客气地把李明带到会议室，请他坐下，满脸微笑地说："您是喝咖啡，还是喝茶？"

李明表示什么都不喝。

"总经理特别交代，如果您喝茶，一定要泡上好的龙井。"秘书说。

"那就茶吧。"

不一会儿，秘书小姐端进连着托盘的盖碗茶，又送上一碟小点心："您慢用，总经理马上就出来。"

"我是老李。"李明接过茶，抬头盯着女秘书："你没弄错吧，我是工友老李！"

"当然没弄错，您是公司的元老，老同事了。总经理经常说你们最辛苦了，一般同事加班到9点，你们得忙到10点，心里实在过意不去。"

正说着，总经理已经大跨步走了出来，跟李明握手："听说您有急事？"

"也……也……也，其实也没什么，几位工友同事叫我来看看您……"

不知为什么，李明憋得那一肚子不吐不快的怨气，一下子全不见了。临走，还不断对总经理说："您辛苦，您辛苦，大家都辛苦，打扰了！"

**感悟**

总经理的好话不仅表示了他的真诚与理解，也给了老李足够的面子。老李感到被领导理解的欣慰，先前一肚子的怨气也就自然而然烟消云散了。

# 161. 看不见的敌人

有一个公司的老总，做人非常精明，很会看人，所以被聘请到公司的员工都是非常优秀的人才。由于有了这些非常优秀的员工，公司的业绩蒸蒸日上。无论是公司下属企业的规模还是公司的整个资产都在不断膨胀。老总的一个朋友感到非常惊讶,于是就问他是怎么发现这些人才的。老总笑了笑,然后带他去参加了一个正在举行的招聘会。

公司的人力资源经理正在面试两个名牌大学的优秀毕业生,老总和他的朋友进去,然后,老总就分别问这两个大学生,觉得现在大学生的就业形势如何?一个大学生说:"大学生的就业压力太大了,竞争越来越激烈,这种情况糟糕透了,国家应该想办法尽快协调一下。"老总笑了笑,没有作声,然后注视着另一位大学生,那位大学生说:"物竞天择,适者生存,现在社会上的就业和创业机会很多,关键在于我们应该怎么样去抓住机会。"

"年轻人,你被录用了,准备上班吧。"老总笑着对第二个回答问题的年轻人说。

朋友感到非常困惑:"就这么简单,你怎么能这样轻率呢?"

"是啊,有些东西就这么简单,一个人的语言就是他的一面镜子,了解一个人的语言,就会知道他是否就是你所希望要的人了。"老总愉快地对他的朋友说。

**感悟**

语言是一面镜子,可以折射出一个人看问题的思维方式,进而决定他的行为和结果。

# 162. 斯坦福大学的诞生

许多年前,哈佛的校长为一次错误判断,付出了很大的代价。

一对老夫妇,女的穿着一套褪色的条纹棉布衣服,而她的丈夫则穿着便宜的西装,也没有事先约好,就直接去拜访哈佛的校长。

校长的秘书在片刻间就断定这两个乡下人不可能与哈佛有业务往来。

老先生轻松地说:"我们要见校长。"

秘书很礼貌地说:"他整天都很忙!"

女士回答说:"没关系,我们可以等。"

过了几个钟头,秘书一直不理他们,希望他们知难而退,自己离开。他们却一直等在那里。

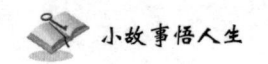

秘书终于决定告知校长："也许他们跟您讲几句话就会走开。"

校长不耐烦地同意了。

校长表现得很威严，而且心不甘情不愿地面对这对夫妇。

女士对校长说："我们有一个儿子曾经在哈佛读过一年，他很喜欢哈佛，他在哈佛的生活很快乐。但是，去年他意外死亡。我丈夫和我想在校园里为他留一纪念物。"

校长并没有感动，反而觉得很可笑，粗声地说："夫人，我们不能为每一位曾读过哈佛而死亡的人树立雕像的。如果我们这样做，我们的校园看起来就像墓园一样。"

女士说："不是，我们不是要树立一座雕像，我们想要捐一栋大楼给哈佛。"

校长仔细地看了一下他们的条纹棉布衣服和粗布便宜西装，然后吐一口气说："你们知不知道建一栋大楼要花多少钱，我们学校的建筑物都超过750万美元。"

这时，女士沉默了。校长很高兴，总算可以把他们打发了。

这位女士转向她丈夫说："只要750万美元就可以建一座大楼？我们为什么不建一座大学来纪念我们的儿子？"

就这样，斯坦福夫妇离开了哈佛，到了加州，创立了斯坦福大学，以此来纪念他们的儿子。

**感悟**

中国有一句古话，就是"人不可貌相，海水不可斗量"。我们在处世为人时，千万不要以貌取人。

## 163. 郭子仪谨慎得善终

唐朝大将郭子仪，曾在平定安史之乱中战功赫赫，得到肃宗的赞赏，尊为"尚父"，晋封为汾阳郡王。他"权倾天下而朝不忌，功盖一代而主不疑"，在举国上下享有崇高的威望和声誉，可他从不居功自傲，为人很谨慎，做事特别注意细节。

166

八　适者生存

郭子仪做了大官之后，家中不仅姬妾成群，而且拜访他的人也多了，郭子仪很坦然，每次客人去他府上拜见时，他从不让身边的姬妾们回避，唯独对卢杞是个例外。这个卢杞，貌相极其丑陋，脸为蓝色，很像阎罗殿里的小鬼，故邻里都将他看成阎王爷手下的那个蓝脸小鬼，当时他任御史中丞。

一听说御使中丞卢杞来访，郭子仪马上就让身边的姬妾们躲起来。郭子仪位极人臣，权倾天下，而一个御使中丞，至多不过相当于现在的最高检察院的副检察长而已，无论职位或权力与郭子仪相比，都相去甚远。要说是因官员来访，姬妾们在场不合礼仪，比卢杞官大的人多的是，郭子仪对他们尚可不避礼仪，为什么对这样一个四品衔的御使中丞要这么讲礼仪呢？家人们都不理解，待这个卢杞走后，便问郭子仪为什么要单单回避这个卢杞？郭子仪长叹一口气道：此人不仅相貌极丑，而且心胸极为险恶，他来访时我若让你们在场，看到他的那副长相，你们当中有人难免会忍不住笑出声来，这样一来就闯下大祸了，此人一旦掌权，我一族人的生命就难保了！

这个让郭子仪都畏惧三分的卢杞，后来果然当上了"一人之下，万人之上"的宰相，其险恶的内心也就暴露出来了。他就像一条疯狗，妒贤嫉能，看谁不顺眼就一定要咬上一口，谁要跟他哪怕只有一小点过不去，他不把人整死就誓不罢休。他整人害人不管职位高低、名声大小，更不管是否会对国家、百姓造成损失，他是逮着谁咬谁，唯独郭子仪一家例外。

郭子仪由于为人处事谨慎低调，得以颐养天年，年八十五寿终。

**感悟**

行谨则能坚其志，言谨则能崇其德。

## 164. 不要把眼睛只盯在钱上

4年前，我的两个学生分别来找我咨询关于大学毕业的就业问题。他们都是很聪明的年轻人，上学时成绩都十分优秀，兴趣和爱好很相似。对于他们来说，有许多好机会可供选择。当时，我的一位朋友创办了一家小型公司，也正委托我物色一个适当的人做助理。于是我建议两个年轻人去试试看。他们俩分别去应聘。第一位前去拜访的名叫张春，面谈结束后他打电话给我，用一种厌恶的口气对我说："你的朋友太苛刻了，他竟然只给月薪2000元，我拒绝了他。现在，我已经在另一家公司上班了，月薪3000元。"

后去的学生名叫唐克，尽管开出的薪水也是2000元，尽管他同样有很多赚钱的机会，但是，他却欣然接受了这份工作。当他将这个决定告诉我时，我问他："如此低的薪水，你不觉得太吃亏了吗？"

他说："我当然也想赚更多的钱。但是，我对你朋友的印象十分深刻，我觉得只要能从他那里多学到一些本领，薪水低一些也是值得的。从长远的眼光来看，我在那里工作将会更有前途。"

第一位学生当时在另一家公司的薪水是年薪36000元，目前他只能赚到45000元。而最初每月薪水只有2000元的唐克，现在的固定年薪是80000元，还不算分红。

**感悟**

机会要靠自己去把握，如果你把眼睛只盯在钱上，你就有可能失去机会。

## 165. 正确评估自己

战国时，齐国的相国邹忌长得相貌堂堂，身高八尺，体格魁梧，十分英俊，与邹忌同住一城的徐公也长得一表人才，是齐国有名的美男子。

一天早晨，邹忌起床后，穿好衣服，戴好帽子，信步走到镜子面前端详全身的装束和模样，他觉得自己长得的确与众不同，高人一等，于是，随口问妻子说："你看，我跟城北的徐公比起来，谁更漂亮？"

他的妻子走上前去，一边帮他整理衣襟，一边回答说："你长得多漂亮啊！那徐先生怎么能跟你比呢？"

邹忌心里不太相信，因为住在城北的徐公是大家公认的美男子，自己恐怕还是比不上他，所以他又问他的妾："我和城北的徐公相比，谁更漂亮呢？"

他的妾赶忙说："大人您比徐公漂亮多了，他哪能和大人相比呢？"

第二天，有位客人来拜访，邹忌陪他坐下聊天，想起昨天的事，就顺便又问客人说："你看我和城北的徐公相比，谁更漂亮？"

客人毫不犹豫地说："徐公当然比不上您，您比他漂亮多了。"

邹忌如此做了三次调查，大家一致认为他比徐公漂亮。可是邹忌是个有头脑的人，并没有因此沾沾自喜，认为自己真的比徐公漂亮。

恰巧有一天，城北的徐公到邹忌家拜访。邹忌第一眼就被徐公器宇轩昂、光彩照人的形象怔住了，两人交谈的时候，邹忌不住地打量徐公。为了证实这一结论，他偷偷从镜子里面看看自己，再转过头来瞧瞧徐公，结果确定自己比徐公确实差一些。

晚上，邹忌躺在床上，反复地思考着这件事，既然自己长得不如徐公，为什么妻、妾和那位客人却说自己比徐公漂亮呢？想到最后，他总算找到了问题的答案。邹忌自言自语地说："原来这些人都是在恭维我啊！妻子说我美，是因为偏爱我；妾说我美，是因为害怕我；客人说我美，是因为有求于我。看起来，我是受了周边的人恭维赞扬而认不清真正的自我了。"

**感 悟**

在别人的一片赞扬声中，一定要保持清醒的头脑，要有自知之明，正确评价自己。

## 166. 让别人舒服

有一次，我们一行人去香港见李嘉诚，他可谓是华人世界的超级大哥了。

没见面之前，心里有个情景假定：见老大哥相当于见领导，一般我们见这种人，可能第一是见不到大哥先见到椅子、沙发；第二是人来了，我们发名片人家不会发名片；第三是人家跟你握手然后你站着听讲话，就像我们被接见；最后吃饭肯定有主桌，大哥在那坐一下，吃两口说忙先走了；然后我们很激动，回来写感想……

结果这次见面完全颠覆了之前的想法。

首先，电梯一开，70多岁的李嘉诚站着跟我们握手，这样的开场很不一样，我有点愣。

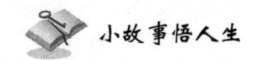

其次，一见面大哥先发名片，这个也很诧异，而且发名片还给你递过来一个盘子，递盘子干吗？7抓阄。盘子里有号，拿名片顺便抓个号，这个号决定你吃饭的时候坐哪桌。

站好之后，我们就鼓掌请大哥讲话。

大哥说没准备讲话，但这时候大哥不讲我们小人物角色演不下去，所以必须让他讲，这个经历经常有。

最后大哥说，我没有准备，我只讲八个字，叫作"创造自我，追求无我"。这一听，大哥读书很多，讲的都是哲学，"创造自我，追求无我"，讲完了普通话又用广东话讲一遍。之后发现还有老外用英文再讲一遍，这八个字讲完了，我们体会这话里的深意。

什么叫追求无我？你在芸芸众生中，把自己越做越强大，自我膨胀，超越别人，这个过程就容易给别人以压力。因为你强大了以后很强势，就像你老站着，别人蹲着，别人就不舒服。所以你要追求无我，让自己化解在芸芸众生中，不要让别人感觉到你的压力。

听完讲话我们开始鼓掌，然后开始吃饭。我运气不错，抽到了跟大哥一桌。我当时想，和大哥挺近的，这样吃饭可以多聊一会儿，所以开始没着急说话，没想到吃了十几分钟的时候大哥站起来说："抱歉，要到那边坐一下。"

这时我们才发现，四张桌子，每张桌子都多放了一副碗筷，他每张桌子都坐。一个小时的吃饭时间，他四张桌子轮流坐，而且几乎都是15分钟，到这时，大家都被大哥周到和细致的安排感动了。

大哥每张桌子转完基本也就结束了，结束之后他没先走，逐一跟大家握手，在场的每个人都要握到，墙角站着一位服务员，大哥专门跑到那里和他握手。我想起看过他的一个演讲，问他们有没有关于这个的书。当时大哥没准备，他交代了下面一下，结果下车的时候那个书就送到我手里了。整个过程让我们每个人都很舒服。这就是大哥之所以成为大哥的原因，这就是他的软实力。

**感 悟**

一种看不到的能力，这个能力是价值观，用他的话说就是追求无我，他让每个人都舒服。让别人舒服的能力，也是一种软实力。

八　适者生存

## 167. 委　屈

有一天加班，凌晨两点钟到家，收到老板的一封邮件，批评我工作不到位。

我收到邮件后就很崩溃，还很委屈。于是当即奋笔疾书回邮件！解释我是如何工作的，我做得如何有道理，我做得如何有效……写了1000多字。

写完了，我冷静了一些，我就琢磨一个事儿：如果我是老板，我对一个员工工作不满意，于是我给他写了封邮件批评他，我想看到的是他洋洋洒洒的解释和辩解吗？显然不是啊！

我突然明白了，于是我把那1000多字埋在了心底，简单回复了一句话："我会反思工作的问题，然后尽快整改。"

两个月后我晋升了。在我的晋升仪式上，我对老板说起这件事，他对我说："我知道你很委屈，我就是想看看，你在面对委屈和压力时，会有怎样的反应？这体现了一个人的成熟程度。"

**感悟**

在工作和生活中，难免会受委屈，要从委屈中走向成熟，走向进步。

## 168. 为了一杯酒

从前齐国有一个名叫夷射的大臣。有一次，他受齐王之邀参加酒宴。由于过量饮了些，不胜酒力，他便想到宫门外吹吹风。

守宫门的人曾是受过刑的男子，一个人无聊，便向夷射讨杯酒吃，夷射对守门人很是鄙夷，便大声斥责道："什么？滚一边去！像你这种下贱的囚犯，竟然向我讨酒吃。"

守门人还想分辩时，夷射已悻悻离去。守门人非常愤恨。

这时因下雨，宫门外刚好积了一些水，状如便溺之物，守门人便有诬陷夷射之意。

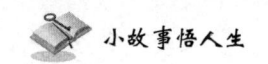

第二天清晨，齐王出门，看到门前有一些其状不雅的水迹，心中不悦，急唤守门人，疾声厉色地问道："这是谁人如此放肆，在此便溺？"

守门人见机会来了，故作惶恐支吾状。齐王于是追问更急，守门人便说："我不是很清楚，但我昨晚看到大臣夷射站在这里。"

齐王果然以欺君之罪，赐夷射死。

**感悟**

为人不能太刻薄小气，人情往来，不在乎东西的数量与价值，而在乎该物后面隐藏着的"情"字。

## 169. 三命而俯

正考父是一个长寿之人，曾辅佐过宋国的三代国君。古代任命官员，要举行册命仪式，也就是铭文中"一命""二命"的"命"。经过"三命"，在诸侯国，其地位已经是"上卿"之尊了。

春秋时期宋国大夫正考父是几朝元老，但他对自己要求很严，他在家庙的鼎上铸下铭训："一命而偻，再命而伛，三命而俯。循墙而走，亦莫余敢侮。饘于是，鬻于是，以糊余口。"意思是说，每逢有任命提拔时都越来越谨慎，一次提拔要低着头，再次提拔要曲背，三次提拔要弯腰，连走路都靠墙走。生活中只要有只鼎煮粥糊口就可以了。

**感悟**

权位越高，做人的态度应越谦恭，生活的需求应越简朴。

## 170. 这道题怎么这么难解

小张在医院睁开了眼睛，看到自己的父母头发全白了，一下子比前几天苍老了20年。

小张是家中的独生子。父母都是农民，每天起五更睡半夜种几亩薄田，供自己上大学。

转眼,四年大学过去了,他找了一份电厂的工作,是村中唯一走出农村、吃国企饭的男子,心中别提多高兴了。亲戚朋友都夸这个小伙子将来一定有出息,父母走到哪里脸上都带着笑容。

小张踏进电厂的大门,看到一座现代化的绿色电厂,自己第一个月就拿到4000多元的工资,他暗暗发誓在电厂一定好好干,成家立业后就把父母接到电厂,让他们也享享清福。

但这一切都被一起事件改变了。那天下午快要下班时,接到运行值长的一个电话,现场的一个开关合不上,自己心中这个不情愿,什么时候来电话不好,非得快要下班时来,和同事约好下班一同玩游戏,可又要推迟了。但值长的电话就是命令,他尽管不愿意,但不敢不去。他和同事来到配电室,没有办理工作票,就直接打开开关柜门,当把手伸向开关准备检查时,一个火球飞出……

当他睁开眼睛时,发现自己的两只胳膊没了。看到了父母、同事守在他的身旁。此时,小张心中有说不出的悔恨,他无颜面对自己的父母、同事……

假如那天自己心无旁骛的,假如那天自己办理了工作票,假如那天自己不私自进入母线室,假如那天检查开关时先验电……但世间没有那么多假如。

自己刚参加工作两年,刚满28岁,正是人生的黄金时期,自己的胳膊没了,还没有结婚,还有哪个女孩子愿意嫁给自己,今后的生活该怎么办啊?

他想到了死,但父母养自己这么大,还没孝敬一下父母,自己死了年迈的父母咋办?村里的父老乡亲会怎么骂自己?

这道题怎么这么难解啊!

**感悟**

天底下最难买的就是后悔药,所有的假设都是事后。早知现在,何必当初啊!聪明的人都是从别人那里吸取教训,不让悲剧再次发生。

173

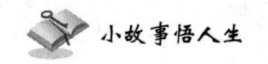

## 171. 生命如水

有一个人总是落魄不得志，便有人向他推荐智者。智者舀起一瓢水，问："这水是什么形状？"这人摇头："水哪有什么形状？"智者不答，只是把水倒入杯子，这人恍然："水的形状像杯子。"智者无语，又把杯子中的水倒入花瓶，这人悟道："水的形状像花瓶。"智者摇头，轻轻提起花瓶，把水倒入一个盛满沙土的盆，水便一下融入沙土，不见了。

智者弯身抓起一把沙土，叹道："看，水就这么消逝了，这也是一生。"这个人对智者的话咀嚼良久，高兴地说："我知道了，您是通过水告诉我，社会处处像一个规则的容器，人应该像水一样，盛进什么容器就是什么形状，而且，人还极可能在一个规则的容器中消逝。"

"是这样，又不是这样！"说毕，智者出门，在屋檐下俯下身子，手在青石板的台阶上摸了一会儿。这人也把手指放在上面，所触之地，他感到有一个凹处。智者说，一到雨天，雨水就会从屋檐落下，这凹处就是水落下的结果。此人恍然大悟："我明白了，人可能被装入规则的容器，但又应像这个小小的水滴，改变着这坚硬的青石板，直到破坏容器。"

**感悟**

生命如水，我们既要尽力适应环境，又要努力改变环境，实现自我。多一些韧性、弹性的人，才可以克服更多的困难。

## 172. 长线如何变短

一位搏击高手参加锦标赛，自以为稳操胜券，一定可以夺得冠军。

出乎意料的是，在最后的决赛中，他遇到了一个实力相当的对手，双方竭尽全力攻击。当拼打到了中途，搏击高手意识到，自己竟然找不到对方招数中的破绽，而对方的攻击却往往能够突破自己防守中的漏洞。

比赛的结果可想而知，搏击高手惨败在对方手下，也失去了冠军的奖杯。

他愤愤不平地找到自己的师父，一招一式地将对方和他搏击的过程再次演示给师父看，并请求师父帮他找出对方招式中的破绽。他决心根据这些破绽，苦练出足以攻克对方的新招，决心在下次比赛时，打倒对方，夺回冠军的奖杯。

师父笑而不语，在地上画了一条线，要他在不能擦掉这条线的情况下，设法让这条线变短。

搏击高手百思不得其解，怎么能让那条已经定格的线变短呢？他思来想去最后也没有什么办法，不得不再次向师父请教。

没想到师父却在原先那道线的旁边，又画了一道更长的线。两者比较，原来的那条线看起来确实显得短了许多。

师父开口道："夺得冠军的关键，不仅仅在于要攻击对方的弱点，正如地上的长短线一样，只有你自己变得更强，对方就如原先的那条线一样，在相比之下变得较短了。如何使自己更强，才是解决问题的根本。"

如果想击败对手，就必须想办法使自己变得更为强大。只有你强大了，才能击败对手。

**感悟**

如果想去击败对手，就必须想办法使自己变得更为强大。

# 173. 总能找到座位的人

有一个年轻人经常出差，还经常在节假日出差，所以经常买不到对号入座的火车票。可是无论长途短途，无论车上多么拥挤，他总能找到座位。

他的办法其实很简单，就是耐心地一节车厢一节车厢找过去，这个办法听上去并不高明，但却很管用。每次，他都做好了从第一节车厢走到最后一节车厢的准备，可是每次他都用不着走到最后就会发现空位。

他说，这是因为像他这样锲而不舍找座位的乘客实在不多，经常是在他落座的车厢尚余若干座位，而在其他车厢的过道和车厢连接处，竟然人满为患。

175

他说，大多数乘客轻易就被一两节车厢拥挤的表面现象迷惑了，不大细想在数十次停靠之中，从火车十几个车门上上下下的流动中蕴藏着不少提供座位的机遇，即使想到了，他们也没有那份寻找的耐心。眼前一方小小的立足之地很容易让大多数人满足，为了一两个座位背负着行囊挤来挤去有些人觉得不值。他们还担心万一找不到座位，回头连个好好站着的地方也没有了。

年轻人在生意中，也经常被同行羡慕"运气好"。他说他就是用"找座位"的心态去谈生意、谈合同的。因为一些看来希望渺茫的机会一旦被他撞上，总能达成最后的目标。

**感悟**

成功就在不远处，只要你敢于自信、执着地朝前走，用不了多久成功就会被你撞上。

# 174. 先改变自己

一位客人在机场坐上一辆出租车，这辆车底板上铺上了羊毛地毯，地毯边上缀着鲜艳的花边，玻璃隔板上镶着名画的复制品，车窗一尘不染。客人惊讶地对司机说："没坐过这么漂亮的出租车。"

"谢谢你的夸奖。"司机笑着回答。

"你是怎样想到装饰你的出租车的？"客人问道。

"车不是我的，"他说，"是公司的。多年前我本来在公司做清洁工，每辆出租车晚上回来时都像垃圾堆。地板上净是烟头和垃圾，座位和车门把手上甚至有口香糖之类的东西，如果有一辆保持清洁的车给乘客坐，乘客也许会为别人着想一点。领到出租车牌照后，我就按照自己的想法把车收拾成这样。每位乘客下车后，我都要查看一下，一定替下一位乘客把车收拾得十分整洁。我的出租车回到公司时仍然是一尘不染。从开车到现在，客人从来没让我失望过。没有一个烟头要我拾捡，也没有口香糖，更没有一点垃圾。我觉得，人人都欣赏美的东西。如果我们的城市多种些花草树木，把建筑物弄得漂亮点，我敢打赌，一定会有更多的人愿意把垃圾放进垃圾箱。"

**感悟**

改变别人是事倍功半,改变自己是事半功倍,一味地要求别人倒不如反躬自问。

## 175. 盖茨的责任课

52岁的微软公司创始人比尔·盖茨从微软"一把手"执行董事长的位置上退休,转任非执行董事长,自此全身心投入慈善事业。他将个人580亿美元的资产全部捐赠给慈善基金,没有留给子女一分钱,因为他"希望以最能产生正面影响的方式回馈社会"。他说:"钱越多,责任越大。"

当然,除了这些,盖茨还有他著名的9条忠告:

1. 生活是不公平的,你要去适应它。

2. 这个世界并不会在意你的自尊,而是要求你在自我感觉良好之前先有所成就。

3. 刚从学校走出来时你不可能一个月挣6万美元,更不会成为哪家公司的副总裁,还拥有一部汽车,直到你将这些都挣到手的那一天。

4. 如果你认为学校里的老师过于严厉,那么当你成了老板回头想一想。

5. 卖汉堡包并不会有损你的尊严。你的祖父母对汉堡包有着不同的理解,他们称之为"机遇"。

6. 如果你陷入困境,那不是你父母的过错,不要将你理应承担的责任转嫁给他人,而要学着从中吸取教训。

7. 在你出生之前,你的父母并不像现在这样乏味。他们变成今天这个样子是因为这些年来一直在为你付账单、给你洗衣服。所以,在对父母喋喋不休之前,还是先打扫一下你自己的屋子吧。

8. 没有几位老板乐于帮你发现自我,你必须依靠自己去完成。

9. 善待你所厌恶的人,因为说不定哪一天你就会为这样的一个人工作。

**感悟**

将自己的钱回报社会,把自己的经验传授给年轻人,这是成功人士的责任与使命。

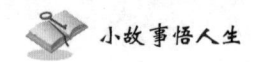

## 176. 优质的服务

余先生下榻泰国的一家酒店。清晨一出房门，一位漂亮的泰国小姐微笑着和余先生打招呼："早，余先生。""你怎么知道我姓余？""余先生，我们每一层的当班小姐要记住每一个房间客人的名字。"余先生心中很高兴，乘电梯到了一楼，门一开，又一名泰国小姐站在那儿，"早，余先生。""啊，你也知道我姓余，你也背了上面客人的名字，怎么可能呢？""余先生，上面打电话说你下来了。"原来他们腰上挂着对讲机。

于是小姐带余先生去吃早餐，餐厅的服务人员替他上菜，都称呼他余先生。这时来了一盘点心，点心的样子很奇怪，余先生就问小姐："中间这个红红的是什么？"这时他注意到了一个细节，那个小姐看了一下，就后退一步告诉他那是什么。"那么旁边这一圈黑黑的呢？"小姐上前又看了一眼，又后退一步才告诉他那黑黑的是什么。这个后退一步就是为了防止她的口水溅到菜里。

当余先生退房时，小姐把信用卡还给他，然后再把他的收据折好放进信封里，还给他的时候说："谢谢您，余先生，真希望第七次再看到您。"第七次看到，原来那次他是第六次入住。

3年过去了，余先生再没去泰国。有一天他收到一张卡片，发现是从曼谷的酒店寄来的："亲爱的余先生，3年前的4月16日您离开以后，我们就没有再看到您，公司全体上下都很想念您，下次经过泰国一定要来看看我们。"下面写的是："祝您生日快乐！"原来写信的那天是他的生日。

**感悟**
这种优质的服务无疑会赢得每一位顾客的心。

## 177. 让　棋

贾玄陪宋太宗下棋，这可不是好差事，并不仅仅是轮流投子那么简单。

赢了，皇帝没脸面；输了，皇帝又不乐意。怎样才能做到表面上不让而实际上让呢？

第一局开棋时，太宗让贾玄3子。结果贾玄输了19子，以大比分败北。宋太宗知道贾玄有意让自己，就有些不高兴，说："再下一局，你再输了，就该杖罚了。"

第二局贾玄绞尽脑汁，下了个平局。会下围棋的人都知道，能做到不输不赢是很难的，甚至比赢棋还难。因此，贾玄虽未赢，但亦未输，自然免去了杖罚。

宋太宗看贾玄仍不用真本事，就说："这一局仍有假，再下一局，你胜的话，就赏你官做。你要输了，就把你扔到水里。"

第三局下完，结果又是不输不赢，太宗说："我让你先走一子，可是仍成平局，就是你输了！"说完，下令把贾玄扔到水里。

这时贾玄忙大叫道："慢着，我手中还有一枚棋子啊！"说着，他伸开手让太宗看，这样贾玄就赢了一子。

宋太宗很为贾玄的聪明机智而开心，哈哈大笑，就封了贾玄的官职。

**感悟**

事情的成败，有很多主客观因素，应把握住最有利的条件和机会，选择最恰当的方式，见机行事。

# 178. 较真儿

小马身体壮硕，干活总是抢着干，不怕吃苦，经常加班也无怨言，主任、班长都很喜欢他。

人无完人，他工作中也经常犯些小毛病。

前几天，我下班组巡检，我们有说有笑地一同前行。

我们巡检的任务是一号机组主机，当时1号机组处于停备状态。我问他巡检的主要内容，他告诉我：巡检中应对盘车进行听音、检查顶轴油压力等状况。

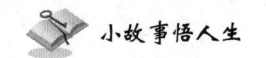

我补充说道:"巡检中,我们还应注意盘车的电流。你知道盘车的电流是多少吗?"

他说:"知道,应该是15或16安培。"

我对盘车电流多少不是很清楚,没有对他的答案给予答复。我们来到就地盘车控制箱前,看了一下盘车电流表,盘车电流显示29安培。我看到他的脸色有些不自然了。

我们对盘车等设备检查完毕后。他又告诉我说:"盘车电流15或16安培是集控室盘上显示的电流"

我对他给我的答案开始质疑起来。说:"如果盘上显示15或16安培,就地显示29安培,那么咱们就发现了个'大缺陷'。走,我们到集控室看一下。"

我们来到集控室,询问盘车电流时,值班员响亮地回答我:"29.3安培。"

此时,我看到小马的脸变成了茄紫色。

一年后,我看到小马,他告诉我,他升岗了,我对他表示祝贺。

后来我去拜访了他的班长,他告诉我,那次盘车电流事件对小马的触动很大,他好几天都寝食不安。后来,他变了,变成了一个爱较真儿、爱反思的小伙子。加上他爱好学习、踏实肯干、任劳任怨等优点,技术水平和工作业绩提高很快。前几天,通过竞聘,他升岗了。

**感悟**

孔子说过:"知之为知之,不知为不知,是知也。"每个人都有优点和缺点,人生的过程就是一个不断学习、不断反思的过程。

## 179. 周枕的记事本

明朝的周枕任江南巡抚的时候,随身带着一个记事本,对每天发生的事情,不分巨细,全部记载下来,即使每天天气的阴晴风雨也一一详细记录。刚开始,人们都不明白周枕为什么要这样做。有一天,某县有个人来报告说,一艘运米的粮船突然遇到了风暴,被吹跑了。周枕就询问他船是哪天丢的，是上午还是下午，当时刮的是东风还是西风，那人回答得全不对。周枕翻开记事本和他对质，那人不禁惊讶叹服。这时，人们才恍然大悟，周枕的日记不是毫无目的地随便写的。

周枕对每天发生的事情不分巨细，甚至连天气情况都毫无遗漏地记下来，看起来像是流水账，似乎也不符合"只管大事，不问小事"的为官之道。但事情就是这样微妙与复杂，任何棘手的事情总是由小细节组成，如果重视生活的细节，就很有可能从细节中了解事情的整体。事实上，正是周枕的"流水账"在日后破案中发挥了功效。

**感 悟**

"世事洞明皆学问，人情练达即文章。"能做到"世事洞明"的人恐怕不多，要想增长自己的学问，提高自己的分析判断能力，只有处处留心才行。

# 180. 熟能生巧

宋朝的时候有个人叫陈尧咨，他善于射箭，同时代的人没有谁能比得过他，他因此很骄傲，把自己比作古代神箭手养由基。

有一天，他在自己的花园里练射箭时，有个卖油的老头走过来。只见那老头放下油桶，站在篱笆墙外看热闹。陈尧咨看见有人观看更来劲了。

他摆好靶子，搭箭上弦，叉开步拉满弓，只听"嗖"的一声，箭不偏不斜正中靶心。陈尧咨心想：老头，今天就叫你开开眼，看个够。

于是他一连射出十几箭，只有一两箭未中，其余全是正中靶心。陈尧咨抑制不住自己内心的喜悦，他举起弓跳跃着，在庆祝自己的胜利。

他本以为卖油老头看了一定会拍手叫好，可是抬头看时，只见老头捋着胡须在微笑，表现出不十分赞许的样子。

陈尧咨很是纳闷儿，走上前问卖油的老头："你懂得射箭吗？看你的表情，好像我的射箭技术还有什么地方不精吗？"

卖油的老头说："我不懂射箭技术，不过这也没什么了不起，只不过手熟罢了，我看你的手法练得还不够熟。"

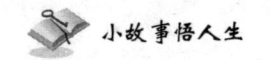

陈尧咨听了这话后非常生气,说:"当今世界上没有谁的箭法可以跟我比,你怎么敢轻视我的射技呢?"

卖油老头看见陈尧咨发怒,便解释说:"我不会射箭,我只会卖油。就拿我倒油的技巧来说明你射箭的道理吧。"

老头拿出一个油葫芦放在地上,又取出一个带孔的铜钱放在葫芦嘴上,然后用勺舀起油往葫芦里倒。一勺一勺把葫芦都灌满了,油从铜钱眼里通过,铜钱上却没有沾上一滴油。

陈尧咨看了之后,拍手叫好。

卖油老头又笑笑说:"我觉得这没什么了不起,只不过我一年四季练得手熟罢了,并不值得骄傲,这与古时庄子'庖丁解牛'和'轮扁斫轮'的道理没什么两样。"

陈尧咨听了卖油老头的话,看了他倒油的技术,觉得非常惭愧。

**感 悟**

无论做什么事情,熟能生巧,时间一长就觉得很简单,不能有一点成绩就沾沾自喜。

## 181. 确 认

小梅和小芹都是大学本科毕业生,她们被同一家电厂招聘,分到同一个班组成为检修工。

前段时间,班组需要竞聘一名技术员。按照规定,竞聘分为考试成绩、民主评议和领导考评。从考试成绩看,小梅的成绩要好于小芹,但小梅的民主评议和领导考评都不如小芹,最后,总的成绩小芹要高于小梅,小梅无奈地落选了。

我很不解,找到了他们的车间主任,他给我说:"小梅和小芹都很优秀,小梅比较刻苦,但小芹情商要比小梅高。"我瞪着眼睛看着他。他接着说:"现在我们做个试验你看好吗?"

他把小梅和小芹叫来说:"现有两份文件要打印,你们每人打印一份,我有点事,要出去一趟。"

车间主任拉着我走了。15分钟后,他打开微信说:"看,小芹发来微信了。"我俩共同看了微信的内容:"主任,您让我打的文件打好了,我又校对了一遍,没有问题,没敢给您打电话怕打扰您,现在文件已经装订好,放在您的办公桌上,你看还有什么要求?"

20分钟后,我俩回到办公室,看到办公桌上放了两份文件,很显然是小梅和小芹都将文件打完了。

此时,我已经知道小梅和小芹相比的差距了,明白了小芹的民主评议和领导考评比小梅高的原因。我对车间主任说:"小梅和小芹工作都很优秀,她们都是90后,我们不仅要带她们工作,更要在各方面像师傅一样好好教教她、点拨点拨她。"

第二天,我收到了小梅的微信,她非常感谢我。她说,这次竞聘失败,自己百思也找不到问题的原因,现在我终于知道自己欠缺什么。以前只是想到把事情做完就可以了,从没想到通过反馈确认来提高情商,那样能把事情做得更好。

**感悟**
做好事情仅仅是完成工作的第一步,反馈确认才能把事情做得更好。

# 182. 做事要有分寸

春秋时候的季孙氏,当了鲁国的宰相,孔子的弟子子路担任季孙氏的封地郈邑的长官。按照惯例,鲁国要征集百姓开凿长沟,进行水利建设。子路看到民工挖沟辛苦,且出门在外,吃饭不便,就拿自家的粮食熬成粥,摆在道边,邀请他们来吃。事情很快传到孔子那里,孔子就派另一个弟子子贡来找子路,把粥都倒掉,把盛饭的器具全部砸毁,并让人转告子路:"老百姓都是鲁君的百姓,你为什么要拿饭给他们吃?"

子路得到消息,勃然大怒。他撸起袖子,一路疾跑闯进孔子的书房,强压怒火,问道:"请教先生,我施行仁义,难道有错吗?"不等孔子回答。子路连珠炮似的把一肚子的不满都倒了出来:"我跟随先生多年,从先生这里学到的无非'仁义'二字而已。所谓仁义,就是有了财富,和天下人共同使用;有了好处,和天下人共同分享。现在,我拿自己家的粮食分给挖沟的民工吃,而先生却派人阻止,究竟是怎么回事?"孔子叹了口气,说:"子路啊子路,你怎么这么粗野呢?"子路一听,脸红了。慢慢地把袖子放了下来,火气也渐渐平息下来,但还是满脸的不服气。

"这个道理,我本来以为你已经懂得的。可你居然还远未懂得,是不是你本来就像这样不懂礼呢?"孔子接着说,"你拿粥给民工吃,这是爱他们。按礼的规定,天子普爱天下的人,诸侯爱本国的人,大夫爱他职务所管辖的人,士爱他的家人。所爱超出了礼所规定的范围,就是'越礼'。现在,民工都是鲁君的百姓,而你擅自去爱他们,这就是你'越礼'了,不也太糊涂了吗?"孔子的话还没说完,季孙氏已经派使者来指责他了:"我征集民工,让他们干活,先生却让弟子叫他们停止干活,拿饭给他们吃。先生难道打算争夺我的百姓吗?"孔子对子路说:"你看,我说的有道理吗?"

**感悟**

为人处世一定要把握分寸,做每一件事的时候,都尽量考虑别人的感受和可能引起的反应。

# 183. 管理经验

东汉初年,班超为西域都护使。他在漠北任职30多年,威震西域各国。在他任期内,西域各族不敢轻举妄动,因此汉朝西北部边疆及西域地区得以和平安宁。为此,朝廷封其为定远侯,可谓功成名就。

当班超年老力衰之后,以为自己已不能胜任此职,便上表辞职。皇帝念其劳苦功高,便批准了他的请求,让任尚接替他的职位。

为了办理交接手续,任尚拜访了班超,问道:"我要上任去了,请您教我一些统治西域的方法。"

班超打量一下任尚,答道:"看你的样子就是个急性子的人,做事可能一板一眼，所以我有几句话奉劝你：当水太清时，大鱼就没有地方躲藏，他们也就不敢住下来。同样，为政之道也不能太严厉、太挑剔，否则也不容易成功。对西域民族，不能太认真，做事要有弹性。大事化小，繁事化简才是。"

任尚听了，大不以为然。虽口头上表示赞成，内心却不服："我本以为班超是个伟大的人物，肯定有许多高招教我，却只说了无关痛痒、无足轻重的话，真令我失望。"

任尚把班超的教诲当作了耳旁风。他到达西域后，严刑峻法，一意孤行。结果没过多久，西域人便起兵闹事，该地就此失去了和平，又陷于激烈的刀兵状态。

**感悟**

人不可固执己见，不要看轻别人的经验。要多多参考前人的建议，这样可以少走许多弯路。

# 184. 学会做人

小李和小高都是公司新分配来的大学生，两人被分配到同一部门，做同样的工作，在工作能力和工作业绩上也不相上下，但两人在为人处世方面却有着很大的不同。

小李比较"直爽"，见到人要么直呼其名，要么小赵、老王的喊。有一次，小李的顶头上司张经理正在会议室接待客人，小李突然出现在门口，大声喊："老张，你的电话。"刚满35岁的张经理，竟被人喊老张，又是当着客人的面，而且喊自己的人还是自己的部下，自然心里很不舒服。

而小高就不同了，见到谁都毕恭毕敬的，小心翼翼地称张经理、马主任，没有职务的，就直接喊大哥大姐，年龄稍长的职工，他就叫师傅。

小李只有上班的时候才来公司，下班就走人，与公司里的人也没有过多的交往。小高就不同了，他下班以后，看有人没走就会留下来，与人家聊聊天，说说闲话。谁有什么困难，他就会尽力帮助。当然他也经常向别人

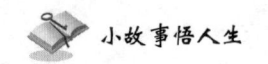

求助。

后来，张经理手下的一个副经理调到别的部门主持工作去了，公司决定采用公开竞聘的方式选拔新的副经理。小李和小高因为都是业务骨干，符合公司规定的竞聘条件，于是两人都报名参加竞聘。评委由公司中层以上干部和职工代表组成。竞聘的结果大家可能已经猜到了：小高以绝对的优势击败了小李，成为公司最年轻的中层干部。

**感悟**

学会做人，是做事的前提和根本。聪明的人应该考虑先做人、后做事。

## 185. 秘　诀

小张和小李大学毕业后，一同应聘到一家电厂从事运行工作。

运行工作就是每天通过监盘、巡检、操作等发现设备系统存在的问题，保证机组安全稳定发电。

小张和小李从事一样的工作，被分配到不同的班组。五年以后，小张经过多次竞聘，走上了值长的岗位，小李仍旧是一名巡检工。小李很不解，我们都是从事同样的工作，为什么我每次都竞聘不过他呢？我们都是从农村考上的大学生，也没听说他有什么关系啊！

小李终于鼓起了勇气，带着满腹的不满走进了主任的办公室。主任说："每次竞聘都采用的是闭卷考试，公开竞聘，他每次考试都考得比你好，他工作很细心，平时基本听不见他发牢骚。在班里大家对他的工作都很认可。你可以去看看他的考试卷，你还应多从自身找找原因。"小李听到主任对小张的评价，想想自己这些年上班工作，下班回家后大部分时间都用在网络游戏中了。难道小张工作中有什么秘诀吗？

他来到小张家中，发现他正在书桌边写着什么？小李说："哎呀，现在是网络时代，谁还写字啊，我几乎把字都忘光了。"小李向小张请教成功的秘诀。小张打开柜子，露出几十本日记本，小张说："秘诀就在这里。"小李瞪大眼睛看着小张，拿出一本日记本，发现里面密密麻麻的记满了现场的专业知识。同时工作日记记录着每天的工作,如某某师傅告诉他巡检给水泵的注意事项、汽轮机启动的方法、阀门的操作事项等。同时还有许多教训,如今天工作中有哪些不足,下次工作应注意的事项,今后与人交往中应注意哪些等。小张说:"这就是我的秘诀,我下班后就开始写工作日记,把师傅们的教导记录在册,尤其是对工作、学习、为人处事进行反思和总结。我这个人脑子笨,所以下班后,把别人用在看电视、玩网络游戏的时间用在学习、总结和反思上了。"

回去的路上,小李感觉路很漫长,他想起曾子的一句话:"吾日三省吾身。"小李暗暗发誓:与小张相比,自己落后了,但好在自己还年轻,现在学习反思总结还不晚。自己一定要奋起直追,不能让大好时光白白流失,这样才不会因为虚度年华而悔恨,也不会因为碌碌无为而羞愧。

**感悟**

我们都还年轻,工作、学习、生活中应勤学习、多思考、多总结,这样才不会因为虚度年华而悔恨,也不会因为碌碌无为而羞愧。

# 186. 千里马失足

他是知名大学的毕业生,以优异的成绩考入一家省级机关。他胸中豪情万丈,一心只想鹏程万里。不料上班后才发现,每日无非是些琐碎事务,既不需要多大智力,也看不出什么成果,心便渐渐地冷了下来。

一次单位开年会,部门同仁彻夜准备文件,分配给他的工作是装订和封套。处长再三叮嘱:"一定要做好准备工作,别到时弄得措手不及。"他听了更是不快,心想:初中生也会的事,还用得着这样嘱咐。他根本没理会。同事们忙忙碌碌,他也懒得帮忙,只在旁边看报纸。

文件终于交到他手里。他开始一件件装订,没想到只订了十几份,订书机"咔"的一响,书钉用完了。他漫不经心地抽开订书钉的纸盒,脑中"轰"的一声——里面是空的。他立刻发动所有人翻箱倒柜,不知怎的,平时满眼皆是的小东西,现在竟连一根也找不到。那时已是深夜11

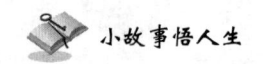

点半，文件必须在次日早上 8 点大会召开之前发到代表们手中。处长咆哮道："不是叫你做好准备的吗？连这点小事也做不好？"他低头无言以对，脸上像挨了一巴掌。

几经周折，他在凌晨 4 点找到一家通宵服务的商务中心，终于赶在第二天开会之前，将整齐的文件发到代表们手中。没人知道，他已经彻夜未眠。事后，他灰头土脸地等着训斥，没想到平时严厉得不近人情的处长，却只说了一句话："记住，工作面前，人人平等。"他对他的朋友说，那是他一生受用不尽的一句话，让他深刻地领悟到：用十分的准备迎接三分的工作并非浪费，而以三分的态度来面对十分的工作，将带来不可逆转的恶果。

最后，他还不无感慨地总结道："千里马失足，往往不是在崇山峻岭中，而是在柔软的青草地上。"

**感悟**

及时纠正自己偏执的想法，把恶果扼杀在萌芽状态。

## 187. 沈从文第一次登上讲台

1928 年，沈从文被中国公学校长胡适正式聘为讲师。在他第一次登上讲台的时候，除了原班的学生之外，还有很多慕名而来听课的人。面对台下座无虚席渴盼知识的学子，这位大作家竟然紧张得一句话也说不出来，一时呆站在那里好长时间都不知道说什么才好，原先准备好要讲授的内容，也被他三下五除二地几分钟讲完了。

离下课时间还早，大家自然纳闷：这离下课时间还早呢，剩下的时间怎么办？很有自知之明的沈从文，没有天南海北地信口开河来硬撑"面子"，他却老老实实地拿起粉笔在黑板上写道："今天是我第一次上课，人很多，我害怕了。"这句老实可爱的"心里话"刚刚写完，就爆发出一阵善意的笑声，继而是一片掌声。

胡适深知沈从文的学识、潜力和为人，在听说这次讲课的经过后，不仅没有批评，反而高兴地说："沈从文的第一次上课成功了。"

沈从文在第一次的失败中能坦诚对待，以真诚化解了失败的尴尬，之后不声不响地做自己的工作，讲课终于能挥洒自如。1928年以后，沈从文曾经先后在上海、武汉、青岛、北京等地的大学任教。

**感悟**

一句坦诚的"心里话"先带来笑声，后带来掌声，最后带来了自己所希望的"成功"。

## 188. 鲁庙里的怪酒壶

孔子带着他的弟子瞻仰鲁桓公宗庙，在案桌上发现了一只形状古怪的酒壶。

孔子问守庙人："这是什么酒器？"守庙人回答："是君王放在这里为铭志用的酒壶。""啊，我知道它的用处了！"孔子回头对弟子们说："快取清水来，灌进这只壶里。"

弟子舀来一大瓢清水，徐徐注入酒壶，大家都屏声静气地看着。只见水注入不多时，壶身开始倾斜了；接着当水达到壶腰时，酒壶却又重新立得端端正正的；再继续灌，水刚满到壶口，酒壶就砰的一声翻倒在地。大家都莫名其妙，一起抬头看孔子。

孔子拍手叹道："对啊，世上哪有满而不覆的事物啊！"

子路问："老师，请问这个酒壶虚则倾，中则正，满则覆，其中可有道理？"

"当然有。"孔子对大家说，"做人的道理也同这只酒壶一样，聪明博学，要看到自己愚笨无知的一面；功高盖世，要懂得谦虚礼让；勇敢英武，要当作还很怯弱；富庶强盛，要注意勤俭节约。人们常说的不偏不倚，截长补短，也就是这个道理。"

**感悟**

人生如壶装水：过于自满，容易翻倒；过于自卑，容易倾斜；平和谦虚，稳当居正。

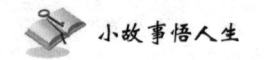

## 189. 不可替代的女孩

一位成功学家曾聘用一名年轻女孩当助手，替她拆阅、分类信件，薪水与相关的工作人员相同。

有一天，这位成功学家口述了一句格言，要求她用打字机记录下来："请记住，你唯一的限制就是你自己脑海中所设立的那个限制。"

她将打好的文件交给老板，并且有所感悟地说："您的格言令我大受启发，对我的人生很有价值。"

这件事并未引起成功学家的注意，但是在女孩的心目中却烙上了深刻的印象。从那天起她开始在晚饭后回到办公室继续工作，不计报酬地干一些并非自己分内的工作，譬如，替成功学家给读者回信件。

她认真研究成功学家的语言风格，以至于这些回信和成功学家的一样好，有时甚至更好。她一直坚持这样做，并不在意成功学家是否注意到自己的努力。终于有一天，成功学家的秘书因故离职，在挑选合适人选时，成功学家自然而然地想到了这个女孩。

在没有得到这个职位之前就已经身在其职了，这正是女孩获得这个职位最重要的原因。当下班的铃声响起之后，她依然坐在自己的位置上，在没有任何报酬承诺的情况下，依然刻苦训练，最终使自己有资格接受这个职位。

这位年轻的女孩能力如此优秀，引起了更多人的关注，其他公司纷纷提供更好的职位邀请她加盟。为了挽留她，成功学家多次提高她的薪水，与最初当一名普通速记员时相比已经高出了4倍。

**感悟**

使自己变得不可替代，不断提升自我价值，很快就会出现快速升值的发展空间……

八　适者生存

## 190. 多想几步

　　李立和王平差不多同时受雇于一家超级市场，开始时大家都一样，从最底层干起。可不久李立受到总经理的青睐，一再被提升，从领班直到部门经理。王平却像被人遗忘了一般，还在最底层工作。终于有一天王平忍无可忍，向总经理提出辞职，并痛斥总经理用人不公平。总经理耐心地听着，他了解这个小伙子，工作肯吃苦，但似乎缺少了点什么，缺什么呢？

　　他忽然有了个主意。"王平先生，"总经理说："请你马上到集市上去，看看今天有什么卖的。"王平很快从集市回来说："刚才集市上只有一个农民拉了一车土豆卖。""一车大约有多少袋，多少斤？"总经理问。王平又跑去，回来说有10袋。"价格多少？"王平再次跑到集上。总经理望着跑得气喘吁吁的他说："请休息一会吧，你可以看看李立是怎么做的。"

　　说完叫来李立对他说："李立先生，请你马上到集市上去，看看今天有什么卖的。"李立很快从集市回来了，汇报说到现在为止只有一个农民在卖土豆，有10袋，价格适中，质量很好，还带回几个让经理看。这个农民过一会儿还将弄几筐西红柿上市，据他看价格还公道，可以进一些货。这种价格的西红柿总经理可能会要，所以他不仅带回了几个西红柿做样品，而且还把那个农民也带来了，他现在正在外面等回话呢！

　　总经理看了一眼红了脸的王平，说："请他进来……"

　　李立由于比王平多想了几步，于是在工作上取得了成功。

**感悟**

人要善于观察、学习、思考和总结，埋头拉车还需抬头看路。

## 191. 工作就是修行

　　有一位地方官常去听王阳明的心学讲座，每次都听得津津有味，偶尔会呈

191

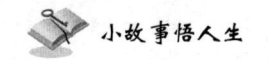

恍然大悟之态，眉飞色舞。月余后，他却深表遗憾："您讲得真精彩，可是我不能每天都来听，身为官员，好多政事缠身，不能抽出太多时间来修行啊！"

王阳明接口道："我什么时候让你放弃工作来修行？"

该官员吃了一惊："难道在工作中也可以修行？"

"工作就是修行！"王阳明斩钉截铁地回道。

"我愚昧得很，"该官员既迷惑又惊奇，"难道您让我一边工作一边温习您的学说？"

王阳明说："心学不是悬空的，只有把它和实践相结合，才是它最好的归宿。我常说要在做事上磨炼就是如此。你要断案，就从断案这件事上学习心学。

例如，当你判案时，要有一颗无善无恶的心，不能因为对方的无礼而恼怒；不能因为对方言语婉转而高兴；不能因为厌恶对方的请托而存心整治他；不能因为同情对方的哀求而屈意宽容他；不能因为自己的事务烦冗而随意草率结案。如果抛开事物去修行，反而处处落空，得不到心学的真谛。"

该官员恍然大悟，心灵满载而归。

**感悟**

心学只有和实践相结合，才是它最好的归宿。

## 192. 两人一心

越国人甲父史和公石师各有所长。甲父史善于计谋，但处事很不果断；公石师处事果断，却少有心计，常犯疏忽大意的错误。因为这两个人交情很好，所以他们经常取长补短，合谋共事。他们虽然是两个人，但好像是一个心。这两个人无论一起去干什么，总是一帆风顺。

后来，他们在一些小事上发生了冲突，吵完架后就各奔东西了。当他们各自行事的时候，都在自己的政务中屡屡犯错。

一个叫密须奋的人对此深感惋惜。他劝诫两人说："你们听说过海里的水母没有？它没有眼睛，靠虾来带路，而虾则分享着水母的食物。这二者互相依存、缺一不可。

恐怕你们还没有见过双方不能分开的另一寓言故事,那就是传说有一种二头鸟。这种鸟有两个头共长在一个身子上,但是彼此争斗,互不相容。两个鸟头饥饿的时候互相啄咬,其中的一个睡着了,另一个就往它嘴里塞毒草。如果睡梦中的鸟头咽下了毒草,两个鸟头就会一起死去。它们谁也不能从中得到好处。

下面我再举一个寓言故事。传说有一种肩并肩长在一起的'比肩人'。他们轮流着吃喝、交替着看东西,死一个则全死,二者同样是密不可分。现在你们两人与这种'比肩人'非常相似。你们和'比肩人'的区别仅仅在于'比肩人'是通过形体,而你们是通过事业联系在一起的。既然你们独自处事时连连失败,为什么还不言归于好呢?"

甲父史和公石师听了密须奋的劝解,对视着会意地说:"要不是密须奋这番道理讲得好,我们还会单枪匹马受更多的挫折。这是何苦呢!"于是,两人言归于好,重新在一起合作共事。

**感悟**

要想获得事业上的成功,同事之间要相互学习,取长补短,密切配合。朋友之间只有相互宽容体谅,才能更好地合作,达到共赢。

## 193. 只借1美元

美国华尔街某大银行。

一位提着豪华公文包的老人来到贷款部前,大模大样地坐了下来。

"请问先生,您有什么事情需要我们效劳吗?"贷款部经理一边小心地询问,一边打量着来人的穿着:名贵的西服、高档的皮鞋、昂贵的手表,还有镶着宝石的领带夹子……"我想借点钱。""完全可以,您想借多少呢?""1美元。""只借1美元?"贷款部的经理惊愕了。"我只需要1美元,可以吗?""当然,只要有担保,借多少我们都可以照办。""好吧。"老人从豪华公文包里取出一大堆股票、国债、债券等放在桌上,"这些做担保可以吗?"贷款部经理清点了一下说:"先生,总共50万美元,做担保足够了,不过先生,您真的只借1美元吗?""是的。"老人面无表情地说。"好吧,到那边办手续吧,年息为6%,只要您付6%的利息,一年后归还,我们就把这些做担保的股票和证券还给您……""谢谢……"富豪办完手续,准备离去。一直在一边冷眼旁观的银行行长怎么也弄不明白,一个拥有50万美元的富豪,怎么会跑到银行来借1美元?他从后面追了上去,有些窘迫地说:"对不起,先生,可以问您一个问题吗?""你想问什么?""我是这家银行的行长,我实在弄不懂,您拥有50万美元的家当,为什么只借1美元呢?要是您想借40万美元的话,我们也很乐意为您服务的……""好吧,既然你如此热情,我不妨把实情告诉你。我到这儿来,是想办一件事情,可是随身携带这些票券很碍事,我问过几家金库,要租他们的保险箱,租金都很昂贵,我知道银行的保安很好,所以嘛,就将这些东西以担保的形式寄存在贵行了,由你们替我保管,我还有什么不放心呢!况且利息很便宜,存1年不过6美分……"

**感 悟**

当你陷于困境的泥潭中不能自拔,不妨尝试另一种方法。

## 194. 博士找工作

有一位计算机博士,毕业后找工作时接连碰壁,许多公司都将这位博士拒之门外。这样高的学历,这样吃香的专业,为什么找不到一份工作呢?

万般无奈之下,这位博士决定换一种方式试试。

他收起了所有的学位证明,以一种最低身份去求职,不久便被一家电脑公司录用,做一名最基层的程序录入员。这是一份稍有学历的人都不愿干的工作,而这位博士却干得兢兢业业、一丝不苟。没过多久,上司就发现了他的出众才华,他居然能够看出程序中的错误。这时他亮出自己的学士证明。于是,老板给他安排了一个与本科毕业生对口的工作。过了一段时间,老板发现他在新的岗位上游刃有余,还能提出很多有价值的建议,这时博士才亮出了自己的硕士身份,老板又提升了他。

有了前两次的经验，老板也比较注意观察他，发现他还是比硕士有水平，对专业知识的广度和深度都非常人所比。这时他才亮出博士学位证明，并叙述自己这样做的原因。老板恍然大悟，因为对他的学识、能力及敬业精神早已全面掌握，毫不犹豫地重用了他。

**感悟**

智慧是宝石，如果用谦虚镶边，就会更加灿烂夺目。

## 195. 刘邦的过人之处

虽然先前经历了数不清的惨败，但是垓下一战扭转了战局，刘邦终于取得了决定性的胜利，打败了项羽，建立了大汉王朝。

为了庆贺胜利，刘邦大摆宴席，宴请群臣。酒酣耳热之际，刘邦向众人问道："请问各位，我们如何能得天下，而项羽又如何失去天下？"有的大臣恭维地说："陛下获天时、占地利，有上苍保佑，有百姓扶持，想不胜都难呀！"刘邦听了笑而不语。这时又有大臣补充道："陛下更有人和，有功必赏，有过则罚，赏罚分明，故而众志成城，齐心协力，夺取天下。而项羽却嫉妒有才能的人，谁有本事就怀疑谁，打了胜仗也不记功，得到了土地也不记功，因此，他才会失败。"刘邦稍微点了点头，示意继续讨论。于是众人你一言我一语发表各自的见解，但多是吹捧刘邦的盖世雄才、智谋过人等拍马屁的话。

刘邦最后端起酒与众臣子饮了一杯。然后，他感慨地说："你们的话也对也不对，所谓对者，只知其一，所谓不对则不知其二啊！"此时席间一片寂静，众臣都侧耳细听刘邦的自我评价。"朕一介草民，起事时仅区区一驿亭亭长，斩白蛇、举义旗、屡屡挫折，多次濒临危亡，但终图大业，获取天下，立朝建国，正是由于我尚有自知之明，并不过分相信自己的才能和运气。要知道，论出谋划策、运筹帷幄、决胜千里之外，我比不上张良；论治国安民、筹措粮草，我比不上萧何；论指挥军队，统兵作战，攻必克、战必胜，我比不上韩信。我之所以能统一天下，并不是我有什么超人的本领，更不是有什么神灵保佑,只不过是我看到了自己的不足,借用了别人的长处来弥补自己的不足,处处礼待像张良、萧何、韩信这般能人,信任他们,充分发挥他们的才能,所以才得到天下。而项羽却相反,他认为自己了不起,看不见别人的才能,其实他手下也有许多有才能的人,但由于他容不得人,有的跑到我这里来了,有的销声匿迹了,连范增这样有本事的人他都不予重用,所以最后就失去了天下。"

众臣听了刘邦的话,都惭愧地低下了头。

**感悟**

如果一个有着大志向的人想成功的话,那么奋斗的第一步就是要培养自己的自知之明,因为它是你认识残酷现实的前提。

## 196. 一万美元酬金

20世纪初,美国福特公司正处于高速发展时期,一个个车间、一座座厂房迅速建成并投入使用。客户的订单快把福特公司销售处的办公室塞满了。每一辆刚刚下线的福特汽车都有许多人等着购买。

这时,福特公司一台电机出了问题,几乎整个车间都不能运转了,相关的生产工作也被迫停了下来。公司调来大批检修工人反复检查,又请了许多专家来察看,可怎么也找不到问题出在哪儿,更谈不上维修了。福特公司的领导真是火冒三丈,别说停一天,就是停一分钟,对福特来讲也是巨大的经济损失。

这时有人提议去请著名的物理学家、电机专家斯坦门茨帮助,大家一听有理,急忙派专人把斯坦门茨请来。斯坦门茨要了一张席子铺在电机旁,聚精会神地听了3天,然后又要了梯子,爬上爬下忙了多时,最后在电机的一个部位用粉笔画了一道线,写下了"这里的线圈多绕了16圈"。人们照办了,令人惊异的是,故障竟然排除了!生产立刻恢复了!

福特公司经理问斯坦门茨要多少酬金,斯坦门茨说:"不多,只需要1万美元。"

1万美元? 就只简简单单画了一条线! 当时福特公司最著名的薪酬口号就

是"月薪5美元",这在当时是很高的工资待遇,以至于全美国许许多多经验丰富的技术工人和优秀的工程师为了这5美元月薪从各地纷纷涌来。

1条线,1万美元,一个普通职员100多年的收入总和!斯坦门茨看大家迷惑不解,转身开出了账单:画一条线,1美元;知道在哪儿画线,9999美元。

公司经理福特看了之后,不仅照价付酬,还重金聘用斯坦门茨。斯坦门茨却向福特先生说,他不能离开那家小工厂,因为那家小工厂的老板在他最困难的时候帮助了他,一旦他离开,那家小工厂就要倒闭。

福特先生先是觉得遗憾,继而感慨不已。福特公司在美国是实力雄厚的大公司,人们都以能进福特公司为荣,而这个人却因为对人负责而舍弃这样的机会……

不久,福特先生做出了收购斯坦门茨所在的那家小工厂的决定。董事会的成员都觉得不可思议,这样一家小工厂何以会进入福特的视野呢?福特先生意味深长地说:"因为那里有斯坦门茨那样懂得感恩和有责任心的人!"

**感 悟**

成大事者必须以人为本。

## 197. 就这么简单

月末的财务部是最忙的,许多报表要赶出来,常常通宵达旦。科长是个女的,部下也全是女的。

科长到了这一天,会到花鸟市场买一大束鲜花,每张桌子放一束。告诉你,这束鲜花可以让报表提前完成一个小时,错误率下降百分之十。

这个故事是这位女科长告诉我的。

去上海某公司,正好下午3点。所有职员几乎同时起立,三三两两走出办公室,进入另一个装着落地窗户的休息室,里面有两位慈眉善目的阿姨,守着一个不锈钢橱柜,柜内有三明治、面包、咖啡、绿豆粥、红茶和冰激凌。每位员工取一份,找一个位置坐下来,看着落地窗前的街道、码

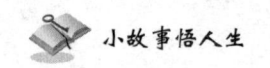

头,还有浦东高耸云端的建筑森林,他们的表情轻松而愉快,这不像是工作,更像是休闲。

这家公司只有31个人,但创造的财富每年是一个多亿。他们每个人都有私家车。

这些财富是怎样创造出来的?有许多原因,但我看了这3点左右开始的快乐工作餐,我就得出其中的原因了。

还有一个故事发生在一家工厂。一位技术员请了婚假,那天正好是技术员蜜月第六天,工厂里的一条生产线突然发生故障停了下来。检修人员花了半天的时间去检修,仍然没有找到故障所在,有人提议还是让技术员回来吧。

车间主任说:"瞎扯,人家正在度蜜月。"

检修人员于是再查,一直查到午夜,故障部位才被找到。那位技术员后来听说此事,感动极了。

这位车间主任后来成为这家工厂的总经理,而那位技术员则成为总工程师,许多公司想出巨资"挖"走他,都被他婉言拒绝了。

管理是个极为复杂的过程,但有时管理就是那样的简单。

**感悟**

优秀的管理者不会让员工觉得他在管人。

## 198. 年久失修的女神像

美国德州有座很大的女神像,因为年久失修,当地州政府决定将它推倒,只保留其他建筑。这座女神像历史悠久,许多人都很喜欢,常来参观、照相。推倒后,广场上留下了几百吨的废料:有碎渣、废钢筋、朽木块、烂水泥……既不能就地焚化,也不能挖坑深埋,只能装运到很远的垃圾场去。200多吨废料,如果每辆卡车装4吨,就需50辆次,还要请装运工、清理工……至少得花2.5万美元。没有人为了2.5万美元的劳务费而愿意揽下这份苦差事。

## 八 适者生存

斯塔克却独具慧眼，竟然在众人避之唯恐不及的情况下，大胆地将差事揽在自己头上。因为在他看来，这些"废物"才真正是无价之宝。他来到市政有关部门，说愿意承担这件苦差事。他说，政府不必花费2.5万美元，只需拿2万美元给他就行了。他可以完全按要求处理好这批垃圾。

合同当时就签下来了，斯塔克还得到一个书面保证：不管他如何处理这批废物垃圾，政府都不干涉，不能因为看到有什么获利而来插手。

斯塔克请人将大块废料破成小块，进行分类：把废铜皮改铸成纪念币，将废铅做成纪念尺，将水泥做成小石碑，把神像帽子弄成很好看的小块，标明这是神像的著名桂冠的某部分，把神像的嘴唇分成的小块，标明是她那可爱的嘴唇……装在一个个十分精美而又便宜的小盒子里。甚至朽木、泥土也用红绸垫上，装在玲珑透明的盒子里。

更为绝妙的是他雇了一批军人，将广场上这些废物围起来，引来了许多好奇的人的围观。大家都盯着大木牌上写的字："过几天这里将有一件奇妙的事情发生。"

是什么奇妙事？谁也不知道。

有一天晚上，因士兵松懈，有一个人悄悄溜进去偷制成的纪念品，被抓住了。这件事立即传开，于是报纸电台纷纷报道，大肆渲染，立即就传遍了全美。斯塔克神秘的举动引起了人们极大的好奇。

这时，斯塔克就开始推出他的计划。他在盒子上写了一句伤感的话："美丽的女神已经去了，我只留下她这一块纪念物。我永远爱她。"

斯塔克将这些纪念品出售，小的1美元一个，中等的2.5美元，大的10美元左右。卖得最贵的是女神的嘴唇、桂冠、眼睛、戒指等，150美元一个，都很快被抢购一空。

斯塔克的做法在全美形成了一股极其伤感的"女神像风潮"，他从一堆废弃泥块中净赚了12.5万美元。

**感悟**

在大多数人都否定的事物上动脑筋，独具慧眼，见人所未见，便可能取得意外的成功。

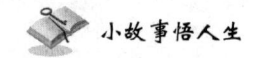

## 199. 绝妙的创新思维

几名装修工在帮助客户装修房子时遇到了一个问题：要把新电线穿过一个 10 米长、直径只有 25 毫米的管道。管道砌在墙壁的砖石里，转了 4 个弯。要把电线装好，就必须毁坏墙壁，不仅花费不小，房子的主人也不情愿。

大家思考了很久，却依然想不出不毁坏墙壁就让电线穿过去的办法。

突然，一个员工想到了一个点子。大家一听，连连称妙。根据这个点子进行操作，果然很快就把问题解决了。

解决这一难题的主角，竟然是两只小白鼠！

他们到一个商店买来两只小白鼠，一只公一只母，然后把一根线绑在公鼠身上并把它放到管子的一端。

另一名工作人员则把那只母鼠放到管子的另一端，逗它"吱吱"地叫。公鼠听到母鼠的叫声，便沿着管子跑去救它。公鼠沿着管子跑，身后的那根线也被拖着跑。电线拴在线上，小公鼠就拉着线和电线跑过了整个管道。

这是一个比较简单的运用创新思维的案例，点子虽简单，却可以解决大问题，这就是创新思维的魅力所在。

**感悟**

"不怕做不到，就怕想不到。"思路决定出路。在竞争激烈的社会中，要想取得一番成就，就必须具有创新思维。

## 200. 一颗爱人之心

有位孤独的老人，无儿无女，又体弱多病，他决定搬到养老院去。于是，老人宣布出售他漂亮的住宅，购买者闻讯蜂拥而至。住宅底价 30 万，但人们很快就将它炒到 60 万。虽然价钱还在不断攀升，老人却深陷在沙发里，满目忧郁,不是迫不得已他是舍不得出售这栋陪他度过大半生的住宅的。

一个衣着朴素的青年来到老人眼前,弯下腰,低声说:"先生,我也好想买这栋住宅,可我只有13万。可是,如果您把住宅卖给我,我保证会让您依旧生活在这里,和我一起喝茶、读报、散步,天天都快快乐乐的——相信我,我会用整颗心来照顾您!"

老人笑了,最后把住宅以13万的价钱卖给了这个青年。

**感悟**

完成梦想,有时只需要你拥有一颗爱人之心。

## 201. 高明的求职策略

在京城有一家非常有名的中外合资公司,前往求职的人多得可谓摩肩接踵,但其用人条件极为苛刻,有幸被录用的人比例很小。

那年,从某名牌高校毕业的他,非常渴望进入该公司。于是,他给公司总经理寄去一封短信。很快他就被录用了,原来打动该公司老总的不是他的学历,而是他那特别的求职条件——请求公司随便给他安排一份工作,无论多苦多累,他只拿做同样工作的其他员工5/6的薪水,但保证工作做得比别人还要优秀。

进入公司后,他果然干得很出色,公司主动提出给他满薪,他却始终坚持最初的承诺,比做同样工作的员工少拿1/6的薪水。

后来,因受所隶属集团经营决策失误的影响,公司要裁减部分员工,很多员工无奈地失业了,他非但没有下岗,反而被提升为部门经理。这时,他仍主动提出少拿1/6的薪水,但工作依然兢兢业业,成为公司业绩最突出的部门经理。

后来,公司准备给他升职,并明确表示不会让他再少拿部分薪水,还允诺给他相当诱人的奖金。面对如此优厚的待遇,他没有受宠若惊,反而出人意料地提交了辞呈,转而加盟了各方面条件均很一般的另一家公司。

很快,他就凭着自己非凡的经营才干,赢得了新加盟公司上下一致的信

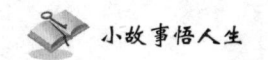

赖，被推选为公司总经理，当之无愧地拿到了一份远远高于那家合资公司给的报酬。

当有人追问他当年为何坚持少拿 1/6 的薪水时，他微笑着说道："其实我并没有少拿一分的薪水，我只不过是先付了一点儿学费而已。我今天的成功，很大程度上取决于在那家公司里学到的经验。"

**感悟**

放长线才能钓大鱼。为日后更大的收获，果断地舍弃眼前的一些小利，的确不失为一条智慧的成功之路。

# 202.成功源于细节

在一次招聘会上，某外企人事经理说，他们本想招一个有丰富工作经验的资深会计人员，结果却破例招了一位刚毕业的女大学生，让他们改变主意的起因只是一个小小的细节：这个学生当场拿出了两块钱。

人事经理说，当时，女大学生因为没有工作经验，在面试一关即遭到了拒绝，但她并没有气馁，一再坚持。她对主考官说："请再给我一次机会，让我参加完面试。"主考官拗不过她就答应了她的要求。结果，她通过了笔试，由人事经理亲自面试。

人事经理对她颇有好感，因她的笔试成绩最好，不过，女孩的话让经理有些失望。她说自己没工作过，唯一的经验是在学校学生会掌管过财务。找一个没有工作经验的人做财务不是他们的预期，经理说："今天就到这里吧，如有消息我会打电话通知你。"女孩从座位上站起来，向经理点点头，从口袋里掏出两块钱双手递给经理："不管是否录用，请您给我打个电话。"

经理从未见过这种情况，问："你怎么知道我不给没有录用的人打电话？""您刚才说有消息就打，那言下之意就是没录取就不打了。"

经理对这个女孩产生了浓厚的兴趣，问："如果你没被录用，我打电话，你想知道些什么呢？""请告诉我，在什么地方我不能达到你们的要求，在哪方面不够好，我好改进。""那两块钱……"女孩微笑道："给没有被录用的人打电话不属于公司的正常开支，所以由我付电话费请您一定打。"经理也笑了："请你把两块钱收回，我不会打电话了。我现在就通知你，你被录用了。"

记者问："仅凭两块钱就招了一个没有经验的人，是不是太感情用事了？"经理说："不是，这些面试细节反映了她已具备了财务人员应有的良好素质和人品，人品和素质有时比资历和经验更为重要。第一，她一开始便被拒绝，但却一再争取，说明她有坚毅的品格。财务是十分繁杂的工作，没有足够的耐心和毅力是不可能做好的；第二，她能坦言自己没有工作经验，显示了一种诚信，这对搞财务工作尤为重要；第三，即使不被录取，也希望能得到别人的评价，说明她有直面不足的勇气和敢于承担责任的上进心。员工不可能把每项工作都做得很完美，我们接受失误，却不能接受员工自满不前；第四，女孩自掏电话费，反映出她公私分明的好品德，这更是财务人员不可或缺的。"

**感悟**

从一滴水可以看出太阳的光芒，从一个人的细微行动可以看出一个人的性格，因此要从小事做起，从点滴做起。

## 203. 一个马掌钉

理查三世和亨利准备最后决战，胜者将做英国国王。战斗开始的前一天早上，理查派马夫准备好自己最喜欢的战马。"赶快给它钉掌，国王希望骑它打头阵。"马夫对铁匠说。"你得等等，前几天给所有的战马钉掌，铁片没有了。""我赶时间，来不及了。"马夫不耐烦地叫道。铁匠埋头干活，从一根铁条上弄下四个马掌，把它们砸平、整形，固定在马蹄上，然后开始钉钉子。打了三个掌后，他发现没有钉子来钉第四个掌了。

"我需要点时间做两个钉子。"他说。"我说没有时间了。"马夫急切地说。"我能把马掌钉上，但是不能像其他几个那样牢固。""能不能挂住？"马夫问。"应该能，但我没把握。"铁匠回答。"好吧，就这样，快点，国王会怪罪的。"

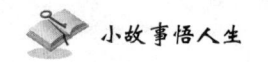

马夫叫道。

两军交锋,理查国王冲锋陷阵,鞭策士兵迎战敌人。突然,一只马掌钉掉了,战马跌倒在地。受惊的马跳起来逃走,国王的士兵也纷纷转身撤退,亨利的军队包围上来。理查绝望地向空中挥舞着他的宝剑,大声道:"马,一匹马,我的国家颠覆就因为这一匹马。"

**感悟**

凡事都要懂得防微杜渐,避免"蝴蝶效应"。

## 204. 扁鹊治病

扁鹊的医术学自长桑君。扁鹊年轻时曾在贵族家里当管家,有个叫长桑君的客人到客馆来,扁鹊对他很恭敬。通过长期观察,长桑君见扁鹊品德、资质很好,于是便把医术尽数传给了他。然后,扁鹊开始了行医生涯。

公元前357年,扁鹊到了齐国都城——山东临淄县。齐桓侯田午派人招待他。扁鹊见桓侯的脸色不好,便说:"大王有病在肌肤,不治将会加重。"桓侯答道:"我没病。"扁鹊离开后,桓侯就对左右的人说:"医生都好利,想要以治无病的人作为自己的功劳。"过了五天,扁鹊见桓侯又说:"大王有病在血脉里,不治恐怕将加重。"桓侯仍然说:"我没病。"扁鹊告辞后,桓侯感到很不高兴。过了几天,再看见桓侯时,扁鹊又郑重地说:"大王有病在肠胃间,不治恐怕将加重。"桓侯很不愉快,没有理睬。又过了几天,扁鹊复见桓侯。看见桓侯的脸色,吃惊地溜走了。桓侯便派人追问原因,他说:"病在肌肤,热敷可以治好;病在血脉,针灸可以治到;病在肠胃,酒醪可以治到;病在骨髓,就是阎王来了也无可奈何了。如今大王的病在骨髓,臣因此不再请求给大王治病了。"不久,齐桓侯果然发病,派人去请扁鹊治疗,可是扁鹊已到秦国去了。齐桓侯终因病重死了。

**感悟**

讳疾忌医的结果必然是小病慢慢发展成大病,再到"不可救药"。

## 205. 电梯里的凳子

小区里，有很多骑电瓶车上下班的住户。平时，一些电瓶车车主图方便，常把电瓶车推进电梯带上楼，可这么一来，一到上下班高峰时，电梯里就挤得不成样子，也存在安全隐患。

一些住户实在看不惯，就向小区物业公司投诉。物业接到举报后，也曾劝说那些电瓶车主，可有些人非但不理，还无理取闹，说每个人都有使用电梯的自由，问题没有得到解决。

几天后，住户们坐电梯时发现，电梯正对门的那面墙上加装了一排长凳，凳子并不宽，也就30多厘米，但这样一来，电瓶车就无法推进电梯了。而且，上下楼的住户累了还可以坐在凳子上歇歇脚。同时，困扰物业很长时间的老大难问题也得到彻底解决。

**感悟**

与其找人理论，将问题矛盾化，不如多想想怎么解决。多用一点智慧，可以少费一些口舌。

## 206. 一幅牡丹图

中国有一位著名的国画家俞仲林，他擅长画牡丹。有一次，某人慕名买了一幅他亲手绘的牡丹。回去以后，很高兴地挂在客厅。

此人的一位朋友看到了，大呼不吉利，因为这张牡丹图缺了一边，岂不是寓意"富贵不全"吗？

此人一看大为吃惊，认为牡丹缺了一边总是不妥，拿回去让俞仲林重画一幅。俞仲林听了他的理由，灵机一动，告诉这位买主：牡丹代表富贵，所以缺了一边，不就是"富贵无边"吗？

那人听了俞仲林的解释，高高兴兴地捧着画回去了。

**感悟**

同样一件事情，因看问题的角度不一样，就会产生不同的结果。让我们凡事多往好处想，少生烦恼，多些喜乐、平安。

# 207 集控室搬家

输煤集控室布置在空压机室上方，需要一个人在控制室远程操作设备。

上级公司要求，集控室必须保持随时有人值班，并且用工业视频远程监视各厂的值班情况。

输煤集控室一个人值班，他也需要吃饭、上厕所等，8小时很难保证随时都在集控室内，有几次因上厕所等原因集控室无人还被公司批评过。解决这个问题最好的办法是增设一名值班员，但输煤值班需要24小时连续作业，每个班增设一人就需要增加4人。

为此，公司召开了研讨会。在会上，有人提出能否与上级公司请示，值班员在不上煤时可以短暂离开；有人提出输煤值班员有事离开时，让制样人员临时替他一会……

与上级公司沟通，上级公司答复，集控室必须保持随时值班，即使输煤皮带停运，也需要监视皮带等设备情况，监视粉尘是否有自燃等情况。看起来集控室必须时刻有人值班是必要的。让制样人员替一会儿，这是一个办法，但制样人员也有自己的职责，且制样室和集控室相距约300多米，总是跑来跑去，尤其是冬季零下三四十度的天气，确实很不方便……

这时，有人提出，是否可以考虑将输煤集控室搬家，和环保控制室合并。这时，会场一下沉默了……将集控室搬家，大胆设想。

事后经过分析，环保控制室24小时均有人值班，任何时候至少有3人值班，如果合并，就减少了一个工作地点，即使输煤值班员有事短时离开，也可以让环保班长等人替一下，保证集控室24小时均有人值班。从经济角度分析，将输煤集控室的摄像头、操作员站等搬家，改造投资约30万元左右，如果增加4名值班员，每年的工资增加额也不止30万元……

**感悟**

思路决定出路，有时看是不可能的事，如果仔细分析，也许就有很好的解决方案……

## 208. 曲突徙薪

有位客人到某人家里做客，看见主人家的灶上烟囱是直的，旁边又有很多木材。客人告诉主人说，烟囱要改曲，木材须移走，否则将来可能会有火灾，主人听了没有做任何表示。

不久主人家里果然失火，四周的邻居赶紧跑来救火，最后火被扑灭了，于是主人烹羊宰牛，宴请四邻，以酬谢他们救火的功劳，但并没有请当初建议他将木材移走，烟囱改曲的人。

有人对主人说："如果当初听了那位先生的话，今天也不用准备宴席，而且没有火灾的损失，现在论功行赏，原先给你建议的人没有被感恩，而救火的人却是座上客，真是很奇怪的事啊！"主人顿时省悟，赶紧去邀请当初给予建议的那个客人来吃酒。

**感悟**

预防重于治疗，能防患于未然，胜于治乱于已成之后。

## 209.《读者文摘》的来历

人，就该拥有好奇心！

有一天，美国第16任总统林肯来到华盛顿的大街上，微服私访。忽然，他看到在一家名为《智慧》的杂志社门前围了一大群人，不知道在干什么。他耐不住好奇，马上凑了过去。结果发现，在华丽的墙壁上竟钻了一个小洞，洞旁写着几个醒目的大字：不许向里看！但好奇心还是驱使人们争先恐后地向里观望。林肯也顺着小洞向里看，原来里面是用五彩缤纷的霓虹灯组成的《智慧》杂志的广告。林肯大笑起来。他觉得这家杂志的广告很有创意，于是吩咐秘书为他订了一份。《智慧》杂志果然很独特，不论内容、版式、装帧、封面设计，还是印刷质量都称得上一流。

　　林肯总是抽时间阅读。一天，林肯处理完当天的公务，又拿起一份新到的《智慧》杂志翻阅。翻着翻着，他突然发现，在这份杂志中间有几页没有被裁开。林肯顿时很扫兴，顺手就将杂志放到了一边。晚上，林肯躺在床上，不经意想起杂志的事情，心想这本杂志既然是一本风靡各地的杂志，在管理方面应该是十分严格的，怎么会出现管理方面的问题呢？由此又联想到杂志社曾在墙壁上钻小洞做广告的事，难道这回又有什么新花样？他翻身下床，找到这本杂志小心翼翼地用小刀裁开了书的连页。裁开之后，发现连页中的一节内容被纸糊住了。林肯想，被糊住的地方大概是印错了。但印错的内容又是什么呢？好奇心驱使林肯又用小刀一点点地撬起了糊着的纸。最后，他发现下面竟写着这样几行字：恭喜您！您用您的好奇心和接受新事物的能力获得了本刊1万美元的奖金，请将杂志退还本刊，我们将负责调换并给您寄去奖金。——《智慧》编辑部。

　　林肯对编辑部这种启发读者智慧和好奇心的做法极其欣赏，便提笔写了一封信，并附上自己的一些建议。不久，林肯便接到了新调换的杂志和编辑部的一封回信：总统先生，在我们这次故意印错的300本杂志中，只有8个人从中获得了奖金，绝大多数人则只是采取了将杂志寄回杂志社重新调换的做法，看来您的确是真正的智者，根据您来信的建议，我们决定将杂志改名。

　　这本改名后的杂志，就是至今风靡世界的《读者文摘》。

**感悟**

　　人，应该有好奇心。好奇心是科学之母，是科学工作者产生无穷的毅力和耐心的源泉。

# 九　幸福快乐

人生一世，幸福是什么？对于幸福，不同环境里的人感受都会不一样，但心灵快乐与平静才会真正产生幸福。

小故事悟人生

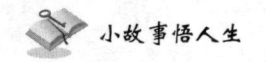

## 210. 寻找幸福

一位国王总觉得自己不幸福,就派人寻找一个感觉幸福的人,然后将他的外套带回来。

寻找幸福的人碰到人就问:"你幸福吗?"回答总是说:"不幸福,我没有钱。""不幸福,我没有亲人。""不幸福,我得不到爱情。"……就在他们不再抱任何希望时,从一个阳光照耀的山岗上传来悠扬的歌声,歌声中充满了快乐。他们随着歌声找到了那个"幸福人",只见他躺在山坡上,沐浴在金色的暖阳下。

"你感觉幸福吗?"

"是的,我感觉很幸福。"

"你的所有愿望都能实现吗?你从来不为明天发愁吗?"

"是的。你看,阳光暖极了,风儿和煦极了,我肚子又不饿,口又不渴,天这么蓝,地这么阔,我躺在这里,除了你们,没有人打搅我,我有什么不幸福的呢?"

"你真是个幸福的人。请将你的外套送给我们的国王,国王会重赏你的。"

"外套是什么东西?我从来没有见过……"

**感 悟**

对于幸福,不同环境里的人感受都会不一样,但心灵快乐才会产生幸福。

## 211. 打 赌

有对老夫妇过得很清贫。一天,他们想把家里唯一值点钱的马牵到市场上换些有用的东西。老头到了市场,先用马换了头母牛,又用母牛换了只羊,再用羊换了只肥鹅，又用肥鹅换了只母鸡，最后用母鸡换了一口袋烂苹果。

但每次交换，他都想给老伴一个惊喜。

在一家小酒店休息时，老头遇上了两个外国人，闲聊中谈起了他赶集的经过，两个外国人听后哈哈大笑，说老婆子非要骂死他。老头说绝对不会，外国人就用一袋金币打赌，于是三人一起回到了老头家中。

见老头回来了，老妇人非常高兴，兴奋地听着老头讲赶集的经过。每听到老头将一种东西换成另一种东西时，她都充满了喜悦。嘴里不时地说："哦，我们有牛奶了。"

"羊奶也不错。"

"哦，鹅毛多漂亮！"

"母鸡可以生很多蛋！"

最后老头子说换了一袋烂苹果时，她仍高兴地说："我们今晚就能吃苹果馅饼了。"

结果，外国人输掉了一袋金币。

**感悟**

老妇人之所以总是充满了惊喜，因为她懂得知足常乐，总能乐观地安慰自己，时时保持愉快的心情。

# 212. 双重损失

一位疲惫的诗人去旅行，出发没多久，他就隐约听到路边的树林里传来一阵悠扬的歌声。那是一个快乐男人的声音，他的歌声实在美极了，像秋日晴空一样明朗，如夏日的泉水一样甘甜。任何人听到这样的歌声，都会马上被感染。

诗人驻足聆听。一会儿，歌声停了下来，一个面带笑容的男人走了出来。诗人从来没有见过一个人笑得这样灿烂。他想，大概只有从来没有经历过任何艰难困苦的人，才会笑得这样灿烂，这样纯洁。

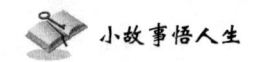

诗人迫不及待地上前打招呼："你好，先生，从你的笑容可以看出，你是一个与生俱来的乐天派，你的生命一尘不染，你既没有遭受过风霜的侵袭，更没有受到过失败的打击，烦恼和忧愁也没有叩过你的家门……"

男人听到这话非常诧异，他轻轻摇了摇头："不，尊敬的先生，您错了，其实就在今天早晨，我还丢了一匹马呢，那是我唯一的一匹马。"

诗人不解地问道："你连最心爱的马都丢了，还唱得出来？"

那个快乐的男人坚定地回答："我当然要唱了，我已经失去了一匹好马，如果再失去一份好心情，我岂不是要蒙受双重的损失吗？再说，林子里美丽的风景让人陶醉，鸟叫虫鸣如此动听，这些让我感受到无比的快乐。"

**感悟**

人生有阳光也有风雨，一个人要想赢得人生，就不能总把目光停留在消极的事情上，那样只会让人沮丧，蒙受双重或多重的损失，徒增苦恼。

# 213. 快乐的秘密

一次，我去杭州旅游，西湖边人山人海，我碰到了多年前的一位老同学。她看起来年轻极了，没有了几年前总是皱着眉头的愁苦模样，站在我的面前谈笑风生。看到她的变化，我大吃一惊，于是问她是什么赶走了她脸上的愁云，让整个人看起来青春焕发，我问她："是不是有什么别的事情发生呢？"

老同学笑了笑说："也没有什么特别的事情，经过五年前的那件事，让我看明白了人生的幸福在于自己的态度，你认为自己幸福时，你一定会很幸福；你要认为自己不幸时，你就真的会很不幸。所以，我现在不去想那些不开心的事情，只想想得意的事，然后提醒自己其实很幸福。"

"只想想得意的事，然后提醒自己其实很幸福。"这句话说得真好。

我知道五年前她经营一家房地产公司，两年后以失败的结果告终，并欠下了亲戚朋友一大笔钱。那时的她长吁短叹，整天愁容不展，也忽略了对丈夫、儿子的照顾，一家人没有任何欢声笑语。

我的老同学接着说:"有一天我低着头走在大街上,忽然看到一个用脚写字的女孩。那是大冬天,我们穿着厚厚的衣服都觉得冷,她却光着脚在地板上一笔一画地写字,我停下来观看,才发现她没有双手,双腿也是畸形,只能靠一块绑着滑轮的木板'走路'。她的字写得非常好,是很工整的行书。在那一刹那,我突然感到我是一个多么幸福的人,至少我还有健康的身体,还有可爱的儿子,还有值得我去倾心照顾的家,难道我不应该为此感到幸福吗?从那以后,我就自己振奋起来,碰到任何事情,我都提醒自己很幸福,去思考那些能让自己得意的事情。所有的一切都有了转机,我重新开始了一份工作,丈夫和儿子都很好,这就是我快乐的秘密。"

**感 悟**

当我们一无所有时,应该提醒自己:我很幸福,因为我还有健康的身体。即使我不再拥有健康的身体,我还有一颗健康的心。

## 214. 快乐的距离

一个农民,一直想去一次上海。40多年前,北京到上海的火车票要30多元,这笔钱需要在田地里劳作一年,他舍不得去。

30年后,他老了,依靠打零工每年有800元的结余,而北京到上海的硬座车票涨到了200元,他又舍不得去。

去年,他突然觉得身体不适,到医院检查确诊是癌症晚期。家人借钱给他治病。

他说:"别给我治病了,那些钱让我去一次上海行吗?"

家人同意了。于是大家凑了2000元,并让人陪着他。临行前,他又不愿意去了,他说:"2000多元,我打零工需要3年时间啊!"

过了一年,他死了。弥留之际,他喃喃自语:"怪了,都这么多年了,上海好像越来越远了。"

我听这个故事的时候,心里十分酸涩,问乡人那个人是谁,乡人说那老

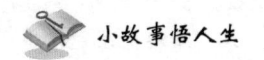

人是他的父亲。北京离上海仍然是那样的距离,如果从火车的速度来看,不是远了,反而近了。那位老人为上海梦追逐了半辈子,但上海仍在遥不可及的远方。

**感悟**

快乐,它永远在前方,我们要珍惜当下。

## 215. 父子骑驴

从前,有对父子赶着一头驴进城。路人笑话他们说:"真笨,为什么不骑驴进城呢?"于是父亲让儿子骑上了驴。走了不长时间,又有人说:"不孝的儿子,居然让父亲走路,自己骑驴。"父亲赶紧让儿子下来,自己骑着驴。又走一会儿,有人说:"这个父亲真狠心,居然让孩子走路,也不怕孩子累着。"父亲连忙让儿子也骑上驴,心想这回总算满足所有的人了。但又有人说:"两人都骑驴,还不把驴压死啊!"于是父子俩又下来,绑起驴的四条腿,用棍子抬着驴走。他们经过一座桥时,驴挣扎了一下,掉到河里淹死了。

**感悟**

做任何事情不可能让所有的人都满意,因为每个人的看法不一样。为人处世只要胸怀坦荡,无愧于心,就不必总在意别人的说法。

## 216. 罗斯福家被盗

没想到世界上有如此大胆的贼,竟然把美国总统富兰克林·罗斯福的家给洗劫了!

听说这一消息后,罗斯福的一个朋友赶紧写信去询问和安慰他,信中写道:"亲爱的总统先生,听说您的家被洗劫了,我甚为担心。上帝可真是不公平,他怎么能够让您这么伟大的人物遭此不幸呢!不管您丢了什么东西,我都希望您能以身体和精神为重,别为此过多分心,以免影响健康。祝您开心。"

罗斯福先生读完这封信,立即提笔回信道:"亲爱的朋友,谢谢您来信安慰我。我现在很心安,无论身体情况还是精神状况都很好,所以您完全没有必要为我担心。上帝真是太公平了,因为以下三个理由,我由衷地感谢上帝:第一,贼只是偷去了我的财物,而没有伤害我的身体;第二,贼偷去的只是我的部分财物,而不是全部;第三,这最后一点也是我感觉最值得庆幸的一点,做贼的是他而不是我!"

**感悟**

做人要有豁达的态度,把一切都看成"没什么",才能在危难中从容自如。

## 217. 脱去烦恼　带来欢乐

一个下班匆匆赶回家的女人,像往常一样急忙钻进电梯。

电梯空无一人,当她抬头看见镜子中自己的时候,不由得吓了一大跳。

一张困倦、灰暗的脸,一双紧锁的眉,下垂的嘴角以及烦恼、死鱼般的眼睛……

她深深感到恐惧:这是我吗?我什么时候变成这个样子了?当孩子、先生面对我这样愁苦阴沉的面孔时,会有什么感觉?假使我自己面对的也是这样的面孔又是什么反应呢?接着她想到孩子在餐桌上的沉默、先生的冷淡……

她顿时吓出一身冷汗,当晚找到丈夫长谈,第二天写了一块木牌挂在门上提醒自己。木牌上面写着:进门前,请脱去烦恼;回家后,必带来欢乐。

结果,奇迹出现了,她的家里从此变得温馨和睦,这块木牌提醒的不只是她一个人而是全家人,甚至连来访的亲友也都变得欢欢喜喜。

**感悟**

"进门前,请脱去烦恼;回家后,必带来欢乐。"快乐和烦恼的情绪是会感染的,如果每个人都把快乐带回家,那么家里自然是充满着欢声笑语。

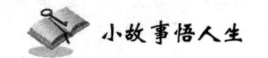

## 218. 不抱怨的人

周姐是一个豁达的人，每天唇角呈45度角上扬，仿佛一不小心就笑出了声。

我问她："你就没有烦恼吗？"

她说："有啊，记得孩子刚刚上学那阵子，每天清晨手忙脚乱，几乎天天迟到。心里烦，到公司第一件事就是和同事抱怨生活的诸多不顺，回家后又抱怨老公懒，抱怨孩子不省心，家里时常充满火药味。

有一次抱怨后，不小心在卫生间的镜子里发现一张怨妇的脸，吓了自己一跳。"

她决定改变，从不抱怨开始。第二天从清晨就不顺心，出门找不到喜欢的白色小开衫，胡乱抓了件外套下楼，公交车又迟迟不来，更倒霉的是天不作美，晴天下起了雨。还没到公司，就把不抱怨的誓言忘得一干二净。

当负面情绪入侵时，她觉得自己除了抱怨，什么事都做不了。胸中积压了一天的情绪，无法排遣，冲到楼下的健身房发泄一番，感觉身上好的荷尔蒙增多了，心情大好，她办了一张健身卡。大概太累，夜里居然睡了一个好觉。

未来几天中午，办公室里的几个同事习惯性凑在一起"吐槽"时，她忍住了，下班后继续健身。

在那里，许多的不顺，都远离了。

她说，我只想集中精力做好每个动作，期待也能像瑜伽老师一样将脚踝绕到脑袋后面去。

慢慢地，人不再消极，虽然进步只是一点点，却收获了身心轻快、神清气爽。

**感悟**

心里有光，不弃自我，终将不被生活辜负。

九　幸福快乐

## 219. 一位快乐的老人

有位电视节目主持人请了一位老人当节目的嘉宾。这位嘉宾的确是位少见的老人，他讲话的内容完全是毫无准备的，当然绝对没有预演过，他的话魅力四射，不管什么时候说什么话，听起来都特别贴切，毫不做作。观众都笑翻了，非常喜欢他。主持人显然对这位幸福快乐的老人印象极佳。

最后，主持人禁不住问这位老人为什么这么快乐："您一定有什么特别快乐的秘诀吧？"

"没有，"老人回答道，"我没有什么了不起的秘诀。我快乐的秘诀非常简单，每天当我起床的时候我有两个选择——快乐和不快乐。不管快乐与否，时间仍然不停地流逝，我当然会选择快乐，这就是快乐的秘诀。"

**感悟**

是谁决定你快乐或不快乐？不是现实，是你自己！只有你自己选择快乐，你才能快乐起来。

## 220. 乐观者

有人问乐观者："假如你一个朋友都没有，你还会高兴吗？"

"当然，我会高兴地想，幸亏我没有的是朋友，而不是我自己。"

"假如你正行走间，突然掉进一个泥坑，出来后你成了一个脏兮兮的泥人，你还会快乐吗？"

"当然，我会高兴地想，幸亏掉进的是泥坑，而不是无底洞。"

"假如你被人莫名其妙地打了一顿，你还会高兴吗？"

"当然，我会很高兴地想，幸亏只是被打了一顿，而没有被他们杀害。"

"假如你在拔牙时，医生错拔了你的好牙而留下了患牙，你还会高

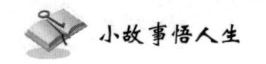

兴吗？"

"当然，我会高兴地想，幸亏他错拔的只是一颗牙，而不是我的内脏。"

"假如你正在打瞌睡时，忽然来了一个人，在你面前用极难听的嗓门歌唱，你还会高兴吗？"

"当然，我会高兴地想，幸亏在这里嚎叫的是一个人，而不是一匹狼。"

"假如你马上就会失去生命，你还会高兴吗？"

"当然，我会高兴地想，我终于高高兴兴地走完了人生之路，让我随着死神，高高兴兴去参加另一个宴会吧。"

**感悟**

痛苦往往是不请自来，而快乐和幸福往往需要人们去发现、寻找。只要你希望自己快乐，你就能得到快乐。

## 221. 别人的工资奖金

小张工作30年了，他过得很快乐，职位也从一名普通员工晋升到公司领导。

公司每次发完工资奖金后，大家总要讨论一番，尤其是年终奖。年终奖对大家来说不仅是一笔不小的数目，更是对自己一年工作的肯定。谁的工资奖金多了，谁的少了，为什么？也产生了很多的抱怨……每次谈到工资奖金时，小张总是默不作声，经常找机会开溜。

有一次，和小张聊天谈到工资奖金时，他说："我只知道自己工资奖金多少，别人的工资奖金我从来不问，也不知道。"我很诧异："你难道不想和他人比较一下吗？"他看看我说："我为什么要和他人比较呢？满足自己的虚荣心吗？早年，每次发完工资奖金后，我也会去打听别人的工资奖金，大家比较一番，即使相差几角钱，也要议论一番。如果我的比别人高，我心里高兴，别人心里不舒服，但我是不会把多出的钱分给别人的；如果别人比我高，别人也不会分给我一分钱，此时我心里不平衡，会在一段时间内影响自己的心情，甚至产生抱怨。后来，索性不去问这些，不知道、不对比别人的工资奖金，就没有烦恼。把这部分时间腾出来，去反思自己、丰富自己，多思考明天的学习、工作。一旦机遇来临，就想办法抓住机遇。因此，我心情很好，工作进步也很快，每天也很快乐！"

**感悟**

不要总去攀比，把攀比的时间腾出来，去反思自己、丰富自己。一旦机遇来临，就抓住机遇，取得事业的成功和收获生活的快乐。

# 222. 欣赏自己

父亲心情不好时，喜欢在阳台上摆弄他的几株花。我的心情不好时，则喜欢到阳台上欣赏父亲的花。父亲说，浇花、松土、除草是一种享受，我却认为赏花才是最好的感觉。

父亲的服务客户被人换了，换了一个大家都不愿意打交道的客户，他沮丧了好几天，闲时就到阳台上种花。我心疼父亲的身体，到阳台看他。父亲凝视着花盆里的一棵小草，一动不动。

"爸爸，为什么不把它拔了？"我问。

父亲说："它太嫩了，拔了可惜呀！"

我觉得好笑，一株草竟也可惜！却听父亲喃喃地说："它不值得我欣赏吗？"

"爸爸，你欣赏这草？"我惊诧。

父亲突然回过头来说："不，我欣赏我自己。"

"啊！"我不禁一愣，一向书生气十足的父亲，这句话竟有几分书生以外的严厉和坚定。

父亲忽然缓缓地说："我欣赏我自己，因为我和这草一样坚韧不屈。你看，这花盆里净是些用来固定花苗的瓦砾，这草竟硬从瓦砾间钻出。我也是这样，我的老客户被人换掉了，但我想证明自己的能力，我相信我会和这个

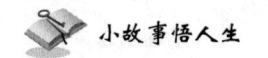

新客户相处好的,我也相信自己一定会有所成绩的。仅这一点,就值得自己欣赏。"

我震惊地望着父亲的目光。我相信父亲一定能在这次考验中成功。

父亲顿了一下,爱怜地问我:"孩子,你欣赏你自己吗?"

我又愣住了,这是何等高深的话题呀!父亲见我没回答,笑着对我说:"欣赏自己,就要发现自己的闪光点,要自信、要乐观。你是大人了,应该明白了。"

父亲的话很深沉,但我听得很入耳,我知道父亲用深深的父爱,浇铸着我的品格、性格和人格。

**感悟**

我们不能营造完美的自己,但是我们应该学会欣赏自己。人的一生,或许许多人值得欣赏,但最应该欣赏的还是自己。

## 223. 简单的财富论

在比利时某小镇上有一位五金店老板,他从事这一行已有20多年,生意一直很好。但他对会计业务不在行,不习惯用账本。他把支票放在棕色的大信封内,把钞票放在雪茄烟盒里,把到期的账单都插在票插上。

一天,他当会计的儿子来探望他说:"爸爸,我实在搞不清你是怎么记账的,你根本无法核算成本和利润,我替你设计一套现代化会计系统好吗?"

老头说:"不必了,孩子,我心里有数。我爸爸是个农民,他去世时,我名下的东西只有一条工装裤和一双鞋。后来我离开农村,跑到城里辛勤工作,终于有了这家五金店。今天我有一个妻子和三个孩子,你哥哥当了律师,你姐姐当了作家,你是个会计师。我和你妈妈住在一所挺不错的房子里,还有两部汽车。我是这家五金店的老板,而且不欠别人一分钱。"

老头停顿了一下,接着说:"我的会计方法很简单,把这一切加起来,扣除那条工装裤和那双鞋,剩下的都是利润。"

如此简单的财富论，如此豁达的心灵，想要不幸福都很难！

**感 悟**

每个人都有一套幸福论，幸福生活的标准并不是由财富决定的，真正具有发言权的是内心的感受。

## 224. 活在当下

有一位善于解答人生困惑问题的老师，身边聚集了许多慕名而来的弟子。这些弟子有什么问题都来问老师，老师总是说："要活在当下呀！"

但是，"活在当下"这一简单的答案，无法满足弟子们的要求，他们总是要求老师给一个更深奥和更详尽的解答。

这时候，老师就会面带难色地说："好吧，既然如此，等我查一查古代的圣贤是怎么说的，明天告诉你们，对于这么深奥的问题，他们一定有很好的答案。"

原来，老师有一本大书，记载了古代圣贤最重要的智慧，锁在书房最高的柜子里，由于这本书很珍贵，他严禁任何弟子靠近。

第二天，等老师翻过那本大书，弟子就会得到一个充满智慧的答案。可是，如果有了新的问题。老师又说："要活在当下呀！"

弟子们不满意的时候，老师会再一次翻阅大书，说出一个充满智慧的答案。

就这样年复一年地过去了。日子久了，弟子们开始对老师产生了怀疑："老师只懂得一句'活在当下'，这是任何人都知道的事呀！不像古代先贤，真的充满了智慧。"

一个弟子说："老师的智慧和我们没有什么差别，差别只是他有一部圣贤的书，如果拥有那本书，我们自己就可以当老师了。"

还有一个弟子说："这个老师真是太差劲了，我们是来自各地的精英，谁不知道活在当下呢？这句话还轮得到他说吗？我们想学的是历代圣贤的思

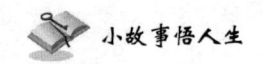

想呀！"

在背后议论老师久了，许多弟子都萌生了这样的想法："等到老师死了，我只要抢到那本圣贤书，就可以做老师的继承人，收很多的弟子，为别人解答生命的困惑。"

老师渐渐老了，终于要告别人间了，他并没有指定任何的继承人，也没有把圣贤书交给任何弟子，他只说了一句遗言："要活在当下呀！"就咽了最后一口气。

老师死后，弟子们不但没有哀伤，反而一拥而上，冲进书房夺取那锁在最高柜子里的圣贤之书。因为争抢太激烈，把书柜都打破了。他们把那本大书撕成了很多残篇，才发现那本书是空空的，一个字也没有。

只有书的封面上有老师的笔迹，写了四个大字"活在当下"。

**感悟**

人一生不应有太多的期望，把握当下才是生活的真谛。

## 225. 为什么总能遇到贵人

我有一位忘年交叫小何，是从 2014 年来公司认识的。

他 2011 年毕业，应聘到红花电厂，他来我厂开始是一名实习生，是一位长相帅气、为人真诚、厚道的小伙子。

他学习比较虚心，在班组实习各方面表现得比较优秀，得到师傅的好评。他爱打羽毛球，我们就是从打羽毛球认识的。

我喜欢羽毛球双打，我俩经常在一起配合，我反应比较迅速，喜欢打前场；他体力好，身高腿长，总是打后场。他很勤快，每次羽毛球落在我们半场，他总是跑着去捡球。

后来，他回到了红花电厂，在当地找了两名羽毛球教练，水平突飞猛进，代表电厂参加公司比赛取得冠军；代表公司参加全集团羽毛球比赛，取得了季军的好成绩。他当过红花电厂节目主持人；代表县里参加羽毛球比赛。和县里宣传部的一位姑娘结为伉俪……隔段时间，我总能听到他的好消息。

前段时间，他发微信，告诉我应聘到工会，成为一名工会干事，工会的大姐在工作中经常指导他，他成长也很快。

对于他的工作调动，我不感到惊讶。记得我们在一起的时候，他和我谈起将来的出路。我告诉他，在工作中要虚心学习、善于思考、主动工作。当时他还拿出笔把这几句话记在了本子上，记在了心中。

他问我一个问题，为什么无论他在哪里总能遇到贵人呢？

是啊，这个问题也让我陷入深深的思考。

感悟

人生最大的贵人，永远是自己。人与人之间应以诚相待，他虚心、好学、主动、反省，也许这就是小何总能遇到贵人的原因。

## 226. 佛在心境

佛印禅师与苏东坡是好朋友。有一次，两人正在打坐时，苏东坡忽然问佛印："佛印，你觉得我看起来像什么？"佛印回答说："我看居士像一尊佛。"接着，苏东坡又问佛印："那么，你知道我看你像什么吗？"佛印禅师回答说不知道。

苏东坡很高兴地说："哈哈！我看你像一堆牛粪。"佛印笑了笑，也不言语。苏东坡心里很得意，以为他这一回总算赢了佛印禅师。回家之后立刻就把这件事情的经过告诉了苏小妹。不料苏小妹兜头给苏东坡泼了一瓢冷水，语重心长地告诉他："其实，真正输的人是你啊！佛印禅师心中有佛，所以看你就像是一尊佛；而你心中只有牛粪，才会看佛印禅师像一堆牛粪！"苏东坡恍然大悟，非常懊悔，第二天就亲自登门向佛印禅师道歉。

感悟

有什么样的心境就会有什么样的言行。

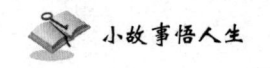

## 227. 我是小镇最富有的人

一位已过了耄耋之年的欧洲老人曾对来采访他的记者非常自豪地说："我是这个小镇上最富有的人。"

不久，这句话传到了镇上的税务稽查人员的耳朵里。稽查员的职业敏感促使他们在第一时间登门拜访这位老人，他们开门见山地问："我们听说，您自称是最富有的人，是吗？"那位老人毫不犹豫地点了点头："是的，我想是这样。"稽查员一听，便从公文包里拿出笔和登记簿，继续问道："既然如此，您能具体说一说您所拥有的财富吗？"

老人兴奋地说道："当然可以了，我最大的财富就是我健康的身体，你别看我已经90多岁了，但我能吃能走，还能做点力气活呢，我不用光临医院，就是在变相地省钱和赚钱。"稽查员有些吃惊，仍然耐心地问："那么您还有其他的财富吗？"

"当然，我还有位贤惠温柔的妻子。"老人说着一脸幸福，"我们生活在一起将近60年了。另外，我还有好几个很孝顺的子孙，他们都很健康，也很快乐，这也是我的财富。"

稽查员再次耐着性子继续问："还有吗？"

"我还是个堂堂正正的国民，享有宝贵的公民权，这也是个不容否认的财富。还有，我有一群好朋友，还有……"稽查员有点忍耐不住了，单刀直入地问："我们最想知道的是，你有没有银行存款、有价证券或者固定资产？"老人十分干脆地回答："这些完全没有。"稽查员又问："您确定没有吗？"老人诚恳地回答："我发誓，肯定没有。除了刚才我说的那些财富，其他我什么也没有。"

稽查员收起登记簿，肃然起敬地说："确实如您所言，您是我们这个镇上最富有的人。而且，您的财富谁也拿不走，甚至连政府也不能收取您的财产税。"

**感悟**

人们往往是这样,除了互相羡慕,还是互相羡慕,对自己拥有的幸福从来不珍惜。

## 228. 你患了月经不调症

在清朝有位八府巡按,患上了疑难杂症,虽看过很多医生都未见效。一天他因公坐船经过台儿庄,又犯起病来。地方官员推荐一位当地有名的老郎中为他治病。郎中诊脉后说:"你患了月经不调症。"巡按一听,顿时哈哈大笑,认为郎中是老糊涂了,医术根本谈不上高明,于是治病之事不了了之。此后,每当闲暇之余想起此事,他就忍不住捧腹大笑。奇怪的是,时间一长,他的病竟然不治而愈了。过了几年,巡按又经过台儿庄,想起那次荒唐的诊断,特意找来老郎中,想取笑一番。不料老郎中却说:"你患的病没有什么良药可治,所以我当时只好运用古籍中提到的喜乐疗法,故意说你得了月经不调之症,让你每天发笑,达到治病的目的……"

**感悟**

笑是治病的良方,笑不仅有益于身体健康,更有益于心理健康。

## 229. 让对手笑出声来

十多年前,一位旅行家到马来半岛旅游。半岛地处热带,森林葱郁,繁花似锦,五颜六色的奇异鸟类在空中鸣唱。海岸边,碧波起伏,沙滩如玉。岛上的土著居民一身阳光染就的健康肤色,从容而快乐。自然风光让旅行家如醉如痴,淳朴民风让他流连忘返。特别是偶然遇到的一场奇异的决斗场面,更让他眼界大开。

决斗是两名萨凯部落的男青年,几乎一样健壮,一样帅气。他们满脸严肃地走到决斗的地点，赤裸着上身，一副不是鱼死就是网破的神情。令旅行家大惑不解的是，决斗者的手中，既没有枪，也没有剑，而是一人握着一根孔雀翎。孔雀翎就是孔雀的尾羽，他们握住上端的羽梗，将下端圆圆的中间有一只美丽"眼睛"的尾部指向对方，找好适当距离站定。

决斗开始了，只见他们举起"武器"，把那美丽的"眼睛"触向对方赤裸的上身，而且专找那些最薄弱的地方，千方百计地给对方搔痒。随着时间的推移，两人的表情也发生着微妙的变化，由怒气冲冲变成了"忍俊不禁"，最后，一方终于难耐"折磨"，控制不住笑出声来，决斗即告结束。决斗的双方竟然怒气全消，互相拍拍肩膀，一前一后地离开了。

旅行家问导游："这是不是一场特别安排的表演？"导游肯定地答复说："绝对不是，这是萨凯部落的传统习俗，什么时候产生的不知道，但确实已流传了许多年。在这个部落里，一个人若以为受到了别人的污辱，便可以用决斗来泄愤。决斗的方式只有一种，就是你刚才看到的。决斗的时间没有限制，可以从早到晚，直到一方笑出声来，方告结束。先笑者为输家。笑过之后，冤家对头往往会握手言和。刚才的两个小伙是对情敌，为了一个姑娘互不相让，所以只好决斗。决斗后胜者高兴，输者也心悦诚服，因为世代相传的游戏早已化为自觉遵守的观念。这样的决斗，不仅使难题迎刃而解，而且双方身体都不会受到伤害，更不会造成流血。"

旅行家的心灵受到了强烈的震撼，但绝对没有想到，在这个近乎原始的地方，竟然存在着如此高超的生存智慧，如此充满艺术魅力的维护尊严的方式。这样的决斗，留给对手的即使是失败，也能笑出声来。

**感悟**

如此高超的生存智慧，如此充满艺术魅力的维护尊严的方式。世界冠军的美国拳手杰克，每次比赛前必先安静地祷告："祷告我们双方都能打得漂漂亮亮，最后让我们谁都不受伤。"

九　幸福快乐

## 230. 一只手的油漆匠

　　有位太太请了一个油漆匠到家里粉刷墙壁，油漆匠一走进门，看到这位太太的丈夫双目失明，不觉流露出怜悯的神色。但是男主人一向开朗乐观，油漆匠在那里工作的几天，和男主人谈得很投机。工作完毕，油漆匠取出账单，那位太太发现比他们原来谈妥的价钱要低很多。她问油漆匠"怎么少算这么多呢？"油漆匠回答说："我跟你先生在一起觉得很快乐，他对人生的态度，使我觉得自己的境况还不算最坏。减去的那一部分钱，算是我对他表示的一点谢意，因为他使我不会把工作看得太苦。"

　　油漆匠对她丈夫的推崇，使这位太太流下了眼泪。因为这位油漆匠自己也只有一只手。

**感悟**

　　虽然我们无法改变人生，但我们可以改变人生观；虽然我们无法改变环境，但我们可以改变心境。

## 231. 青年的财富

　　有一位青年总是抱怨自己时运不济发不了财，终日愁眉不展。

　　这天，他在无意中遇到一位须发皆白的老人。老人见他愁容满面，便问他："年轻人，你为什么这样不开心？"

　　"我不明白，为什么我总是这么穷。"年轻人说。

　　老人由衷地说："穷？你很富有啊！"

　　年轻人问道："富有？我怎么不知道，这从何说起？"

　　"假如今天砍掉你的一根手指头，给你1000元，你愿意吗？"老人没有回答，反问道。

227

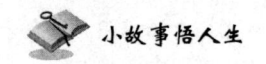

"不……"年轻人回答道。

"砍掉你一只手，给你1万元，你愿意吗？"老人继续问道。

"不愿意。"年轻人肯定地回答道。

"让你马上变成80岁的老人，给你100万元，你愿意吗？""不愿意！"

"让你马上死掉，给你1000万元，你愿意吗？""当然不愿意！"

"这就对了。你已经有超过1000万的财富了，为什么还哀叹自己贫穷呢？"老人微笑着说。

年轻人恍然大悟。

**感悟**

别老是叹息你很穷，只要你健康，只要你年轻，这就是财富，这就是本钱。

## 232. 单纯的喜悦

有一个小女孩每天都从家里走路到学校去上学。一天早上天气不太好，云层逐渐变厚，到了下午时风吹得更急，不久就开始闪电、打雷，接着下起了大雨。

小女孩的妈妈在家里很担心，她担心小女孩会被打雷吓着，甚至被雷击倒。雨下得越来越大，闪电像一把锐利的剑刺破天空，小女孩的妈妈赶紧开着车，沿着上学的路去找小女孩。

她看见小女儿一个人走在街上，却发现每次有闪电时，她都停下脚步，抬头往上看，并带着微笑。看了许久，妈妈终于忍不住叫住女儿，问她说："你在做什么啊？"

她说："上帝刚才帮我照相，所以我要笑啊！"

**感悟**

回归儿童纯真的天性，真好！

## 233. 乐观的爱迪生

1914年12月，大发明家托马斯·爱迪生的实验室在一场大火中化为灰烬。实验室是钢筋混凝土结构，按理说应该是防火的，所以事前只投了23.8万美元的保险，但这场事故却造成了200万美元的损失。那个晚上，爱迪生一生的成果都在大火中付之一炬了。

大火烧得最旺的时候，爱迪生的儿子查理斯在浓烟和废墟中找到了父亲。爱迪生并没有一点伤心的感觉，静静地看着火势。当他看到儿子时，大声对儿子说："查理斯，你的母亲哪儿去了？去，快去把她找来，她这辈子恐怕再也见不到这样壮观的场面了。"

第二天早上，爱迪生看着一片废墟说道："灾难自有灾难的价值，我们以前所有的谬误和过失都被大火烧得一干二净了。我们应该感谢上帝，这下我们又可以从头再来了。"

在那次大灾过后的三个星期，爱迪生就开始着手推出了他的第一部留声机。

**感悟**

灾难让人痛心的是他毁掉了物质方面的积累，但带来的却是新生力量的崛起。

## 234. 乐观不屈的霍金

霍金是一个懂得感恩生活和乐观不屈的人。

霍金从小就拥有对自然科学的强烈兴趣，在大学时代，他就意识到肯定会有一套能够解释宇宙万物的理论，并陶醉于对其的思索之中，把它当作了自己的信仰，并具有极强的使命感。

在他21岁得知自己患上了不治之症后，他也消沉过一段时间，极度失望时他做了一个梦,梦见自己努力去帮助一些人。医生当时预测他最多只能活两年,但两年过后情况并不是非常糟糕。后来他又想到了以前曾和自己一个病房的男孩,那个男孩第二天就死去了。他似乎明白了什么,他觉得自己还不算倒霉,不应该就这样放弃,自己17岁就考上剑桥大学,拥有异乎常人的头脑。

患病后,霍金为了家庭,为了自己的理想,果断地"站了起来",继续自己的研究。他在个人传记中谈道,他并不认为疾病对他有多大影响,他每天都陶醉在自己的世界之中,努力不去思考自己的疾病。同时,他又努力证明自己能够像常人那样生活!霍金在自己的生活中,只要能做到的事情绝不麻烦别人,他很憎恨别人把自己当作残疾人,他说:"一个人身体残疾了,决不能让精神也残疾。"

霍金的意志力是非常坚强的,同时他又是一个对生活很有主见的人。他对生活永远充满了乐观和幽默的态度。在他患病后,曾有6次非常近距离和死神交手,但他都顽强地活了下来。

一次霍金演讲结束后,一位女记者冲到演讲台前问道:"病魔已将您永远固定在轮椅上,你不认为命运让你失去太多了吗?"

大师的脸上充满了笑意,他用还能活动的3根手指,艰难地叩击键盘后,显示屏上出现了四句文字:

"我的手指还能活动,我的大脑还能思维,我有终生追求的理想,我有爱我和我爱的亲人和朋友。"

在回答完那个记者的提问后,他又艰难地打出了第五句话:"对了,我还有一颗感恩的心!"

现场顿时爆发出了雷鸣般的掌声。

的确,用霍金自己的话来说,活着就有希望,人永远不能绝望!比大海更广阔的是天空,比天空更广阔的是人的胸怀!即使病魔把霍金关在躯壳中,他也是无限空间之王。

**感 悟**

每个人都应该成为自己命运的主宰,拥有自己的梦想,并全力以赴为之奋斗!

九 幸福快乐

## 235. 健康的人生

有一次,美国商人巴步森乘飞机到以色列参加一项商务谈判,到达的那天刚好是周六。在美国,巴步森备受交通堵塞之苦,因而在看到这里街上汽车稀少、交通顺畅时,他感到很奇怪。"你们首都就这么多车吗?"他问他的犹太商人朋友文利。

文利解释道:"你可能不了解犹太人的习惯,我们从每一周的周五晚上开始,一直到周六的傍晚为止,是禁烟、禁酒、禁欲的时间,一切杂念都要抛开,一心一意地休息和向神祈祷。人们一般都待在家里,所以街上往来的汽车比平时少了很多。从周六的晚上起,才是我们真正的周末,我们可以尽情地享受。"

巴步森羡慕地说:"你们犹太人真懂得休息和享受。"

文利不无得意地说道:"因为我们明白只有健康的身体,才能享受快乐的人生。要想有健康的身体就必须吃好、睡好、玩好,健康是犹太商人最大的本钱。"

**感悟**

健康是人生中最大的财富,把握了健康,才可能拥有一切。

## 236. 快乐是一种能力

那是一家跨国公司策划总监的招聘会,应聘者云集,考核也异常严格。层层筛选后,最后只剩下三个佼佼者。

最后一次考核前,三个应聘者被分别封闭在一间被监控的房间内,房间内各种生活用品、家用电器一应俱全,但没有电话,不能上网,三人的手机也都被收走。考核方没有告知三个人具体要做什么,只是说,让他们耐心等待考

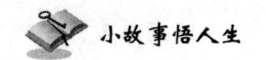

题的送达。

最初的一天，三个人都在略显兴奋中度过，看看书报，看看电视，听听音乐，只是在做饭的时候，因为都不太擅长，出现了一些小问题，但手忙脚乱中三个人还都快乐地把饭吃到了嘴里。

第二天，情况开始出现了不同。因为迟迟等不到考题，有人变得浮躁起来，有人不断地更换着电视频道，把书翻来翻去，甚至连吃饭也草草地应付了事。有人不停地在房间里走来走去，眉头紧锁，一脸凝重，夜里翻来覆去难以入眠……只有一个人，还跟随着电视情节快乐地笑着，津津有味地看书做饭吃饭，踏踏实实地睡觉……

5 天后，考核方终于将三个人请出了房间，那两个焦躁的应聘者已经形容枯槁，只有那个始终快乐着的应聘者还依然神采奕奕。就在三个应聘者凝神静气等待主考官出最后考题时，主考官说出了考核最终结果，那个能够坚持快乐地生活的人被聘用了。主考官对三个同样诧异的应聘者解释道："快乐是一种能力，能够在任何环境中都保持一颗快乐的心灵，就更可能走向成功！"

**感悟**

带着智慧出发的时候，也带上快乐；有了快乐，就已经成功一半了。

# 237. 小事儿

一对夫妻开车回家时，妻子不小心将车开上马路牙子导致翻车！两口子都受了伤，确定双方都只是皮肉伤无大碍后，丈夫提出和妻子合个影立此存照。因为他觉得和老婆一生经历的所有糗事都值得记录下来留作纪念……若换成有些平时日常生活中就"叽歪计较"的夫妻，也许这会儿已经互相埋怨，甚至吵闹得不可开交了……

其实，家庭内部、夫妻之间就该这样，遇事儿解决事儿，怨天尤人伤感情无意义。因为"一切都是最好的安排"！哪怕是生命终极的那一刻，也应笑着去面对。一个人无论官大官小、钱多钱少，活着的时间就3万多天！除了生死，其他都是"小事儿"！闯过难关，心态好一切都会好！

**感悟**

人生，除了生死，其他都是"小事儿"，都应该笑对生活。

# 238. 什么是气

古时有一妇人，特别喜欢为一些琐碎的小事生气。她也知道自己这样不好，便去求一位高僧为自己讲禅说道，开阔心胸。

高僧听了她的讲述，一言不发地把她领到一座禅房中，落锁而去，妇人气得跳脚大骂。骂了许久，高僧也不理会。妇人又开始哀求，高僧仍置之不理。妇人终于沉默了。高僧来到门外，问她："你还生气吗？"妇人说："我只为我自己生气，我怎么会到这地方来受这份罪。""连自己都不原谅的人，怎么能心如止水？"高僧拂袖而去。

过了一会，高僧又问她："还生气吗？""不生气了。"妇人说。"为什么？""气也没有办法呀！""你的气并未消失，还压在心里，爆发后将会更加强烈。"高僧又离开了。

高僧第三次来到门外，妇人告诉他："我不生气了，因为不值得气。""还知道值不值得，可见心中还有气根。"高僧笑道。

当高僧的身影迎着夕阳再次出现在门外时，妇人问高僧："大师，什么是气？"高僧将手中的茶水倾洒于地，缓缓地说："生气是用别人的过错来惩罚自己的蠢行。气如此茶，是别人吐出而你却接到口里的那种东西，你吞下便会反胃，你不看它时，它便就随风消散了。"妇人视之良久，顿悟，叩谢而去。

**感悟**

生气让我们本来快乐的心情变得沉闷，让本来阳光灿烂的日子变得充满了阴霾。我们总是用别人的错误来惩罚自己。

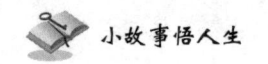

## 239. 钉　子

有一个坏脾气的男孩，他父亲给了他一袋钉子。并且告诉他，每当他发脾气的时候就钉一根钉子在后院的围栏上。第一天，这个男孩钉下了37根钉子。慢慢地，每天钉下的数量减少了，他发现控制自己的脾气要比钉下那些钉子容易。于是，有一天，这个男孩再也不会失去耐性，乱发脾气。他告诉父亲这件事情。父亲又说，现在开始每当他能控制自己脾气的时候，就拔出一根钉子。一天天过去了，最后男孩告诉父亲，他终于把所有钉子都拔出来了。父亲握着他的手，来到后院说："你做得很好，我的好孩子，但是看看那些围栏上的洞，这些围栏将永远不能恢复到从前的样子。你生气的时候说的话就像这些钉子一样留下疤痕。如果你拿刀子捅别人一刀，不管你说了多少次对不起，那个伤口将永远存在。话语的伤痛就像真实的伤痛一样令人无法承受。"

**感悟**

如果我们都能从自己做起，开始宽容地看待他人，相信你一定能收到许多意想不到的结果。

## 240. 费斯汀格法则

卡斯丁早上起床后洗漱时，随手将自己的高档手表放在洗漱台边，妻子怕被水淋湿了，就随手拿过去放在餐桌上。儿子起床后到餐桌上拿面包时，不小心将手表碰到地上摔坏了。

卡斯丁心疼手表，就把儿子揍了一顿。然后黑着脸骂了妻子一通。妻子不服气，说是怕水把手表打湿。卡斯丁说他的手表是防水的。

于是二人激烈地斗起嘴来。一气之下卡斯丁早餐也没有吃，直接开车去了公司，快到公司时突然想起忘了拿公文包，又立刻转回家。

可是家中没人，妻子上班去了，儿子上学去了，卡斯丁钥匙留在公文包里，他进不了门，只好打电话向妻子要钥匙。

妻子慌慌张张地往家赶时，撞翻了路边水果摊，摊主拉住她不让她走，要她赔偿，她不得不赔了一笔钱才摆脱。

待拿到公文包后，卡斯丁已迟到了15分钟，挨了上司一顿严厉批评。卡斯丁的心情坏到了极点。下班前又因一件小事，跟同事吵了一架。

妻子也因早退被扣除当月全勤奖，儿子这天参加棒球赛，原本夺冠有望，却因心情不好发挥不佳，第一局就被淘汰了。

在这个事例中，手表摔坏概率是其中的10%，后面一系列事情就是另外的90%。

德国哲学家叔本华说："针对别人的行为动怒，就和向一块横在我们前进路上的石头大发脾气同等的愚蠢。"

**感悟**

你控制不了前面的10%，但完全可以通过你的心态与行为决定剩余的90%，这就是著名的"费斯汀格法则"。

## 241. 爱地巴跑圈

在古老的西藏，有一个叫爱地巴的人。他一生气就跑回家去，然后绕自己的房子和土地跑三圈。后来，他的房子越来越大，土地也越来越多，而一生气时，他仍要绕着房子和土地跑三圈，哪怕累得气喘吁吁、汗流浃背。

孙子问："阿公，您生气时就绕着房子和土地跑，这里面有什么秘密吗？"

他对孙子说："年轻时，一和人吵架、争论、生气时，我就绕着自己的房子和土地跑三圈。我边跑边想——自己的房子这么小，土地这么少，哪有时间和精力去跟别人生气呢？一想到这里，我的气就消了，也就有了更多的时间和精力来工作和学习了。"

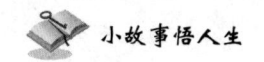

孙子又问:"阿公,那您成了富人后,为什么还要绕着房子和土地跑呢?"

爱地巴笑着说:"现在边跑我就边想——我房子这么大,土地这么多,又何必和人计较呢?一想到这里我的气也就消了……"

**感悟**

生气是拿别人的过失来惩罚自己。生活中需要做的事很多,哪有时间生气呢?

# 242. 每天只要赚到 600 元

有一个自以为非常成功的年轻人到巴厘岛旅游。某天,他一不小心眼镜镜片摔坏了。他只好中断行程,叫出租车回旅馆。在车上他问司机哪里可以修眼镜。司机说,附近没有眼镜行,只能到首府才能修复。他随口叹道:"这里太不方便了。"

司机很不以为然,笑着说:"这里的人很少近视,不会感到不方便。"又聊了一会,年轻人觉得这个司机谈吐不俗,便决定第二天包他一天的车,到首府修眼镜顺便看看沿途风光。

司机犹豫一下后答应了他的要求。第二天,他们早上 8 点出发,很快就到达了目的地,修好眼镜后,年轻人逛了一个上午觉得有点累,便想打道回府。但他想到司机也许为了接这笔生意,可能推掉了许多原有的计划,就不好意思开口。思想斗争了很久,他还是下定决心问:"对不起,司机先生,如果现在我想改成只包半天,不知会不会给你带来不便?"

没想到司机竟喜出望外地说:"一点都不会,昨天你要包一整天车,我还很犹豫,若不是和你聊得来,我是不会接受包整天车的。"

"为什么?"

他说:"我给自己设定了一个工作目标,每天只要赚到 600 元就收工,你用 1200 元包了一整天,差不多是我两天的工作量,我都没有自己的时间了!"

"那你可以今天赚够钱时，明天再休息呀！"年轻人觉得这才是最好的方法。

没想到司机却摇摇头说："这可不行，先是一整天再休息，然后就变成做一周、一个月再休息，然后可能又变成了做一整年再休息，最后可能就是做一辈子，终生不得休息了。"

年轻人听了觉得有点道理，又问，"那你们闲着时都干什么呢？时间那么多不会感到无聊吗？"

司机大笑："怎么可能呢？这里有那么多好玩的，怎么可能会无聊呢？巴厘岛每家都斗鸡，收工后，我就斗斗鸡，有时候我和孩子一起去放风筝，或去沙滩打打排球，游游泳都会让人觉得快乐惬意呀！"

年轻人这才恍然大悟，不禁重新审视起自己的生活。自己每天没日没夜地工作挣钱，而很少真正按自己的意愿去好好地享受生活。总想着等现在先赚钱，过些时候再享受，而实际上"明日复明日"，现实却是房子越换越大，越换越好，越换越贵，大到无力打扫，只好请佣人；贵到必须拼命，才能跟上房贷。于是，为了有更多时间工作，只好搬到公司里住，有家回不得。那处为之奋斗的大房子意义何在？而我们自己又成了什么？

**感悟**

在人生过程中，想想自己是否也是急急忙忙随波逐流呢？放慢一点脚步吧，多给自己一点时间做些真正让自己快乐的事。

# 243. 做　梦

皇上做了一个梦：山倒了，水干了，花谢了！他醒来后，把梦境告诉了皇后。皇后说："不好，山倒了江山不保，水干了民心散了，花谢了是好景不长！"

皇上一听，一病不起。

一位大臣听说这件事后，走到皇上身边说："皇上啊，这个梦真好啊！山倒了天下太平，水干了真龙现身，花谢了是果实要收获了！"皇上一听，大病痊愈。

**感 悟**

事情本无好坏，若你用消极悲观的心态看待它，往往会深陷在负面情绪里，惶惶不可终日。若你怀着阳光般的心态看待它，你观赏到的一定是好风景，感觉到的一定是花香满径！

# 十　宁静致远

诸葛亮的《诫子书》云:"非淡泊无以明志,非宁静无以致远。"人生道路曲折不平,不如意事常八九,面对困难,面对坎坷,需处顺境不张狂,陷困境不沮丧,遇险境不惶恐,遭逆境不扫兴,这样才能活出人生的宁静。

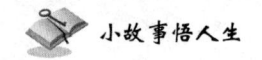

## 244. 心灵的宁静

年轻时，我和许多人一样，曾着手把一切自认为的人生美事、人生渴望，列成一张明细表，其中包括了健康、英俊、爱情、智慧、才能、权势、名誉、财富……

清单完成后，我十分得意地把它交给一位聪明睿智的长者过目，他是我当时的良师，也是我精神上的典范。

现在回想起来，或许是为了向他炫耀我的才华及梦想吧！当时我把表单递给他，自信地说："这是我生命中最大美事的总和，若都能拥有，我就拥有最幸福的人生了。"

那位老人的眼睛深处闪过一股谐趣的光芒，他告诉我：这张清单棒极了。接着又若有所思地指出：内容搜集得很齐全，顺序也安排得很合理。可是，年轻人，你似乎略掉了最重要的一项。如果你忘掉了这一项，那所得的种种，就都会成为可怕的痛苦。

哪一项没有列进去呢？我问。他拿起一支红笔，在表单上写了几个字"心灵的宁静"。

他说：这是命运之神保留给她特别眷顾的人的礼物。她赐给很多人才能、财富、名誉和美丽。可是，只有心灵的宁静，是她的最后奖赏，也是她至爱的表征，所以她颁赐的对象也最为审慎。

我当时迷惑不解。许多年来，我仍不停地追逐着这些梦想，却发觉自己始终得不到我想要的充实和快乐。

如今，我终于理解了老人的话：唯有能获得心灵的宁静，才能拥有真正的生命，也才能不再为烦恼所扰。

**感悟**

宁静是一种悟性。天地间真滋味，唯静者能尝出；人世间真玄机，唯静

十　宁静致远

者能看透。宁静的心情使喜怒哀乐如清风般淡淡远去，使名利得失如浮云般慢慢消失。

## 245. 净化心灵方可宁静

从前有一位虔诚的女信徒，她每天都从家中带一些鲜花到寺院供佛。

这天，当她把鲜花送到佛殿时，正遇到智宏禅师。智宏禅师非常欣慰地说："你每天都这么虔诚送花供佛，来世当得庄严美貌福报。"

信徒非常高兴地说道："我非常愿意这样做。我每次送花献佛时，就自觉心灵像清泉洗涤过一般清凉，但回到家中，却又乱如丝麻了。作为家庭主妇，怎样在喧嚣的尘世中保持一颗清净纯洁的心呢？"

智宏禅师反问她道："你常以鲜花献佛，想必你一定知道如何使花朵保持新鲜吧？"

信徒答道："是的，保持花朵新鲜的方法，莫过于每天换水，并且在换水时要剪去一截花梗，因为这截花梗已经腐烂，不易吸收水分，花朵容易凋谢。"

智宏禅师道："这就对了，要保持一颗清净纯洁的心，其道理也是一样。我们就好比是花，我们的生活环境就像花瓶里的水，唯有不停地净化我们的身心，变化我们的气质，时时忏悔、检讨、改进，才能不断从大自然中汲取营养。"

信徒听后说道："谢谢禅师开示，希望以后有机会能走近禅师，在禅院过一段晨钟暮鼓、菩提梵呗的宁静生活。"

智宏禅师答道："你的身体是寺宇，脉搏是钟鼓，两耳是菩提，呼吸是梵呗，无处不宁静，又何必要到寺院中生活呢？"

**感悟**

万事俱静，莫过于心静。生活中的事情很多，用什么样的心态去面对，如何化繁为简、宁静致远，只有你自己能够做主。

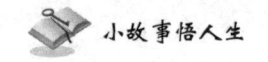

## 246. 成功的商人

有一位成功的商人，虽然赚了几千万元，但他似乎从来不曾轻松过。

他下班回到家里，踏入餐厅，餐厅中的家具都是胡桃木做的，十分华丽，有一张大餐桌和六把椅子，但他根本没去注意它们。

他在餐桌前坐下来，但心情十分烦躁不安，于是他又站了起来，在房间里走来走去。他心不在焉地敲敲桌面，差点被椅子绊倒。

他的妻子走了进来，仆人把晚餐端上来，他与家人共进晚餐。

他很快地把东西一一吞下，他的两只手就像两把铲子，不断把眼前的晚餐一一"铲"进口中。

吃完晚餐后，他立刻起身走进起居室。起居室装饰得富丽堂皇，意大利真皮大沙发，地板铺着土耳其的手织地毯，墙上挂着名画。他把自己投进一张椅子中，几乎在同一时刻拿起一份报纸，他匆忙地翻几页，急急瞄了瞄大字标题。然后，把报纸丢到地上，拿起一根烟。他一口咬掉烟的头部，点燃后吸了两口，便把它放到烟灰缸里。

他不知道自己该怎么办。他突然跳了起来，走到电视机前，打开电视机。等到画面出现时，又很不耐烦地把它关掉。他大步走到客厅的衣架前，抓起他的帽子和外衣，走到屋外散步。

他这样子已有好几百次了。他在事业上虽然十分成功，却一直未学会如何放松自己。他是位紧张的生意人，并且把他职业上的紧张气氛从办公室带回家里。

这个商人没有经济上的问题，他的家是由知名室内装饰师设计的，他拥有四部汽车。可以说，这个商人已经拥有了一切所需，然而他却不懂得如何去享受这些生活，享受这些快乐，因此他是不快乐的。

**感 悟**

很多人如同这个商人一般焦躁不安、迷失了快乐。唯一可以改变这种状态的办法便是保持心灵的宁静，在静处细心体味生活的点滴。

十　宁静致远

## 247. 晚上睡个踏实觉

一个夏夜，我们正在院中乘凉。

一只半大白兔从门缝钻进我家，赶之不去。母亲说："天这么晚了，让兔子往哪里去呢？先留它一夜吧，明天谁找，再还给他。"她找了一个笼子把兔子安置下来。

到了第二天，并没有人吆喝少了兔子，转眼过了两个礼拜，还是没人找。兔子在我家一天天住下来，母亲却日益感到不安：自己养着吧，究其根源是一份意外之财，让人心里很不踏实。

"瓜田不纳履，李下不整冠"的古训母亲是懂得的，他常常教导我们做人要严谨，处事莫坏良心，所以一只误闯进我家的兔子，成为母亲的心事也不足为怪了。

母亲的不安在一天晚饭后再次流露出来。那晚，她一边给兔子喂青草，一边说："我怎么老觉得眼皮跳，耳根发热。兔子，你说是养你还是放你？"兔子只顾埋头津津有味地吃草。母亲叹了口气，转身从父亲的皮夹里抽出十块钱走了出去。过了一会儿，她回来了，如释重负地说："我把十块钱丢在路口了。随便谁捡了去，就当赎这只兔子了，省得晚上睡觉不踏实。"

**感悟**

母亲的做法有些可爱，其实她是求一个心安。只要心灵安宁、心里坦然，才能让生活从容不迫，心安是最大的幸福。

## 248. 四知拒金

东汉人杨震，字伯起，陕西华阴人，是东汉时期著名的学者。他五十岁入仕，为官清廉，两袖清风，后来位至三公。做过荆州刺史，后调任为东莱

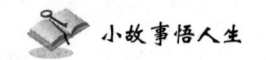

太守。

他去东莱上任时路过昌邑,昌邑县令王密是杨震任职荆州刺史时举荐过的官员。王密听说杨震路过,为报答当年提携之情,白天空手去见杨震,晚上则准备了十斤金子想送给杨震。王密说:"现在是深夜没人知道"。杨震却说,"天知、地知、我知、你知,怎么能说没有人知道呢?"王密听后很惭愧。

杨震为官清廉,有老朋友、长辈劝他为子孙购置产业,杨震说:"让以后的世人称他们是清官的子孙,我把这个留给他们,不是也很丰厚吗?"这就是一种觉悟。

**感悟**

唐人胡曾的《咏史诗·关西》赞赏道:"杨震幽魂下北邙,关西踪迹遂荒凉。四知美誉留人世,应与乾坤共久长。"

# 249. 心躁与心静

由于意外的塌方事故,矿井下的设施几乎完全瘫痪了,几个老矿工被困到井下极深的坑道中。随着时间的流逝,连他们头上的矿灯也一个接一个地熄灭了。尽管他们在漆黑的世界里奋力四处寻找出路,但因辨不清方向而找不到出口。筋疲力尽的几个老矿工,不得不坐下来歇息。

一个老矿工打破了沉闷,建议说:"现在,上面一定想方设法营救我们,与其这样盲目乱找,不如静静地坐在这里,看看能否感觉到风的流动,因为风一定是从坑口吹来的。"

他们就在原地坐了很久很久,刚开始没有丝毫的感觉,可是过了一段时间以后,他们变得很敏锐,逐渐感受到有一丝微弱的风轻拂脸上,他们迎着风的来处,终于找到了出路。

**感悟**

很多情况下,心躁则暗,心静则明。

# 十 宁静致远

## 250. 画 静

两个画家相约用"静"字一起作画，他们同时进入了微妙的构思着墨之中，过了不久，两人的作品都完成了。

第一位画家首先自豪地将他的作品铺张开来，只见画面上，一片清澈的湖水无尽地延伸开来，湖面上不见一丝波澜，岸边的垂柳，倒映在清澈见底的湖水当中，似乎有无尽的静意。从整个湖畔的画面看来，平静得只有一个"静"字可以将它形容，当真是把"静"表达得惟妙惟肖。

第二位画家由衷地夸赞了几句后，又缓缓地将自己的作品展示出来，画的是一道雨后山中的壮丽瀑布，湍急的水流自陡峭的山壁上直泻而下，颇有万马奔腾的架势，更妙的是在气势壮阔的瀑布半腰处，有一株突兀横生的小树，正似乎随着水波的冲击而摇动着，而在摇晃不停的小树梢上，凌空悬着一个简陋的鸟巢，鸟巢当中正有一对幼稚的雏鸟，在安详地闭着双眼，沉沉地睡着。对于瀑布的冲击，小树的晃动，雏鸟仿若不觉。

第一位画家静静地看着这幅画，被画中小鸟那种动中自静的境界迷住了。他情不自禁地对第二位画家说道："我只能描绘情景，你却能诠释情境，的确是你高明多了。"

**感悟**

无论外界多么静美的"情景"都比不上心中宁静的"情境"。只要真正地拥有了心中的宁静，无论处在什么情景之中，都不会失去自我的那种淡定。

## 251. 担 心

曾经有一位祖师在寺院里撒草种子。刚一撒完，鸟就飞来啄食。小和尚看见后急坏了，赶紧对师父说："师父，不得了啦！"祖师问："什么不得了了？天要塌了？""不是，是您撒的草种子被鸟吃了！"祖师很镇定地回答："那就让它吃呗！"小和尚怎么也想不通，一整天坐立不安，老在琢磨："草种子被鸟吃了，就长不出草了，可师父怎么不着急呢？"

窗外刮起了风，小和尚又跑去找师父，说："师父，不得了啦！刮风了，您刚撒的草种子不会被吹跑吗？"祖师说："不要管它。"小和尚听师父这样说更想不通了，直到半夜也没睡着。

一会儿下起了雨，他又跑去叫师父："师父，快起来，别睡啦！种子全被雨水冲跑了！"祖师还是说："没关系，别管它。"小和尚非常郁闷，觉得老和尚简直不可理喻。

过了十天，地里长出草来了。小和尚很惊奇地跑去问老和尚："师父，种子不是被鸟吃了，被风吹走了，被水冲跑了吗，怎么长出草来了？"祖师这时对他讲："我撒草种子的时候，用力不是很均匀，因此有些地方撒得多，有些地方撒得少。撒得多的就是要让鸟吃才好，不然长出来的草细。为什么要被风吹？很简单，那些不饱满的种子被风一吹，自然会被吹跑，而饱满的种子是吹不跑的。种子被水冲到哪里，就让它在哪里生根发芽吧！所以，鸟吃、风吹、雨冲，正好帮助我们弥补了人工种植解决不了的问题。"

**感 悟**

活在当下，不要想那些不可能发生的事，不要整天为了不确定的事而提心吊胆。

## 252. 心平气和才能化解矛盾

一个人因为一件小事和邻居争吵起来，争论得面红耳赤，谁也不肯让谁。最后，那人气呼呼地跑去找牧师。牧师是当地最有智慧、最公道的人。

"牧师，您来帮我们评评理吧。我那邻居简直是一堆狗屎！他竟然……"那个人怒气冲冲，一见到牧师就开始了他的抱怨和指责，正要大肆指责邻居的不对，就被牧师打断了。

## 十 宁静致远

牧师说:"对不起,正巧我现在有事,麻烦你先回去,明天再说吧。"

第二天一大早,那人又愤愤不平地来了,不过,显然没有昨天那么生气了。

"今天,您一定要帮我评出个是非对错,那个人简直是……"他又开始数落起别人的劣行。

牧师不紧不慢地说:"你的怒气还是没有消除,等你心平气和后再说吧!正好我的事情还没有办好。"

一连好几天,那个人都没有来找牧师。牧师在前往布道的路上遇到那个人,他正在农田里忙碌着,他的心情显然平静了许多。

牧师问道:"现在,你还需要我来评理吗?"说完,微笑地看着对方。

那个人羞愧地笑了笑,说:"我已经心平气和了。现在想来也不是什么大事,不值得生气的。"

牧师仍然不紧不慢地说:"这就对了,我不急于和你说这件事情就是想给你时间消消气啊!记住,不要在气头上说话或行动。"

怒气有时候会自己溜走,稍稍耐心地等一下,不必急着发作,否则会惹出更大的怒气,付出更大的代价。

**感悟**

心平气和方能化解一切矛盾。

# 253. 一块金表

一个城市里的有钱人,到乡下收田租。他到了佃农的谷仓,东看看、西看看,不知怎么把心爱的金表弄丢了。有钱人心急如焚,佃农也不知道如何是好,只好把村里所有人叫来寻找金表。大家翻遍谷仓,但是金表仍然不见踪影。

天色渐渐晚了,有钱人一脸失望的神情,村里的人也一个个回家去了。但是,有个人留了下来。"我有把握找到你心爱的金表。"这人告诉有钱人,信

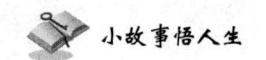

心十足。

"好吧。那就麻烦你,找到了我会奖赏你的。"

只见这个人再次走进谷仓,找定位置后,静静地坐了下来。一切都安静了,悄然无声。但是,有个小小的声音从谷仓后方角落传来。

"滴答,滴答,滴答……"

这人轻轻地像猫一样,踏着几乎无声的脚步,循声走向后方角落处。到了附近,这人伏下身去,耳朵贴地,在一堆稻草中找到了金表。他走出谷仓,露出得意的微笑,朝着有钱人走去。

**感悟**

人生会遇到很多困难事,很多是难以解决的事,如果能静下心来思考,往往会迎刃而解。

## 254. 工作与思考

在英国著名的曼彻斯特大学里,经常可以看到实验室中通宵达旦的工作狂。有一天深夜,现代原子物理学奠基者卢瑟福教授。走进了物理系的实验室,看见一个研究生仍勤奋地在试验台前忙碌着。

卢瑟福关心地问:"这么晚了,你在做什么?"

研究生回答:"我在工作。"

"那你白天在干什么?"

"也一直在工作。"

"那么,你一整天都在工作吗?"

"是的,导师。"研究生带着谦恭的表情说道,似乎在期待着卢瑟福的夸奖。

卢瑟福稍稍想了一下,然后说:"你很勤奋,整天都在工作,这自然是很难得的,可我不能不问你,你用什么时间来思考呢?"

那位研究生一下子懵在了那里,无言以对。卢瑟福对勤奋的质疑,使研究生明白了用足够的时间来思考的重要性，只有适当地思考与勤奋地工作结合起来才会创造奇迹。

**感悟**
思考可以避免勤奋的盲目性，天分实质上就是一种恰到好处的思考。

## 255. 点 灯

在一个漆黑的夜晚，远行寻佛的苦行僧走到了一个荒僻的村落中，漆黑的街道上村民们络绎不绝，默默地你来我往。

苦行僧转过一条巷道，看见有一团昏黄的灯光从巷道的深处静静地走近，身旁的一位村民说："盲人过来了。""盲人？"苦行僧愣了，他问身旁的一位村民："那挑着灯笼的真是一位盲人吗？"

他得到的答案是肯定的。

苦行僧百思不得其解。一个双目失明的盲人根本没有白天和黑夜的概念，他看不到高山流水，也看不到柳绿桃红，甚至不知道灯光是什么样子的，他挑着一盏灯岂不是可笑？

那灯笼渐渐近了，昏黄的灯光渐渐从深巷移到了僧人的鞋上。他百思不得其解地问："敢问施主真的是一位盲人吗？"那挑灯的盲人告诉他："是的，自从踏进这个世界，我就双目失明。"

僧人问："既然你什么也看不见，那你为何点一盏灯笼呢？"盲人说："现在是黑夜，我听说在黑夜里没有灯光的映照，那么满世界的人和我一样是盲人，所以我就点燃了一盏灯笼。"

僧人若有所悟地说："原来你是为别人照亮啊！"但是盲人却说："不，我是为自己。"

"为你自己？"僧人又愣住了。

盲人缓缓向僧人说："你是否因为夜色漆黑而被其他行人碰倒过？"僧人说："是的，就在刚才，还不留心被两个人碰了一下。"盲人听了，深沉地说：

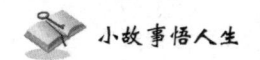

"但我就没有。虽说我是个盲人,我什么也看不见,但我挑了这盏灯笼,既为别人照亮了路,更让别人看到了我自己。这样,他们就不会因为看不到我而碰倒我了。"

苦行僧听了,顿有所悟。他仰天长叹说:"我天涯海角奔波着找佛,没有想到佛就在我的身边。原来佛性就像一盏灯,只要我点燃它,即使我看不见佛,佛却会看到我。"

**感悟**

为别人点燃我们自己的生命之灯吧!在生命的夜色里照亮别人,我们才能寻到自己的平安和灿烂。

## 256. 等等你的灵魂

有一队西方人到非洲神秘的原始森林里探险考察,请了当地土著人做向导。当地的自然条件非常恶劣,土著人也极为贫穷,食物匮乏,且常常衣不遮体,在这样恶劣的生存条件下,他们磨炼出极能吃苦耐劳的品性。而给考察队当向导这种薪水相对较为丰厚的工作机会可不是常有的。

几个土著向导带着考察队出发了。一路上,土著人不但要负重前行,还要时时手持砍刀在密林里砍伐藤条树枝,提供考察队行走的小路。这样辛苦赶了三天的路,到了第四天,几个土著向导却说什么也不愿再往前走了,他们要求原地休息。那些日程安排得极为饱满、急待探险的西方人弄不清楚是哪里出了问题?询问之下,得到了土著人严肃的回答:一定要休息一天,因为他们匆匆忙忙地赶了三天的路,他们的灵魂一定赶不上他们的脚步了,所以有必要停下来,等待他们的灵魂追赶上来。

**感悟**

这世界变化得太快,有时使我们没有方向感,每当迷失自我的时候,点一盏心灯,照亮你的心灵,给灵魂指点路,让它跟你更紧些。

## 257. 英　雄

前些年，云南边境的一场战斗中，士兵老何以身体滚爆山坡上的一个地雷阵，上级决定授予他特等英雄的称号。

但是，老何对前来采访的记者说："我不是有意滚雷，是不小心摔下去的，没办法，只能顺势滚下去。"

记者说："特等英雄的称号已经报了，你就顺着主动滚雷的说法说吧。"但是老何觉得不好意思，坚持说他是不小心摔下去的。

结果，那次获得英雄称号的是另外两名战友。而他很快就复员了，回到四川农村，仍然是个农民。

一些人问他是否后悔，老何说："我本来就是一个种地的，如果摔一跤就成了英雄，那才后悔呢！"

**感悟**

讲真话，做好人，这样才会让你活得踏实心安、理直气壮、从容自在。

## 258. 可是我知道

有一位远近闻名的医生，他救治了很多的病人，许多人都慕名而来找他看病。

这一次，他是为一位女病人做手术。根据诊断，女病人的子宫里长了肿瘤。可就在他下刀后不久，豆大的汗珠就冒了出来：他误诊了，子宫里长的不是瘤，竟是个胎儿！名医此刻的心理斗争异常激烈，他陷入了痛苦的挣扎：要么假装糊涂，继续下刀，把胎儿拿掉，然后告诉病人，摘除的是肿瘤；要么正视自己的错误，立刻把肚子缝上，然后告诉病人，自己看走了眼。

看似几秒钟的内心挣扎，名医被汗水湿透了衣衫。半个小时后他从手术室回到办公室，静待病人的苏醒。"对不起，"他站在女病人的床前说，"太太，请你原谅，是我看走了眼，你只是怀孕，并没有长肿瘤。所幸及时发现，孩子安好，你一定能生下一个可爱的小宝宝！"病人和家属都听呆了，一时间大家都不敢相信自己的耳朵。过了一会儿，病人的家属如梦初醒，一下子就冲了上去，揪住名医的领子吼道："你这个庸医，什么东西！"事后，医生的一位朋友觉得很不解，认为他的这一举动极不明智："为什么当时不将错就错？说它是个肿瘤，又有谁知道？"名医淡淡一笑，说："可是我知道！"

**感 悟**

真正的勇者，应该是敢于面对自己良心拷问的人，这样的人才能活出内心的宁静！

# 259. 良心与生命

罗伯特·米尔是德国人，2006年他109岁。他参加过第一次世界大战，也是德国仅存的一位参加过第一次世界大战的老兵。据说，他也是目前德国最长寿的男人。

1940年7月，他的邻居，也是他的好朋友约索夫被送进了集中营，因为他是一名犹太人。临离开家的前一天夜里，他把自己的5万马克委托给米尔保管。他说："我走了，我的妻子和孩子，你帮我照顾好。这些钱，没谁知道，妻子、孩子都不知道。我的意思你是明白的，怕他们经不起纳粹人的折腾，说出去，连累了你。拜托了！回来后，我会报答你的。"

约索夫被带走的第二天，他的妻子和孩子也被带走了。他们被关在了什么地方，米尔也不知道。5万马克现金，就这样留在了他的手上。为了稳妥起见，米尔以个人的名义，把钱分开存在了四家银行，然后，他就把存折秘密地藏了起来。这件事，他也没敢告诉自己的妻子，因为他怕走漏了风声，被以窝赃罪枪毙。

可是，一等就是5年，直至第二次世界大战结束，都没见到邻居的踪影。

米尔想,也许他们全都死了,这笔钱看来是无法奉还了。不过,米尔依旧没有动用它们。

1965年,米尔68岁。他的家庭发生了一次大的变故。他与儿子联合经营的一个机械厂倒闭了。祸不单行,这一年,他的妻子还摔断了腿。为了走出生活的低谷,米尔想到了约索夫的那5万马克。可是,就在他准备从银行取出这笔钱的时候,他在报上看到一篇纪念反法西斯战争胜利20周年的文章,作者是安迪·约索夫。从文章回忆的内容,米尔断定,这位作者就是约索夫的小儿子。也就是说,约索夫的家人没有全部被杀死,至少他的小儿子活了下来。但是,这5万马克,约索夫的小儿子根本不知道。

米尔陷入了空前的矛盾之中。他说:"我一生,共有3个晚上没有睡好觉,全发生在看到那篇回忆文章之后。是归还这笔没人知道的巨款,还是拿出来拯救自己?"

40年后,当记者问他,对这件事做何感想时,他感慨道:"令我骄傲的是,我选择了前者。"

**感悟**

心灵的内在安宁,才是幸福长寿最不可或缺的因素。一个人如果撒了谎,即使没有任何人知道,他的良心也会不安,心灵无法宁静!

# 后 记

我出生在东北农村,通过读书考学进入城市,在一家电厂供职,由一个普通的工作人员一步一个脚印地逐渐走上了总工程师的岗位。

在工作和生活中,我也遇到过许多挫折。早年家中兄弟姊妹比较多,生活艰难困苦。踏入电厂的大门,由于理论知识与实际不能紧密结合又不善言辞表达等,工作中经常被批评指责,但我把工作和生活的挫折变成前进的动力,靠着韧劲,向目标一步步迈进。

1994年,我遇到妻子张旭阳,我们在工作中相互支持,生活上相互关心、相互谅解。在儿子成长过程中,通过相互沟通与理解,消除了代沟。我们经常在一起沟通交流,讲述一些古今中外的小故事,从这些故事中汲取营养,悟出了生活的真谛,运用到工作、生活中。慢慢地去除了嫉妒、自私、悲观、自大等心灵杂草,让善良、宽容、乐观、自信、幸福、宁静之树潜滋暗长。心灵一天天变得阳光起来,家庭一日日更加和睦幸福,事业一步步走向成功,让我们收获了成功、幸福和宁静。

2016年,我们想:能否将这些古今中外的优秀哲理故事和我们在工作、生活中总结出的一些经验也写成小故事,编著成一本哲理书和大家分享,让人们从中获得成功、幸福和宁静呢!经过5年多的努力,今天终于与广大读者见面了。

最后,还要衷心感谢曾经给过我们帮助和具体指导的专家学者们。

曹忠友

2021年12月